T0402191

A la sombra de los naranjos

HELEN RYTKÖNEN

A la sombra de los naranjos

Grijalbo

Papel certificado por el Forest Stewardship Council®

Primera edición: noviembre de 2024

Travessera de Gràcia, 47-49. 08021 Barcelona

Printed in Spain – Impreso en España

ISBN: 978-84-253-6418-1
Depósito legal: B-16.101-2024

Compuesto en M. I. Maquetación, S. L.

Impreso en Liberdúplex
Sant Llorenç d'Hortons (Barcelona)

GR 6 4 1 8 1

A Jose, Jimena y Niko

Prólogo

Al borde del lago

Sumergí un pie en el agua y la piel se me erizó a pesar de que el sol bañaba con fuerza el embarcadero. No escuché la algarabía de fondo, y eso que era notable. Hacía ya tiempo que se había instalado en mi interior un sonido extraño, un zumbido que se mimetizaba con el ruido del agua y con la ligera brisa que mecía mi pelo.

En ese momento deseé tirarme al lago, nadar hasta que las fuerzas me abandonasen y flotar bajo el cielo de este país tan diferente del mío. Imaginé que por un instante podía dejar de ser la mujer que era, en todos los roles que se me habían pegado a la piel: la madre, la hija, la esposa, la amiga, la hermana.

Podría convertirme solo en Victoria, esa que burbujeaba emociones que anticipaban un cataclismo inminente; emociones que hablaban de frustración, angustia, ilusión o anhelo y que rebotaban contra las paredes de mi cuerpo, desestabilizándolo por primera vez en la vida.

Mi pragmatismo habitual tomó las riendas, de nada me serviría hacerme la muerta en medio del lago; como mucho, mi familia, con lo exagerada que era, llamaría a los que patrullan las aguas y en vez de relajarme y tener una revelación, me caería la del pulpo. Sonreí de medio lado y hundí más el pie en el agua, hasta el tobillo. Me sobresalté y apreté los dientes.

«Nunca has sido cobarde, Vic, no lo seas ahora».

Me deslicé al lago por cabezonería, por demostrarme a mí misma que seguía siendo la de siempre y que saldría del atolladero en el que estaba metida. El agua me aguijoneó sin piedad y sentí que la pierna se me enredaba en los juncos de la orilla, pero emergí a la superficie con el cuerpo despierto y vivo, tanto que me hizo coger aire a bocanadas ansiosas y hambrientas. Nadé para entrar en calor, pero, al cabo de unos minutos, desistí y volví a mi sitio en la punta del embarcadero.

La piel se me estiró, tonificada y fresca, como si alguien le hubiese aplicado un ungüento de mentol. Y la sensación de bienestar fue tan sorprendente que me planteé repetirlo, previo paso por la sauna a ochenta grados. Creo que era la única de mis hermanos que no había cumplido el ritual y no iba a ser menos.

Mi vista se perdió en el lejano horizonte y logré no pensar en nada. No fue fácil, porque eran demasiadas las cosas que había intentado dejar en casa y que me habían seguido hasta Finlandia, el país en el que estaba de vacaciones. La discusión con mi marido justo antes de venir, mi propia incomodidad con la vida que llevaba, un instante robado bajo la sombra nocturna de los naranjos, mis secretos, que cada vez pesaban más...

Me distraje con el sonido de unas pisadas sobre la madera y pensé con fastidio que sería alguno de mis hermanos. No es que no quisiera hablar con ellos, sino que sabía que estaban esperando el instante exacto para abordarme e intentar averiguar qué me ocurría.

Era obvio que se habían dado cuenta de que no estaba como siempre. No hacía falta ser muy listo para percibirlo. Pero no quería hablar. Solo ansiaba tener en algún momento el suficiente tiempo y tranquilidad para entender todo lo que me estaba ocurriendo.

A veces deseaba poder desaparecer y refugiarme en un lugar donde nadie me hablase, me llamase o requiriese algo de mí. En mi imaginación recreaba una habitación con una cama enorme, de sábanas blancas y limpias, frente a la cual había una ventana con cortinas de lino que ondeaban con la brisa marina. Un libro, una botella de agua fresca y silencio, solo pedía eso.

Pero la realidad era que tenía tres hijos a los que me dedicaba a tiempo completo, porque ya ni siquiera era parte del tándem que había formado con Leo para conseguir más clientes para su estudio de arquitectura. Ahora se bastaba él solo y yo empleaba mi tiempo en vivir una vida que muchas querrían para sí.

El problema era que yo no me consideraba el resto del mundo. Sabía que eso sonaba muy pretencioso, pero era la realidad.

Alguien se sentó a mi lado y su calmada energía adolescente me llegó sin mirarla. Gala estaba disfrutando de las vacaciones, le encantaba estar en familia y sabía que los paisajes sobrecogedores de Finlandia la estaban inspirando para eso que escribía a escondidas y que creía que ignoraba. Le pasé un brazo por encima y dejó caer la cabeza sobre mi hombro: toda ella tan suave, todavía algo infantil, apasionada de los clubs de lectura y de no seguir moda alguna.

—Estoy enamorada de Mía —me dijo, refiriéndose a mi sobrinita, la hija de mi hermana Elisa y el motivo por el que todo el clan Olivares estaba en una diminuta isla en medio de un lago finlandés. Le di un beso en el pelo.

—Lo estamos todos, está para comérsela.

—La abuela no la deja ni a sol ni a sombra —se quejó con la boca pequeña, y sonreí.

—Es normal, tiene que aprovechar el tiempo. Ya sabes cómo se las gasta con sus nietos y a esta, que la tiene lejos, se le pega como una lapa. Pero tú haz codos, Gala, que eres la preferida de tu abuela y a ti no te va a poner caras raras.

—¿Cómo es eso de que Gala es la preferida de la abuela?

Escuché un bufido a mi lado y no pude sino reírme. Minerva era silenciosa como un gato y no había notado su presencia. La miré con amor, orgullosa de su pelo de leona y sus ojos oscuros y fieros, y la apreté contra mí. Mimi se quejó, fiel a su mala baba con el mundo y a sus trece años, pero, en el fondo, complacida.

—No te hagas la tonta ahora, sabes que Gala se gana mejor a la abuela que tú.

Minerva le echó un vistazo a su hermana y sus ojos se dulcificaron. No podían ser más distintas la una de la otra, pero se adoraban.

—Eso te crees tú, mamá.

Y puso esa cara de interesante que la hacía ser popular, líder y carismática. Nada que ver con Gala, que prefería pasar desapercibida, a pesar de ser mucho más fuerte. Mimi se parecía demasiado a mí para no saber de sus sombras.

—¿Qué haces aquí sentada tan aburrida? —Mimi no podía estar callada ni debajo del agua—. Te falta probar el paseíllo sauna-lago, ¿te animas con nosotras?

—Eh, conmigo no cuentes, que ahora que he entrado en calor paso de meterme otra vez en esa cubitera —soltó Gala, pero sabía que lo tenía perdido frente a Mimi. Presentí que mi rato de tranquilidad se había terminado y les dije que haría de tripas corazón si ellas me acompañaban.

El rol de madre se me deslizó por la piel con facilidad y disfruté del rato con mis niñas. En casa la rutina se comía los días, y ocasiones como esa no solían ser habituales, así que me convertí en una adolescente más y creé recuerdos para el futuro, de esos bonitos que atesorar y que iban más allá de unas imágenes de archivo en la mente.

Presentía que la vida de nuestra familia iba a cambiar, y quería crear colchones lo más gruesos posibles para que la caída fuese menos dura.

Reconozco que me cobijé en mis chicas más de lo normal, y lo hice plenamente consciente. No tenía ganas de que el resto me atosigase con preguntas e intuía que mis hermanos no me iban a dejar irme de rositas. Y más en este momento, en que todos vivían fuera y no estaban acostumbrados a verme, por lo que les habría chocado mi aspecto y lo que proyectaba.

Hasta yo misma sabía que me encontraba como en modo ahorro de batería. Además de demasiado delgada. Siempre me he cuidado, pero entonces era una flaca de esas sin jugo que dan grima solo de verlas.

Y eso que en Finlandia se me había abierto un poco el estómago. Quizá fuese porque Leo no había venido conmigo —el viaje coincidía con las pruebas de acceso a la universidad de David, mi hijo mayor, ya que este año se han retrasado por diversas huelgas en el sector educativo—, y me había sentido liberada. O porque aquí la materia prima era tan sabrosa que lo único que había hecho había sido comer fresas con nata y diferentes panes que me moría de ganas de emular en casa.

Ese día, como era la noche de San Juan, hicimos una barbacoa hasta las tantas e incluso disfrutamos de música improvisada gracias a la guitarra del novio de Alba, la sobrina de mi cuñado. Mi hermano Marcos me surtía de cerveza y salchichas con mostaza, Elisa cedió a Mía a los cuidados de Gala y se sentó a mi lado, y mi hermana pequeña, Nora, se puso a preparar unos crepes que tenían uno de esos nombres fineses impronunciables.

—*Muurinpohjalettu* —especificó Elisa cuando le pregunté cómo se llamaban—. Son muy típicos del verano.

—Vaya tela cómo has aprendido el idioma, Eli —comentó Marcos a la par que abría una botella—. No habría dado un duro por ti.

Ella se encogió de hombros y sonrió. Estaba más guapa que nunca, el ser madre y la felicidad que había vuelto a encontrar con el que había sido su marido, Mario, la hacían resplandecer.

—Ni yo. Pero entre este idioma y yo hay una historia de amor curiosa. Es el país, que se empleó a fondo para conquistarme.

—Igual que el padre de tu hija, no te digo. Todavía me acuerdo de la boda de Alberto cuando nos decías que no querías volver a tener nada con él…

Nos reímos y Elisa hizo un gesto gracioso.

—¿Quién soy yo para llevarle la contraria al destino?

Nora se arrodilló frente a nosotros con el enorme crepe en un plato de cerámica y nos dio unos tenedores a cada uno. Probé un trozo y la dulzura de las fresas, la nata y el helado de vainilla me hicieron gemir del gusto.

—Si quieres, te hago uno solo para ti —se ofreció Nora, pero sacudí la cabeza.

—Así está bien, no te preocupes.

Noté miradas entre ellos y resoplé.

—Ya sé que están* preocupados, lo entiendo. He bajado demasiado de peso, pero ya le estoy poniendo remedio.

Marcos me echó un vistazo con las cejas levantadas.

—Ya sé que lo harás, no eres tonta. De hecho, eres la más lista de todos nosotros. Lo que me preocupa es lo que hay detrás de eso.

Bajé la cabeza y la niebla se arremolinó en mi interior.

—Muchas cosas, Marcos, tantas que ni yo misma lo sé. Pero no quiero hablar de esto ahora. El viaje me está sirviendo para respirar mejor. No me hagas volver a lo que vivo todos los días.

Más miradas alarmadas entre ellos. Suspiré cansada.

—Vale, no ha sido la mejor la mejor manera de expresarlo. Aun así, no quiero ponerme esta noche en modo confesionario. Lo que me pasa son cosas mías, de preguntarme si esta es la vida que quiero seguir llevando. A casi todos ustedes les ha ocurrido antes o después, así que deberían estar curados de espanto. Solo pido un poco de espacio y tiempo para entenderme.

—Tiempo que no tienes de forma habitual —concluyó Elisa. Ella era la que mejor conocía mi vida, no en vano solo hacía un año que se había ido de Tenerife.

—Exacto.

* En esta novela, cuando hablen personajes canarios, se preservará el uso de la tercera persona del plural en sustitución de la segunda persona del plural.

—Entonces, hagamos que en estas vacaciones dispongas de unas horas extra —propuso Nora, y Marcos asintió.

—Nosotros encantados de ejercer de tíos con las niñas, sabes que las adoramos.

Parpadeé, repentinamente emocionada, y eso me sorprendió. De todos ellos, yo era de lejos la más fría y seca. No por nada en especial, era mi carácter. Me preocupaba por ellos igual, pero era menos efusiva al expresarlo.

—Gracias —dije en voz baja, y recibí muestras de cariño que no pasaron inadvertidas por mi madre. Evité sus ojos y me prometí que ya tendría tiempo de hablar con ella en casa.

Más tarde, la magia del sol de medianoche me permitió escaparme un rato a solas conmigo misma. Evité la zona de la hoguera, donde había visto desaparecer a Elisa y a Mario, que seguían de luna de miel, y me fui al otro lado de la isla, desde donde divisé otras hogueras en las orillas cercanas.

El lago parecía un espejo y la claridad de la noche sin noche resultaba reconfortante en su silencio casi sobrenatural. Replegué las manos en las mangas del suéter, con un escalofrío repentino, y me abracé las rodillas.

Solo ahí fui capaz de pensar en todo lo que tenía encima.

La caída en picado de mi matrimonio tras dos décadas de recorrido juntos.

Mis ganas de romper el molde que yo misma había creado.

La ansiedad por no saber si iba a ser capaz de volver a ser yo.

Mis secretos, que se revolvían en mi interior, pugnando por salir.

Y, por último, los ojos grises de Bastian Frey.

No logré sacudirme de encima el recuerdo vibrante de su piel rozando la mía, como si la hubiesen hecho para mí.

«Victoria Olivares, de esta no te salva ni MacGyver».

PRIMERA PARTE

La historia de los Beckham

2003-2023

1

Victoria

Cuando conseguí mi primer trabajo, justo después de terminar la carrera, mis padres me regalaron un maletín. En aquella época —principios del nuevo milenio—, todavía era un símbolo de seriedad y cierta clase, esa que los veinteañeros recién salidos del horno queríamos imprimir a nuestra inseguridad y escasa experiencia.

Mi maletín era de un lustroso cuero negro con unos cierres dorados que ocultaban diferentes compartimentos la mar de prácticos, e igual a otras decenas de maletines que se veían por la plaza de la Candelaria, en pleno centro de la capital isleña. O lo habría sido de no haberlo customizado con cintas de terciopelo en algunas costuras estratégicas, un parche que me había traído una amiga de Nueva York y un llavero lleno de bolas de colores que tintineaba gracias a un pequeño cascabel camuflado.

El maletín rezumaba estilo propio, y eso fue lo primero en lo que se fijó la mujer que luego me contrataría, la dueña de una de las tres agencias de publicidad y medios de la isla que protagonizaban encarnizadas luchas entre ellas desde hacía años. Supongo que entré en FaroA Publicidad en parte por lo que prometía ese maletín, pero también porque estaban buscando a alguien sin experiencia para cambiar un poco el perfil de ejecutivos de la agencia y, por supuesto, porque bordé las diferentes entrevistas que me hicieron.

Es cierto que ser la mayor de cuatro hermanos había desarrollado mis habilidades organizativas y de persuasión —gracias a Marcos y su mal comer de bebé—, pero siempre hubo algo en mí que me hizo destacar. No sé si se trataba de mi rapidez mental, el tener una respuesta preparada en cualquier momento y el ser capaz de ver el conjunto antes que lo individual —muy útil en resolución de problemas—, pero siempre fui de esas chicas que tenían opiniones firmes y una seguridad aplastante a la hora de defenderlas, aunque no tuviese ni idea de lo que estaba hablando.

Eso no me granjeó demasiada popularidad durante la adolescencia. Era lógico: si tu amiga adolescente lloraba como una magdalena porque fulanito la había dejado, y tu reacción consistía en decirle que el amor era una mierda y que sería tonta si sufría por él, estaba claro que buscaría consuelo en otro lugar más comprensivo.

Pero eso siempre me dio igual porque desde muy joven tuve a Jorge y a Arume y, con ellos, me sobraba el resto del mundo.

Jorge era un vecino de toda la vida de mi calle, una trasera de la zona de la iglesia de La Concepción, en La Laguna. Nos conocíamos de jugar desde pequeños con el resto del grupo, aunque, rápidamente, sus intereses viraron hacia el fútbol. Y yo, como no iba a ser menos, me convertí en la única de la calle que también metía goles y que escuchaba *El Larguero* todas las noches, aunque lo combinase con mi afición a leer la *Ragazza* y probar sus tips de maquillaje.

Entre Jorge y yo siempre hubo una sintonía especial, algo que jamás confundimos con sentimientos amorosos. Él era mi amigo, y yo, su compinche del alma, y a pesar de que se fue a jugar a primera división a la península y yo me quedé trabajando en la isla, nunca pasó una semana sin que hablásemos y nos pusiésemos al día. Jorge siempre fue casa, hogar, un hermano que sumar a mi extensa familia.

Arume llegó a nosotros como lo hacen muchos en nuestra ciudad natal. En el edificio de enfrente de mi casa había varios pisos de estudiantes y como ella venía de El Hierro para estudiar Enfermería, se había juntado en uno de ellos con varios jóvenes de su isla. La vi asomarse al balcón un par de días antes de que comenzasen las clases y me llamó la atención por su melena negra y rizada, con un estilo que ahora se admira pero que en aquel entonces resultaba un tanto extravagante.

La segunda vez que coincidí con ella, Jorge y yo volvíamos a casa con un par de cervezas de más encima —el presupuesto no nos daba para copas—. Nos la encontramos en el exterior de su edificio, rebuscando con poco tino en su pequeña bandolera. La oímos maldecir en voz alta y nos entró la risa. Ella nos escuchó y levantó la vista con una furia en sus ojos oscuros que a otros los habría amedrentado. Pero a mí me gustó lo que vi y a Jorge supe que también, porque noté cómo cambiaba su postura corporal de forma mecánica.

—¿Podemos ayudarte? —preguntó él, y tardó apenas unos minutos en acogerla en su casa hasta que sus compañeros de piso le abrieron la puerta ya bien entrado el día.

Esa madrugada forjamos las bases de nuestra amistad a tres, entre sándwiches americanos que preparamos para bajar la borrachera y con la libertad de disponer de la casa para nosotros solos hasta el día siguiente, cuando los padres de Jorge volvían de su apartamento del sur.

Desde ese momento, nos convertimos en inseparables y por eso, cuando conseguí mi primer trabajo en la agencia de publicidad, lo festejamos a lo grande. Jorge todavía jugaba en el primer equipo de la isla, aunque su representante le auguraba un contrato más importante para la siguiente temporada, y Arume trabajaba en el Hospital Universitario encadenando contratos eventuales hasta que saliesen plazas para poder opositar. Así que, al terminar ellos su jornada, nos reunimos en la zona de La Noria para cenar algo y tomarnos una copa a mi salud.

—¡Por Victoria Olivares, el futuro terror de los clientes! —pronunció Jorge entre sonrisas, y meneé la cabeza, divertida.

—Al contrario, George, necesito que mis futuros clientes me adoren para poder sacarles más servicios y hacerme imprescindible para Elvira y Álvaro —respondí mientras chocábamos las copas. Arume casi se atragantó de la risa y tuve que darle un par de golpes en la espalda.

—Coño, ¡que se me va por el camino viejo! A lo que voy, no sé yo cuál va a ser tu estrategia para hacerte adorar. Más bien te dirán que sí para no tener que escucharte todo el día dándoles la vara.

Me encogí de hombros.

—Aprenderé sobre la marcha, mujer de poca fe. Habrá clientes de todo tipo, unos más fáciles y otros más difíciles. Aunque, en realidad, lo complicado del trabajo será lidiar entre los dos frentes: el de los clientes y el de los creativos de la agencia.

—¿Con el Turu? —preguntó Jorge, poniendo los ojos en blanco. Todos conocíamos a uno de los creativos de FaroA y era un tipo difícil por su ego desorbitado.

—Entre otros.

—Ya los veo intentando torearte con eso de que eres jovencita, mujer y sin experiencia.

Fruncí el ceño.

—Lo sé.

—Y tirándote los tejos, también —añadió Jorge, guiñándome el ojo y arrancando miraditas al grupo de chicas que estaban en la mesa de al lado. Entre que era guapo y bastante conocido por jugar al fútbol, llamábamos la atención dondequiera que fuésemos.

—Cierto —se carcajeó Arume—. Pero vas a conocer a un montón de gente nueva, eso te encanta.

—Y que lo digas. No veo la hora de empezar y de dejar de ser la mantenida por el fútbol profesional y la sanidad pública.

Jorge y Arume protestaron con cariño, pero era verdad. Yo era la única que todavía no trabajaba y quería disponer ya de mi propio dinero para poder corresponder a mis amigos. Y, de paso, a mi familia, que, aunque no nos faltaba el dinero, tampoco nos sobraba, con cuatro hijos y una abuela en casa.

—Por cierto, Santi va a hacer una fiesta por su cumple el sábado dentro de dos semanas y me dijo que fuéramos —anunció Jorge.

Levanté las cejas sorprendida. Santi era un mero conocido, uno de tantos de la noche lagunera y que, de vez en cuando, nos regalaba su presencia en el amplio grupo que formábamos las noches de fiesta. A mí me parecía un pijo redomado, de esos de casa señorial en Las Mimosas y propiedades repartidas por toda la isla, de educación privada en Madrid y amigos un poco *borjamaris*, pero no tenía mal fondo. Aun así, me extrañaba que nos invitase a su cumple, no éramos tan cercanos. Pero luego caí: tener al defensa central del equipo capitalino en su sarao era una aportación más al famoseo local y al brillo de su evento.

—Es en la casa que tiene en Radazul —siguió informando Jorge.

Arume me miró y supe que le parecía un gran plan. Claudiqué; si íbamos los tres, qué más daba. Seguro que habría un *catering* espectacular y buena música.

—Vale, pero llevas tú el coche. ¿O tienes partido?

—Es en casa y, además, de tarde, por lo que me liberaré pronto.

Asentí. Jorge era nuestro valor seguro para el transporte, se tomaba muy en serio su carrera deportiva y no solía beber, a no ser que fuese una situación muy especial. En cambio, suplía ese vicio con el de ligar, y nos proporcionaba suficiente tema de conversación sobre sus conquistas para las siguientes décadas.

En cuanto a Arume y a mí, todavía no habíamos tenido un novio lo que se dice formal. Nos lo pasábamos demasiado bien con los miles de planes que aparecían de la nada y que traían a mi madre por el camino de la amargura. Solía protestar diciendo que si mi hermana Elisa, la siguiente en edad, salía igual que yo, tiraba la toalla y se iba a meditar al Tíbet. Su hija mayor era una adicta a la jiribilla,*

* Expresión canaria que describe a una persona muy inquieta, que se mueve mucho.

la adrenalina, a entrar y salir y a enfrentarse a cosas nuevas para retarse sin cesar. Sabía que tenía muchísimas experiencias por vivir y por sentir en mi piel, por eso no podía contener un hambre desmedida por probarme en mil y una tesituras que, *a priori*, no controlaba. Y eso no incluía el encadenarme a una relación estable, y darle una oportunidad a cualquiera de esos chicos con los que había tonteado, me había acostado y que me habían resultado igual de interesantes que las desvencijadas revistas de patrones de mi abuela.

Arume no compartía mi visión, era una enamoradiza de campeonato que se emocionaba con cada ligue esporádico para luego caer en las garras de la desesperación al ver que la esperada llamada de teléfono o el mensaje no llegaba. Entonces volvía a resurgir como un precioso y oscuro ave fénix, jurando y perjurando que no la iban a pillar más en un renuncio, hasta el siguiente par de ojos bonitos y labios de palabras acarameladas. Ahí sacaba las cartas del tarot y me obligaba a presenciar tirada tras tirada hasta que se daba la respuesta que, en el fondo, ansiaba; ella tan piscis volátil y yo tan capricornio descreída.

Así vivíamos esa primavera del año 2003, dispuestos a comernos el mundo. Arume, saboreando los primeros años de su carrera vocacional y reinando en la noche metropolitana con su belleza salvaje de cejas marcadas y pómulos altos; Jorge, haciendo soñar a la afición del equipo local con la solidez y fantasía de su juego y rompiendo corazones con sus aires modernitos; y yo, con ganas de destruir creencias en mi primer trabajo como fichaje estrella, que era como quería que me considerasen.

No estaba preparada para el amor ni tampoco para que fuese tan diferente a como lo había imaginado. En el fondo, yo era hija de las pelis de los ochenta y los noventa, y algo de romanticismo se me había quedado hilado en mi corazón pragmático y libre. No esperaba que Richard Gere me trajese flores en su limusina blanca —el colmo de la cursilada, en mi opinión—, ni que Rose me dejase su sitio en la tabla de madera del Titanic; más bien me veía como la Julia que le hablaba claro a Hugh Grant en su librería de Notting Hill. Cogiendo el toro por los cuernos, sin miramientos.

La semana de la fiesta de Santi entré por primera vez en FaroA Publicidad con mi maletín bien agarrado, como si fuese un salvavidas ante la marea de excitación que me embargó al cruzar las altas puertas de cristal. Las oficinas estaban en pleno centro de Santa Cruz, en un edificio de reciente construcción que era una absoluta fantasía para alguien que había visto tropecientas veces *Armas de mujer.* Conjuntos vistosos de sofás y pufs para los clientes, las salas de reuniones como la del anuncio del Pronto y el paño, unos despachos grandes y cuadriculados donde las conversaciones telefónicas se unían a la algarabía general de los que fumaban en el rincón de la cafetera, y los cristales vigilantes de los despachos de los jefes: Elvira Faro, la dueña suprema, y su mano derecha, Álvaro Arocha, que aportaba la A al nombre de la empresa.

Fue Álvaro el que vino a darme la bienvenida y me presentó al equipo, tras lo cual me tendió una hoja con mi plan de inducción. Este trataba, básicamente, de ser la sombra de dos ejecutivos de cuentas del grupo al que me sumaba: Paco García, profesional de toda la vida que me miró con gesto paternal, y Sara Garrigues, unos años mayor que yo y que tenía pinta de afilarse las uñas con diamantes en bruto.

El tándem perfecto para hacerme ver la realidad de aquel trabajo en un tiempo récord.

A finales de semana ya tenía adjudicado un cliente menor en el que trabajaría con la supervisión de Sara. No era nuevo, el plan y el presupuesto ya estaban aprobados, pero me lo daban para que me familiarizase con los distintos proveedores y los procesos de ejecución. Organicé todas mis tareas y comencé a levantar el teléfono, consciente de que ignoraba muchas cosas pero que, con las preguntas oportunas, mis dudas se solucionarían. El viernes por la tarde ya me había enfrentado a mi primera propuesta de campaña de televisión y a la instalación de un circuito de mupis* en el sur de la isla, y el listado de términos que no controlaba iba llenando hojas y hojas de mi libreta.

El sábado sentía todavía la efervescencia de la semana corriendo por mis venas y decidí hacer algo productivo, porque no podía ir a la oficina aunque me muriese de ganas. Me levanté temprano y abrí las puertas del armario, dispuesta a echar una mirada crítica a mi ropa. Después de los primeros días en la agencia, me había dado cuenta de que necesitaba algunos básicos, como un traje de chaqueta para las reuniones, algún *blazer* para combinarlo con los vaqueros y unas cuantas blusas monas que me hicieran parecer confiable. Por lo demás, cada uno vestía a su estilo: desde las camisas floreadas de los creativos hasta la falda lápiz de la recepcionista y los vestidazos de *boutique* de Elvira, con telas y cortes que no había visto antes en mi vida.

* Soportes publicitarios instalados en mobiliario urbano, normalmente en zonas de alto tráfico.

Decidí que debía pedirle un préstamo a mi madre y salir de compras. La encontré en la cocina, preparando la comida para luego poder disfrutar con tranquilidad de la mañana del sábado. Elisa estaba con ella, menuda y curiosa; de todos nosotros, era la única que demostraba auténtica fascinación por los fogones.

—Buenos días, señorita ejecutiva —pronunció mi madre en un tono meloso, y me regaló un beso en el pelo—. Te has levantado pronto para ser fin de semana.

Cogí un trozo de bizcochón y me preparé un café con leche mientras le contaba mi problemática de vestuario. Y en lo que mi madre se apuntaba a la incursión de *shopping*, Elisa me miró con esperanza.

—¿Me dejarías hacerte una americana? Podemos ir a El Kilo a buscar una tela bonita, de esas que no dejen indiferente a nadie. He visto unos patrones nuevos con un corte que creo que te podría quedar muy bien.

Asentí sonriendo. Elisa estudiaba Bellas Artes, pero su gran pasión era la moda. Aprendió a coser a máquina muy joven y disfrutaba creando prendas curiosas y llamativas, de esas que denotaban un estilo y una personalidad inconfundibles.

—Ya que estamos, buscamos telas para el verano, para que nos surtas de vestidos fresquitos que no tenga nadie más.

Mi madre no dejaba pasar la oportunidad y Elisa se encogió de hombros. Diseñar y coser le encantaba, no le supondría un esfuerzo.

—¿Y papá y la abuela? —pregunté. Era raro que no anduviesen merodeando por la cocina cuando estábamos todos allí. Bueno, o casi todos, faltaban Nora y Marcos, que a saber por dónde andarían.

—Papá fue a lavar el coche y la abuela aprovechó para ir a hacerse las uñas, ya sabes que esta semana faltó a su cita semanal por lo del médico del corazón.

Mi abuela Carmen Delia era el sumun de la coquetería y no tener sus uñas perfectas le suponía un disgusto considerable. Engullí lo que me quedaba de desayuno y desaparecí para arreglarme y salir.

Por la tarde, tras unas horas de compras intensas que rellenaron mi armario —y me hicieron contraer una deuda con mi madre parecida a la de España—, saqué el vestido corto negro que me iba a poner para la fiesta y empecé a arreglarme. Una amiga de Arume nos pasaría a buscar para llevarnos al estadio del Tenerife, donde esperaríamos a Jorge hasta que hubiese terminado.

—Vaya con la que se iba a poner cualquier cosa —me tiró Arume, frunciendo los labios con sensualidad—. ¿Vas a pescar esta noche, querida?

Resoplé con cierta sequedad.

—Ya quisieran los pijos rancios que nos vamos a encontrar allí.

—Bueno, no seas así, que no todos son tan idiotas.

La observé inquisitiva.

—Eso me suena a que tienes algo en mente, Arume Padrón. ¿Me lo vas a contar?

Se rio y agitó su melena oscura mientras contemplábamos el estadio semivacío.

—Ya lo verás.

Una hora más tarde, nos encontrábamos en la calle donde se alzaba la moderna casa con impresionantes vistas hacia el océano. A pesar de que todavía no era del todo de noche, las luces recorrían el amplio perímetro como pequeñas estrellas y tuve que reconocer que aquello denotaba cierta categoría. Era la otra cara de la sociedad local, esa en la que el dinero movía montañas y las fiestas se hacían en mansiones, y no en pequeños pisos de estudiantes o con chuletadas en el monte.

Avanzamos por el camino de baldosas blancas hasta la zona de la piscina, llena de gente que se mecía con la música *chill out* y se llevaba a la boca pequeñas delicias que repartían unos camareros jóvenes y guapos.

—Camareros, Vic, que hay camareros —me susurró Arume—. ¡Parece una boda!

—Tú pon cara de que esto es lo que hacemos todos los findes y fúndete con la masa —le dije entre dientes, y me erguí en mi metro setenta y cinco de estatura. Jorge iba a nuestro lado y no sé si fue por eso, o porque no éramos habituales en aquellos círculos, que notamos varias miradas interesadas durante nuestro recorrido hasta Santi.

—¡Chicos, gracias por venir! —nos dijo con una gran sonrisa y una expresión complacida en sus ojos de cachorro bonachón—. Están en su casa. Por allí se encuentra la barra de bebidas y si tienen hambre, los camareros les traerán lo que pidan.

Lo besé en la sudorosa mejilla y le di unas palmaditas en el hombro.

—Gracias a ti por invitarnos. Tu casa es preciosa —respondí, haciendo gala de mis nuevas dotes de encantadora de serpientes.

Llámame obsesionada, pero ya le estaba viendo potencial a Santi como captor de clientes para la agencia. Estaba bien relacionado, su familia poseía empresas… Interesante para marcarme un tanto con Elvira.

Me disponía a tender mis redes cuando vi que alguien se ponía a su lado y escuché la voz de Santi, que me preguntaba si conocía a su amigo Leo. Me volví, sin saber que estaba a punto de protagonizar uno de los grandes instantes en la historia de mi vida.

Unos ojos color miel me miraron interesados, y ese interés, rápidamente, mutó en algo que no conseguí descifrar. Solo supe que las células de mi cuerpo se habían alarmado y que, sin pensarlo, me erguí y adopté mi postura de guerra.

Porque aquel hombre rubio y guapo hasta decir basta acababa de estimular todos mis sentidos, como si fuera un reto, una muesca que tallar en el cabezal de mi cama.

—Ella es Victoria, una amiga de Jorge Benítez —pronunció Santi, y el hombre dejó entrever una sonrisa ladeada. Se acercó para darme dos besos y cuando una de sus manos se posó en mi hombro durante el saludo, aspiré su aroma cálido y la fuerza que emanaba de su atlético cuerpo.

«Por Dios, si es como el jodido David Beckham».

—Encantada.

No fui capaz de decir nada más original y él volvió a sonreír.

—Igualmente. No nos conocíamos de antes, ¿verdad?

—No, no me suena que hayamos coincidido.

—Es normal, yo estudié en Las Palmas, así que me he perdido mucho de lo que ha pasado por estos lares; ahora me toca reubicarme.

—¿Qué fuiste a estudiar a Las Palmas?

Vaya, qué original estaba siendo. Pero aquel hombre me había impactado y no podía pensar con mi habitual rapidez.

—Arquitectura. Me gustaría tener algún día mi propio despacho, aunque, por ahora, trabajo para otros.

Lo dijo encogiéndose de hombros, e intuí que había algo más debajo de aquellas palabras pronunciadas a la ligera. Y como la noche era joven y de aquel hombre me interesaba todo, puse una mano en su antebrazo y le sugerí pedirnos una copa.

—Así me cuentas un poco más. Yo también estoy empezando en lo mío, podemos brindar por los comienzos.

—Lo jodido de los comienzos, querrás decir.

Me reí con la carcajada ronca que era marca de la casa.

—O lo excitante que pueden ser. No sé tú, pero yo me muero de ganas de aprender y de demostrar todo de lo que soy capaz.

Leo se paró sin avisar. De pronto, solo estábamos nosotros dos, su cuerpo cálido y grande demasiado cerca del mío. Noté que una conocida excitación recorría las terminaciones nerviosas de todo mi ser, pero lo miré a la cara. Los remilgos no eran para mí, y el disimulo, tampoco.

—Quieres comerte el mundo, por lo que veo.

—A bocados grandes y jugosos —contesté, y noté que tragaba saliva.

—¿Qué tengo que hacer para que esta noche no dejes de hablarme así?

Su voz se hizo un poco más grave.

—¿Así cómo?

—Como si el futuro fuese una fruta prohibida que te mueres por saborear.

Sonreí misteriosa.

—Te lo tendrás que currar. Como podrás ver, soy una chica con numerosas alternativas.

Rio sin poder contenerse. Supongo que, igual que yo, no había podido obviar las miradas de muchos a los que les atraía la promesa de mi vestido corto y unas piernas de amazona.

—Y yo soy un hombre de innumerables recursos.

Sonreí, haciendo un mohín con los labios y coqueteando como nunca lo había hecho en mi vida.

—Pues demuéstramelo. Haz que valga la pena que me raptes hoy y me cierres a cualquier otra... alternativa.

Empezó a sonreír y aquello aceleró mi corazón. Sí, literalmente. Como a una damisela del siglo XIX. Victoria Olivares, *flasheada* por un hombre desconocido en una fiesta cualquiera. Ver para creer.

—Entonces, lo primero que debemos hacer es hidratarnos. En un rapto lo primero que se debe hacer es asegurarse de que las necesidades básicas están cubiertas.

Me reí por lo bajo y nos dirigimos a la barra. Ambos pedimos un combinado de ron y chocamos las copas con una sonrisa contagiosa que no éramos capaces de disimular. Sin pensarlo demasiado, nos apartamos hacia un lado, cerca de la barandilla de cristal que dejaba ver las luces de las casas hasta el oscuro y silencioso océano.

Esa noche encadenamos un tema con otro, como si fuéramos antiguos conocidos que se están redescubriendo. Era extraño, por un lado, lo sentía cercano y lleno de un humor que muchas veces dirigía hacia sí mismo; pero por otro, había algo en él que me intrigaba, como si bajo aquella imagen de tío guapo, talentoso y popular, se encontrase una nota discordante, algo oculto para el resto del mundo y que solo yo podía intuir.

Por eso, cuando comenzamos a bailar y las ganas se nos multiplicaron como mariposas expectantes, supe que no podría liarme con él esa noche. No quería que ocurriera así, de una manera tan habitual, tan típica. Ya en aquel momento percibía que entre Leo y yo había algo más, una corriente más potente que un polvo de una noche.

Aun así, me desequilibré al notar su dedo recorriéndome la espalda tras bailar una canción de Alexia. Fue un roce muy tenue pero inequívoco, con una sutileza que era todo un mundo tras el sensual baile que había juntado cada centímetro de nuestra piel. Tragué saliva y cerré los ojos un segundo, el tiempo necesario para que ese dedo bajase también por mi brazo y acabase estrechando los míos con fuerza.

Mantuve mi mano enlazada con la suya y lo miré sin artificio alguno. Supongo que lo que vio le dejó clara mi postura y, sonriendo, se llevó la mano a los labios.

—Me encantaría seguir conociéndote —dijo sin desviar la mirada de mí.

No le dije nada, solo sonreí, e hizo un gesto de fingida tristeza.

—¿Eso significa que no me vas a dar tu teléfono?

—Nunca doy mi teléfono a nadie.

—Entonces tendré que ser creativo, ¿no?

Nos reímos, sin dejar de mirarnos a los ojos y con los dedos entrelazados.

—Me encantará ver cómo lo haces.

—Será un placer, Victoria.

No tuvo que inventar mucho. No supe nada de él esa semana, en la que, además, estuve bastante ocupada intentando meterme de lleno en el día a día de la agencia. Solo por la noche, escuchando el lejano cantar de los grillos, me permití recordar su voz suave y el calor que desprendía su cuerpo, ese que ardía en deseos de fundir con el mío. No se lo dije a nadie, ni siquiera a Arume y a Jorge, que me habían hecho el tercer grado tras volver de la fiesta de Santi. No les di pistas de que Leo Fernández de Lugo se me había metido debajo de la piel, tanto que me daba un poco de miedo. Aquello no era coherente con mi forma de ser, siempre tan dispuesta a poner distancia con los sentimientos y a analizarlos como si no fueran conmigo. Y por eso, lo guardé en mi interior como un secreto, el primero de los que compondrían la línea de hitos de mi vida.

El secreto me duró una semana, lo que tardó Leo en aparecer en la chuletada de cumpleaños de un amigo en común. Estábamos todos en la zona recreativa de la Mesa Mota, una montaña en las afueras de La Laguna, disfrutando del calor, que no era habitual en aquella zona, y comenzando a asar chuletas, salchichas y chistorras en las parrillas que habíamos cogido desde bien temprano. Yo estaba de cháchara con Amós y Damián, dos amigos del grupo, cuando noté una mirada posada en mí, de esas que hacen que te cosquillee el cuello, una sensación casi física.

Me giré mientras daba un sorbo a mi cerveza, y lo descubrí a unos metros de mí, entregando unas bolsas de hielo al cumpleañero y esbozando una sonrisa divertida.

—Vaya, hace años que no veía a Leo —escuché decir a Amós.

Damián replicó algo, pero no fui capaz de captarlo porque el corazón me retumbaba en los oídos. Todos mis sentidos estaban puestos en él, en los pasos con los que reducía la distancia que nos separaba. No fue tonto, primero dio unas palmadas en la espalda a los otros chicos y luego se dirigió hacia mí con una sonrisilla llena de confianza.

—Hola, Victoria —murmuró junto a mi oído tras darme dos besos un poco más largos de lo normal—. Te dije que te encontraría y aquí estoy.

Intenté quitarle hierro a todo eso que se me precipitaba por el cuerpo y alcé las cejas.

—Tampoco era tan difícil. Tenemos muchos amigos en común, solo necesitabas preguntar.

Pero al verlo ahí plantado, con sus vaqueros claros y una camiseta negra roquera, me dije que seguro que tendría muchas más opciones de ocio que una chuletada casi estudiantil. Se cruzó de brazos y me sonrió de una forma que no me dejó duda alguna.

—Pues lo he hecho y aquí estoy. Por ti, por si te lo sigues preguntando.

«Oh, Dios mío, como diría Janice en *Friends*. He muerto y Beckham me está haciendo el boca a boca».

Le aguanté la mirada no sé cuánto tiempo, en el que nos dijimos muchas cosas, de esas que, a veces, no nos atrevemos a pronunciar en voz alta. Comencé a sonreír, a dejar que se derritiese el hielo, y claudiqué.

—¿Te apetece una cerveza? Acabo de ir a buscar una.

—Deja entonces que la comparta contigo.

Ahí lo empecé a notar, esas ganas de que nuestras pieles se rozasen, como si estuviesen imantadas y se echaran de menos a cada segundo. Mi secreto dejó de serlo en esa chuletada, porque, sin habernos besado ni tocado siquiera, Leo y yo formamos nuestra alianza frente al futuro allí, bajo las ramas de los pinos canarios y el suelo tapizado de pinocha, con apenas veinticuatro años y con la cabeza llena de planes y sueños por cumplir.

Ese Leo Fernández de Lugo lleno de inquietudes y de ambición fue mi primer gran amor, y quiso tenerme a su lado como la compañera a la que amaba, admiraba y exhibía con orgullo en cada momento.

O, más bien, durante la etapa en la que nos convertimos en los Beckham y nadie podía con nosotros. Una etapa dorada pero con una dura fecha de caducidad.

2

Leo

Victoria y yo comenzamos a salir en 2003 durante un verano lleno de fiesta, diversión y mil planes que mejoraban de forma exponencial si los compartíamos. Cuando ella y yo estábamos juntos, éramos invencibles, no había nada ni nadie que se nos resistiese. Lo supe desde el primer momento en que puse mis ojos en ella en la fiesta de Santi. Había algo en aquella chica alta y espigada que vestía un sencillo pero seductor vestido negro, y cuyo rostro no era de una belleza convencional, sino rabiosamente sensual y atractivo para todos los tíos a cien metros a la redonda. Nunca se me olvidará cómo entró en la fiesta, contoneándose como si fuese una reina pasando revista a sus súbditos, emanando un aura magnética bastante infrecuente en alguien de su edad. A mí siempre me habían gustado las mujeres mayores que yo debido a ese carisma que no suelen tener las jovencitas, y que una chica de mi edad como Victoria hiciese gala de él disparó todos mis instintos de depredador.

Lo que no esperaba era encontrarme con una mujer que me fascinó tanto que supe que tenía que ser mía irreversiblemente. Victoria me hacía frente, me miraba a los ojos y no se arredraba por decir lo que pensaba; me sorprendía con sus reacciones impredecibles y se convertía en una líder nata en cualquier círculo en el que entraba. Era justo lo que siempre deseé en una mujer: una conquistadora que me hiciese de compañera en lo que ambicionaba en la vida.

Esa ambición nacía de la historia de mi familia y se había ido alimentando durante los años en los que estudiaba. Me mataba el ver a mi madre sufrir e intentar mantenernos a mis hermanos y a mí mientras mi padre, el del apellido ilustre y emparentado con toda la alta alcurnia de la sociedad metropolitana, se gastaba el dinero en el casino y en los bares de La Laguna. Teníamos un techo porque vivíamos en el caserón familiar en la zona de La Manzanilla, pero apenas nos daba para sustentar aquella mole de balcones de madera y humedades que se comían la pintura blanca por dentro y por fuera. El que yo hubiese estudiado en Las Palmas había ocasionado un agujero grande en la economía doméstica, y por eso me busqué un trabajo en cuanto pude. Eso no se lo conté a ninguno de mis amigos en Tenerife; yo me movía en un círculo donde todos los cachorros de apellido ilustre vivían en la abundancia, sin problemas como los míos.

Por eso, mi gran objetivo era ganar dinero, mucho dinero. Así, sin más. Quería volver a dar lustre y fulgor a mi apellido, ennegrecido por las deudas de mi padre, y que mi madre y hermanos no tuviesen que pasarlo mal nunca más.

Era muy franco conmigo mismo, debía serlo para no perder el tiempo y no desviarme de mi objetivo. Tenía claro que mi visión de la arquitectura no era la tradicional de los despachos de siempre y que me costaría encontrar clientes que se embarcasen en mis diseños mucho más modernos y llamativos que las típicas casas de tejados a dos aguas y colores suaves. Por eso, necesitaba llevar a cabo una labor que los elefantes de la arquitectura no hacían porque ya lo tenían todo ganado: una mezcla entre reforzar contactos en mis círculos sociales y ganar ocasiones para presentar mis ideas.

Y todo eso sin que se enterasen mis empleadores, que no creían en lo que les enseñaba y que me pedían ajustarme a lo que indicaba el cliente. No podían averiguar que yo estaba buscando mi salida a sus espaldas. Si lo hacían, me despacharían sin remordimiento alguno.

Reconozco que el verano en el que comencé a salir con Victoria me distraje un poco de todo eso. Había encontrado una nueva adicción, una que deseaba que me durase toda la vida. Victoria me tenía en la palma de su mano, deseando poder rozar su piel suave y encendida a cualquier hora del día; tirar de su larga cabellera oscura mientras le mordía en el cuello y me enterraba en ella sacándole gemidos sonoros; llevarla de la mano y escuchar su risa ronca a la par que lanzábamos comentarios mordaces sobre quienes nos encontrábamos por el camino... Y volver a ver la expresión de su rostro cuando fue por primera vez a mi casa y le enseñé la pared llena de ideas sobre edificaciones modernas y funcionales, tan diferentes de lo que se estilaba en aquel momento.

Supe que estaba totalmente enamorado de ella el día en el que me llevó a una cena con sus compañeros de trabajo y consiguió que su jefa, la todopoderosa Elvira Faro, accediese a ver mis diseños. Fue presenciar la habilidad con la que introdujo la conversación, su mano izquierda para embaucar a su jefa y su apretón por debajo de la mesa, lo que me hizo ponerme más duro de lo que había estado en mi vida. La habría secuestrado para venerarla como la deidad pagana que era, para casarme con ella y que nunca se fuese de mi lado. Consiguió iniciar aquello que siempre deseé, mi senda para crear mi marca como arquitecto. Y vaya si lo hizo. Recuerdo unos nervios que casi me doblaron por la mitad antes de reunirme con Elvira y la sonrisa de orgullo de Victoria cuando, al final de mi exposición, su jefa me pidió que le enviase una propuesta de honorarios.

Elvira Faro se convirtió en mi primera clienta, a la que tuve que llevar al estudio con el que trabajaba porque todavía no tenía mi propia estructura. Mis jefes chirriaron los dientes al ver que me los había saltado a la torera y tuvieron que comerse aquel diseño que no era para nada del estilo que habían definido durante sus años de trabajo. Me volqué en cuerpo y alma en ese proyecto y, cuando vio la luz, corrió de boca en boca en la pequeña sociedad isleña. Aguanté tres clientes más para el estudio y luego me lancé a la aventura por mi cuenta.

No lo habría hecho si no hubiese sido por dos personas: por Victoria, que era mi talismán y estandarte para llegar a esas personas con poder adquisitivo que me interesaban como clientes, y por Icarus Frey.

Victoria y yo ya vivíamos juntos en un pequeño piso en el barrio de Duggi y pasábamos las noches haciendo cuentas para ver cuál era la mejor fórmula para establecerme en mi propio estudio. Yo no tenía nada más que mi talento y mi ambición desmedida, pero eso no era suficiente para ofrecer un servicio impecable a los clientes. Necesitaba encontrar un *partner* que llevase a cabo la parte ejecutante, la de la construcción, de forma fiable y con la máxima calidad.

Entonces, de forma fortuita, conocí a Icarus Frey en una obra que ni siquiera era mía, sino de un compañero, y supe que aquel hombre pelirrojo y con pinta de *hooligan* era la persona que estaba buscando. Observé sus andares en medio del desmonte, las palabras que tenía con los trabajadores, la meticulosidad con la que revisaba los pequeños detalles y su mirada escrutadora sobre el plano que llevaba bajo el brazo. Había oído hablar de él: un aparejador joven que había heredado la constructora de su tío, bien conocido en el mundillo y no, precisamente, por su buen hacer. Parecía que en un par de años había conseguido dar la vuelta a esa mala reputación, aunque todavía le quedaba recorrido.

Para mí era perfecto, un hombre que quería triunfar, igual que yo, y con mucho que demostrar. Ahora solo tenía que averiguar si estaría dispuesto a trabajar conmigo, si querría escuchar mi oferta.

Tras un par de encuentros planificados por mi parte y una invitación a cenar con nuestras parejas, le hice mi propuesta: aliarnos y buscar en bloque clientes de alto poder adquisitivo, tanto particulares como empresas, y no meternos en el menudeo. Aquello fue la clave para no caer durante la crisis del 2008, pero eso ocurriría mucho después. En ese momento, en mi oferta también iba incluida una estrategia de marketing que lideraría Victoria, creando la imagen de marca de LFL Arquitectos, y todo lo intangible que ella y yo íbamos a trabajar a través de contactos.

Sin tener ninguno un acceso directo a los círculos donde se movía el dinero, sí que lo teníamos a quienes nos podían facilitar la entrada: hijos, sobrinos o parientes de ilustre apellido con los que compartíamos reuniones sociales y noches de fiesta. Además, Victoria se había erigido como la estrella de la agencia gracias a contratos con empresas que siempre habían trabajado con la competencia, nuevos paquetes de productos creados para satisfacer las necesidades más actualizadas de los clientes y campañas creativas que quedarían en la mente de la sociedad hasta muchos años después. Gracias a eso, también la fueron introduciendo en círculos empresariales más poderosos; todos querían comprar la magia que hacía Victoria con las marcas, y eso costaba dinero.

Icarus se tomó su tiempo para pensárselo, haciendo gala de su carácter reflexivo y cauto. Yo me mordí las uñas hasta el hueso, pero valió la pena, su respuesta fue positiva, y con ello nos lanzamos a la palestra.

Al principio no fue fácil. Supongo que nunca lo es. Conseguíamos proyectos pequeños, remodelaciones y cosas por el estilo, pero no despegábamos. Entonces a Victoria se le ocurrió la idea que logró que nuestro nombre comenzase a ser conocido. Así, contratamos a una pequeña productora —que grabó varias de nuestras obras y algunos de nuestros proyectos que no tenían dueño todavía— para realizar un anuncio de televisión corto que retransmitir en las principales cadenas de la época. En aquellos tiempos, todavía no existían las redes sociales ni el marketing digital, así que nos apalancamos en los medios tradicionales: un poco de publicidad en los principales diarios, el patrocinio de los programas de radio de fútbol y algunas acciones puntuales en exteriores en lugares de alto tráfico de personas.

Me gasté lo que no tenía, pero funcionó. Empezamos a recibir llamadas, luego, citas y, tras un par de clientes medianos, llegó el proyecto de unas villas en el sur de la isla asociadas a un hotel de gran lujo que ya existía allí. Presenté la idea, en la que invertí toda mi pasión, y fue la elegida en tiempo récord. Ni siquiera tuve margen para ponerme nervioso, ya que tenía el contrato firmado y con el cliente ansioso por ver cosas.

Ese fue el inicio de todo, de entrar de lleno en el negocio y de comenzar a ganar dinero. Mucho dinero. Tanto que pude arreglar la casa de mis padres, ayudar a mis hermanos y darle un dinero a mi madre para que pudiese vivir con comodidad sin tener que estar pendiente de las idas y venidas de don Fernando. Con el tiempo, se acabarían separando, algo que me alegró profundamente.

A los dos años y medio de estar saliendo, y con nuestro tándem más fuerte que nunca, invité a Victoria a un viaje a Nueva York. Ella brillaba recorriendo las calles donde su querida Carrie Bradshaw desparramaba su glamour, sonreía ante las vistas del Empire State y se emocionaba con la zona cero de las Torres Gemelas. Supe que aquel viaje no se le olvidaría en la vida, sobre todo, cuando le pedí que se casara conmigo en Central Park, provocando el aplauso y los vítores de todos los que pasaban por allí. Victoria me besaba entre sonrisas y lágrimas y sentí que no podíamos ser más felices. Teníamos veintiséis años, un futuro brillante por delante y la suerte de habernos encontrado en el camino.

Reconozco que dejé que Victoria liderase el tema de la boda, yo solo le pedí pactar la lista de invitados, porque, en el fondo, era un evento social al que me interesaba invitar a gente que, en el futuro, podía serme útil. Y así, mientras ella buceaba en el mundo de los centros de mesa y de las vajillas retro, yo me dediqué a tejer telas de araña para tener a punto de caramelo a quienes deseaba impresionar para que, pese a mi edad y al poco tiempo que llevaba en el mundillo, empezaran a tomarme en serio.

Nos casamos una radiante tarde de junio en una finca en el norte de la isla. Victoria estaba preciosa con su vestido palabra de honor y una abertura hasta casi la cintura que dejaba ver sus sexis piernas, tan original y espléndida como siempre, tan reina y conquistadora de cualquier ambiente. Los jardines arbolados de la finca fueron el escenario perfecto para la boda de nuestros sueños, un evento que se comentó en la sociedad capitalina durante semanas. Con ella, inauguramos esa especie de fama que nos persiguió durante los años posteriores; y los saraos de los Beckham, como nos llamaban, eran de asistencia obligatoria.

Después de la boda y la luna de miel en las Maldivas, el goteo de clientes fue evidente, tanto que tuve que ampliar plantilla con otros arquitectos de diferentes especialidades. Icarus también necesitó crear dos equipos que atendiesen los proyectos y, así, con menos de treinta años, yo estaba ganando una cantidad ingente de dinero. Y eso hizo que quisiese más, porque ya que estábamos, ¿por qué conformarse con menos?

Justo un año después de la boda, nos fuimos de escapada a la Costa Brava. Necesitábamos unos días de desconexión con todo el trabajo que teníamos encima y disfrutar un poco más de nosotros, de la parte lúdica de nuestro tándem.

Fue allí, en un precioso hotel con vistas al Mediterráneo, donde Victoria salió del baño y se sentó frente a mí, sonriendo de una forma especial. Elevé las cejas, respondiendo a su sonrisa, y pensando que lo que quería era un polvo rapidito antes de irnos de excursión, pero se adelantó a mis palabras y me cogió de la mano.

—Leo, tengo que decirte una cosa. —Aguardó unos segundos antes de continuar, extrañamente insegura, pero luego la sonrisa volvió a su rostro—. Sé que no lo teníamos planeado, pero mira esto.

Y abrió el puño de su otra mano, donde había un test de embarazo con dos rayitas rojas. Me quedé contemplándolo, petrificado y en shock, a la vez que notaba su mirada esperanzada sobre mí.

No pude evitar sentir un frío helador por mis venas y la fuerza de un rechazo que hizo restallar algo en mi mente. Me levanté, pasándome la mano por la cara, y me obligué a mirarla.

Su expresión había mutado a incredulidad y tristeza, aunque como la conocía, no me hubiese extrañado que, en el fondo, también hubiese algo de ira burbujeante.

—¿No me vas a decir nada? —se enfrentó a mí, levantándose—. Sé que no lo teníamos en mente, pero es nuestro hijo, Leo, nuestro bebé. Una posibilidad de algo precioso que complete nuestras vidas.

La escuchaba, pero por delante de mis ojos estaba pasando una película casi de terror: noches sin dormir, Victoria dejando de lado nuestro proyecto en común, el aburguesamiento que tan poco necesitaba en mi modelo de negocio...

—Ahora no puedo pensar, Victoria. Esto lo rompe todo.

En cuanto lo dije, supe que la había fastidiado hasta el fondo. Su mirada era una herida supurante.

—¿Romper el qué? Joder, Leo, que se trata de un hijo de los dos, tuyo y mío. ¿Acaso no crees que podremos seguir con todo aunque él o ella esté con nosotros? ¡Qué poco me conoces!

Meneé la cabeza, obcecado y preso de un miedo cerval. Eso me llevó a cagarla aún más.

—¿Estás segura de que quieres...?

No pude terminar. Se plantó delante de mí y me dio un toque en medio del pecho con dos dedos, intimidándome, mientras con la otra mano señalaba la puerta.

—¡Fuera! ¡No quiero verte! ¿Cómo te atreves siquiera a sugerir que pueda deshacerme de este niño? ¡Fuera y no vuelvas hasta que hayas pensado bien lo que vas a decirme!

Un par de horas en la playa, donde corrí hasta extenuarme porque necesitaba resetear mis pensamientos, fueron mano de santo y me di cuenta de lo bruto e insensible que había sido. «Y egoísta», me decía una vocecita en mi cabeza, pero no quise escucharla. Supongo que eso es lo que ocurre con las verdades que duelen.

Volví al hotel, donde le pedí perdón a Victoria de mil y una maneras, y le aseguré que todo había sido fruto del shock, que por supuesto que deseaba tener aquel bebé y que siempre había querido ser padre. Quizá no tan joven, pero nunca me había cerrado a la idea.

Con eso y con una atención desmedida hacia ella durante el resto de los días, creo que disipé sus miedos y dudas. Ojalá hubiese ocurrido lo mismo con las mías, pero me ocupé de no pensar en eso y enterré la cabeza en el trabajo.

Esa siempre sería mi escapatoria. Más trabajo, más dinero, más disfrute. Era como una adicción.

Y para mis ínfulas de devolver el brillo al nombre de mi familia, era una adicción peligrosa, porque siempre podía obtener más. Y más. Y más.

3

Victoria

Entré en el despacho de Elvira intentando no sentirme culpable por lo que iba a hacer y llenándome de esa determinación que causaba el alivio de saber que no iba a pasar mi vida apagando fuegos y corriendo como gallina sin cabeza.

Mi jefa levantó la mirada, recorrió el vestido verde pistacho ceñido de forma sugerente a las curvas que había conseguido gracias a mis dos embarazos y no sonrió.

La muy bruja siempre me había leído mejor que nadie. Quizá no llegaba al *expertise* de mi madre, pero andaba cerca.

—Te vas —afirmó, dejando el bolígrafo con el que jugueteaba sobre la mesa.

El sonido me resultó acogedor; era un gesto muy típico en ella. Puse cara de circunstancias y me senté en una de las sillas tapizadas en color mostaza.

—Sí. Voy a dejarlo por un tiempo.

—Me lo imaginaba. —Suspiró con contrariedad y sus dedos tamborilearon sobre el escritorio—. ¿Estás segura, Victoria?

—Ahora mismo lo necesito, Elvira. No estoy haciendo las cosas bien ni en un frente ni en el otro, ni con los niños ni aquí. Y me gustaría disfrutar de ellos un poco más.

Hizo un gesto impaciente con la mano.

—Ya, ya, eso lo sé. Es decir, la parte de no poder estar al cien por cien en ambos lados. Pero ¿no crees que pueda haber otra solución menos... radical? ¿Reducir jornada, por ejemplo?

Meneé la cabeza. Lo había pensado mucho y para mí no era una opción.

—Estaría aún más frustrada, porque querría seguir haciendo lo mismo y, encima, con menos tiempo y sueldo.

—Lo del sueldo es lo de menos —me lanzó mi jefa, y sonreí. Estaba sacando toda la caballería para intentar convencerme, pero llevaba las de perder.

—Lo he pensado mucho y por ahora esta es mi decisión. No creas que no me va a costar dejarlo; me conoces lo suficiente para saber que pasaré un mono estratosférico. Pero también creo que el cuerpo es sabio y nos manda mensajes, y a mí me está enviando uno muy poderoso.

Elvira Faro me sostuvo la mirada durante un tiempo que me pareció larguísimo y supe que aquello iba en serio, que mi jefa iba a recurrir a la artillería pesada. Y, en el fondo, me encantó presenciarlo. Significaba que los años invertidos en FaroA no habían sido en vano.

—Siempre estuve tranquila porque sabía que contigo había encontrado mi relevo, Victoria. En mi mente, tú serías la siguiente tiburona de la publicidad, la dueña de FarOA, con tu Olivares metido dentro de las siglas que unos vejestorios como Álvaro y yo dejaríamos como legado.

El suspiro ocupó parte de mi pecho de forma dolorosa. Elvira estaba apelando a la Victoria competitiva, ambiciosa, a la que entró en la agencia siendo una virgencita publicitaria y que estaba renunciado a ser el ama absoluta del panorama publicitario en Canarias, porque eso era en lo que FaroA se había convertido.

Menos mal que tenía el discurso bien aprendido y los sentimientos atados a la perfección en algún lugar de mi interior, donde no los vería en los próximos años.

—Me halagas, Elvira. Y como te he dicho, esto no es un «hasta siempre». Necesito unos años para mi vida personal y, por suerte, puedo permitírmelo. Cuando decida volver, ten claro que nos sentaremos a hablar.

Elvira se encogió de hombros, sabía cuándo la situación tenía sabor a derrota. Meneó la cabeza por última vez y se permitió entrar en lo personal, algo que ella nunca hacía.

—Solo espero que no te arrepientas, Victoria. Eres de las personas más brillantes que conozco y no sé cuánto aguantarás sin retos como los que te plantea la agencia.

Me levanté, dando la conversación por terminada pero con una sonrisa afable. Me había preparado para todas aquellas dudas.

—Si me frustro, sé dónde encontrarte. Seguro que me lanzas unos cuantos dilemas que solucionar.

Mi jefa puso las manos sobre la mesa y claudicó.

—Creo, entonces, que solo me queda organizarte una fiesta de despedida como te mereces.

Comencé a sonreír y de dos zancadas me aproximé a Elvira y la abracé. Se hizo la remolona, pero sé que, en el fondo, se había emocionado. Era más blandita de lo que aparentaba su distante pose del día a día.

Cuando salí de trabajar, fui directa a casa de mi madre, donde había dejado a David y a Gala. Aquel día contaba con la ayuda de Elisa y su novio Mario —un psicólogo opositor a poli que tenía a mi hermana canturreando todo el día—, además de la de mi abuela Carmen Delia, parte del formidable dúo de las Méndez. David ya asistía a la guardería, obligado por el nacimiento de Gala, pero ahora que yo me iba a quedar en casa, quizá buscase alguna otra fórmula.

Llegué a la vivienda familiar, donde mis hijos estaban esparcidos en la enorme alfombra de la sala: uno jugando con un camión de bomberos y otra entretenida con los muñequitos que colgaban del gimnasio para bebés. La corte adoradora los rodeaba con ojitos brillantes y tuve que reírme. Besé a mis pequeños y Gala se me colgó del cuello para acompañarme a la cocina, donde mamá ya me tenía preparado el café vespertino.

Esta vez había acompañado el cortado de unos trozos de bizcocho de zanahoria y piña, señal inequívoca de que aquella no iba a ser una merienda cualquiera. Intenté disimular haciéndole carantoñas a Gala y su sonrisa mansa, pero a Maruca Méndez no se la distraía tan fácil.

—¿Hablaste con Elvira?

Asentí, concentrada en no tirarme el café por encima ni regar a Gala con él. Mi madre esperó con paciencia durante un rato y no tuve otra que darle el gusto.

—Que sí, que ya lo sabe. Y no le hizo gracia, como bien puedes imaginar.

Mi madre asintió con gesto resabiado.

—Esa Elvira es una mujer lista. Aunque no le haya gustado tu decisión, no te puso palos en las ruedas, ¿no?

—Cierto. Ella sabe que, si lo he decidido, no me va a convencer de lo contrario. Y eso que me colocó un cebo la mar de interesante ante mis narices.

—Me lo puedo imaginar. Yo hubiera hecho lo mismo.

La miré con cara de hastío.

—No empieces tú también con eso.

Se rio, meneando la cabeza. Maruca Méndez me había parido y, por eso, me conocía como la palma de su mano.

—No me va a servir de nada. Y tampoco es que me parezca mal, ojo. Las mujeres de hoy en día están estresadas siempre porque es imposible que cumplan con todos sus cometidos como ellas quieren. Por ese lado, tienes la suerte de poder parar y dedicarte a tus hijos sin tener que pensar en lo económico.

La miré, esperando lo que venía a continuación y apaciguando a Gala, que estaba aburrida de tanta cháchara. Mi madre achicó los ojos, sin duda buscando las palabras exactas, y contuvo un suspiro.

—Lo que no sé es si será suficiente para ti. Te conozco, Victoria, y te gusta estar activa en mil cosas que requieren de un esfuerzo intelectual que no te dan los niños. Y perdona que te lo diga así, pero eres muy joven todavía para convertirte en la señora en que Leo quiere que te conviertas.

Vaya, esta vez había disparado la flecha con mucha certeza, y me revolví como un gato.

—Esto no es un requerimiento de Leo, mamá. Surgió el tema, lo hablamos y decidimos que podíamos permitirnos ese lujo. Ya sabes que las cosas nos están yendo bien, estamos pensando en mudarnos a una casa más grande, y que para mí es importante ser una madre presente. Ahora mismo, veo a los niños a las siete de la tarde cuando vuelvo de la oficina...

Mi madre hizo un gesto que me hizo entender que no hacía falta que le explicase todo eso.

—Ya lo sé, hija. Solo te pido que no te amoldes a lo que quieren de ti, no dejes atrás tu identidad.

—Pero bueno, mamá, estás hablando como si Leo fuese el típico hombre que quiere anularme como persona, y nada más lejos de la realidad. Lo conoces y has visto lo mucho que se enorgullece de mí y de mi carrera, lo importante que soy para él en nuestro proyecto común y, además, seguiré coordinando el marketing del estudio...

Mi madre se calló, aunque seguro que se le quedaron muchas cosas en el tintero. Cosas que a mí no me apetecía escuchar en ese momento porque sabía que eran ciertas. No era tan naíf como para pensar que la maternidad en exclusiva iba a satisfacerme para toda la vida. Y eso me desvelaba por las noches, necesitaba encontrar algo que me siguiese dando vidilla, que me hiciese sentir que una parte de mí seguía conquistando retos.

«Mi madre no es consciente de lo mucho que ha dado en la diana con lo que me ha dicho. Y eso duele, joder, duele a morir porque estoy hecha un lío y no sé si he tomado la decisión correcta».

Me levanté con Gala en los brazos y empecé a levar anclas con la ayuda solícita de Elisa y Mario. Mamá no hizo el amago de echarme una mano y se quedó de pie contemplando mi salida; la mirada que intercambiamos antes de irme no fue de disculpa.

«Si te lo he dicho, es por algo».

Su voz resonó en mi mente todo el camino de vuelta, pero en cuanto llegué a casa, la relegué a un segundo plano. Leo estaba en la cocina, llevaba el delantal puesto y preparaba algo que olía muy bien. Conocía las dotes culinarias de mi marido y supuse que sería alguna carne al horno con cobertura de mostaza, que se le daba de vicio.

—Mi reina —pronunció zalamero, y me dio un beso en los labios mientras me cogía por la cintura.

Luego dedicó sendos arrumacos a los niños, que levantaron sus brazos hacia él, y los cogió a ambos. Me acerqué a la placa y vi que también había hecho arroz hindú, además de potaje de verduras para los niños. Lo miré sorprendida, estaba claro que tenía algo que contarme. Conocía a la perfección sus trucos. Alcé la mano y le dije que, primero, bañaríamos a los niños, les daríamos la cena y, en cuanto se durmiesen, nos tomaríamos un vino con lo que había preparado. Asintió, no sin algo de contrariedad, pero no dejé que fuese a más. Éramos padres de dos niños menores de dos años y esa era la rutina nocturna que formaba parte de nuestras vidas.

Se quedó rumiando su descontento, pero participó en el ritual sin decir nada al respecto. Lo miré mientras enjabonaba a Gala; no había nada que pudiese achacarle, pero nunca se implicaba del todo en las cosas que concernían a los niños. Como si… en el fondo fuese algo que le molestara, que no hacía con gusto.

Preferí no dejar vagar mis pensamientos con libertad y los até con nudos férreos en algún lugar de mi cerebro. Leo estaba allí, le hizo pedorretas en la barriga a David y luego los acunó hasta que se durmieron. *Check*. Ese día había estado de manual. Yo, mientras tanto, lo esperé con una copa de vino en la mano, preguntándome qué me querría contar y si se acordaría de que aquel día me había reunido con Elvira.

Salió del dormitorio de los niños con los ojos entrecerrados y soñolientos, y se pasó una mano por la cara.

—Casi me quedo dormido yo también.

Me reí.

—Es algo habitual. Muchas noches acabo dando cabezadas en la silla y con un dolor de cuello que no veas.

Se dirigió a servirnos la cena y en nada me encontré sentada en nuestra pequeña mesa de la cocina, esa que llevábamos tiempo queriendo cambiar pero que no lo hacíamos a la espera de una posible mudanza.

—He encontrado nuestra casa —me dijo sin preámbulos.

Alcé las cejas con interés. Él parecía un niño pequeño con zapatos nuevos y me hizo gracia verlo tan entusiasmado. Era cierto que necesitábamos más espacio y mayores facilidades, y habíamos hablado de irnos a las afueras de Santa Cruz, a algún lugar con jardín y aire libre para los niños. Pero la casa que me enseñó se encontraba en El Sauzal, bastante más al norte de lo que había pensado, y no se trataba de una casa; aquello era mucho más que un chalet típico.

—Hay que reformarla a fondo, pero tiene unas posibilidades increíbles por si, en algún momento, la queremos vender.

—¿No la hemos comprado todavía y ya te estás planteando venderla?

Mi voz resultó más acerada de lo que había pensado y Leo levantó la vista extrañado. Entre sus manos, se desplegaba un abanico de fotos de una casa al borde del acantilado, con varias alturas y una piscina rodeada de praderas de césped y frondosos parterres de plantas bien cuidadas.

—Solo pienso en que, si invertimos nuestro dinero, que sea en algo que nos pueda dar una futura rentabilidad.

Aflojé la tensión de los hombros y me dije que tenía razón. Seguí viendo las imágenes en silencio, consciente de que aquello podía ser la casa de nuestros sueños, y luego presté atención al esbozo de proyecto que Leo ya había hecho. El aspecto exterior de la casa ya no era setentero, sino mucho más moderno e integrado en el entorno con el uso de diferentes piedras y cristaleras. El interior también lo había rediseñado sacando más habitaciones y, aun así, regalándonos un dormitorio principal con una original ducha que se suspendía sobre el acantilado.

Me eché hacia atrás impresionada. Leo estaba pendiente de mis reacciones y sonrió complacido.

—Pero, Leo, ¿esto no es demasiado? Pasar de un piso como este a una especie de mansión me parece...

Se rio, esperando que yo encontrase la palabra.

«¿Ostentoso? ¿Exagerado? ¿Brutal? ¿O solo se trata de una suerte de complejo de inferioridad, como si no me mereciese esto? ¿O quizá el complejo lo tenga él y por eso necesita tener una casa como esta?».

—Es un poco *heavy*, lo sé. Pero es un chollo y me mantienen la oferta hasta mañana. Yo la compraría, Victoria, lo podemos asumir y quisiera hacer algo realmente diferente con ella.

Lo entendí. Leo deseaba transformar esa casa en su gran carta de presentación, una joya en su ya reluciente portfolio de proyectos. Acabé accediendo, aunque me pregunté de dónde sacaría yo el dinero para poder participar en la compra y reforma de aquel inmueble. Nuestras diferencias salariales eran notorias y Leo sabía cómo mover su dinero para que se multiplicase entre obras, permutas y chanchullos varios. Yo no me desenvolvía igual de bien en un mundo tan volátil y poco regulado, y eso me limitaba. Y, además, lo de comprar a medias nunca había estado en mis planes, me recordé mientras escuchaba sus ideas eufóricas. Decidí seguirle la corriente, no dejar que la cena se enfriase y que, tras ella, Leo hiciera que me corriese contra la pared, estocada tras estocada, conjurando un tsunami de placer durante el que me olvidé del cariz tan inesperado que estaba tomando mi vida.

La respuesta a mis dudas vino en forma de un chico alto, desgarbado y de ojos sonrientes que me encontré en el parque de camino a casa de mi suegra dos días después del tema del chalet. Marcos nos saludó desde lejos y toda la desazón que me invadía desde el asunto de la compra —y lo de la inclusión de la habitación de servicio, que había provocado una discusión porque yo no quería ni oír hablar de tener a una persona interna con mi familia— se me alivió de golpe.

Mi hermano Marcos poseía el extraño don de saber tranquilizar y poner en perspectiva las cosas a pesar de ser más pequeño que yo. Quizá se debía a su pragmatismo natural, a su poder resolutivo y de abstracción de los detalles. Era mi versión mejorada, siempre se lo decía, a lo que él respondía que, en esa evolución, con suerte para él, habían desactivado la mala leche que me caracterizaba.

—¿Qué te pica, Vic? Tienes cara de estreñida desde lejos. ¿Necesitas un poco de laxante o con una ramita de perejil te vale?

Me eché a reír y los niños me imitaron como monitos amaestrados.

—Hay que ver, Marcos, ¿de dónde sacas esas cosas?

—De ver que te hace falta un poco de alegría, abuela. Que ya me he enterado de que vas a tener una vida de ensueño, y es muy raro lo poco que se te nota.

Meneé la cabeza y, al ver mi gesto, decidió acompañarme en mi paseo hasta la zona de La Manzanilla. Le conté lo que me afligía —no solo lo de la casa, sino todo lo que se agitaba dentro de mí— de la manera en la que solo se lo podía contar a él: con honestidad, sin quedarme con nada atascado. Marcos escuchó, como tan bien sabía hacer desde pequeño, y noté que sus mecanismos mentales internos se ponían en funcionamiento.

—Esto me suena a que te gustaría tener un plan B por si lo de ser madre a tiempo completo no te llena, ¿no? Algo que te estimule, que no te quite tiempo, que puedas hacer desde casa, a tu ritmo y cuando tú quieras. Es decir, asegurarte de que existe una vía de escape para ser tú misma de vez en cuando. Más allá de lo del marketing del estudio, que ya lo tienes controlado al dedillo.

Lo miré largamente. Cómo lo clavaba, el cerebrito. Y tenía más guardado para mí.

—Y, por otro lado, no sabes cómo decirle a Leo que no quieres invertir en la casa, que prefieres que lo haga él. ¿Y eso por qué?

Me encogí de hombros con cierta frialdad.

—Nunca he creído en eso de comprar cosas a medias. Luego te separas y es un embrollo. Prefiero que cada uno tengamos lo nuestro. A fin de cuentas, quienes me importan son mis hijos, y esa casa será de ellos figure yo o no en las escrituras.

—Pues díselo y ya está.

—No es tan fácil. Él nos ve como un tándem, como el equipo perfecto que se apoya en todo, y si le digo que no lo acompaño en esto, lo va a ver como una afrenta.

Marcos frunció el ceño.

—Pues que se la envaine. Puedes decírselo como lo sientes, o inventarte una milonga sobre los consejos de tu asesor, que te ha explicado que por temas fiscales no interesa que la compren juntos. O yo qué sé, no soy experto en estos asuntos. Por eso no te preocupes, eso se investiga y sanseacabó. Me inquieta más lo otro.

—Ya lo sé. Me han dado leña por todos lados con ello, no te creas. Nadie puede entender que, precisamente yo, renuncie a mi carrera por la maternidad. Pero has de saber que es verdad, que deseo estar con los niños mientras son pequeños. Es un regalo que voy a hacerles, el que siempre puedan disponer de mí, en cada caída, risa o aprendizaje. Conozco a amigas que se lamentan por no poder estar con sus hijos y, si yo puedo hacerlo, no voy a desperdiciar esta oportunidad. Pero hay una pequeña parte de mí que me dice que me van a sobrar energías, demasiadas, y no sé qué hacer con ellas. No se trata de ir al gimnasio ni de practicar surf, es más bien encontrar los sudokus mentales que me llenen.

—Vic, ahora hay mil cursos online a los que puedes apuntarte, y de las temáticas más variopintas. Si tu idea es volver a incorporarte a la vida laboral, ¿por qué no aprovechas para formarte? ¿O para explorar todo esto nuevo que ha traído internet? Por ejemplo, ¿has oído hablar de los bitcoins? Valdría la pena que te informaras, porque dicen que son el futuro. ¿O esto de las redes sociales? Acaba de salir una nueva, Instagram, que dicen que es la leche...

Y así, durante un paseo improvisado con mi hermano, la semilla de lo que sería uno de mis secretos se plantó en terreno fértil y empezó a crecer; primero, a tientas, pero luego, con arrojo.

Sin embargo, no solo ocurrió eso en aquellos años.

Leo compró la casa, la puso a su nombre y la convirtió en objetivo de mil publirreportajes sobre arquitectura. Y con ello, su fama creció como la espuma y él se erigió como el invitado favorito de todos los saraos de gente influyente de la isla.

Por mi parte, me dejé mecer por el ritmo de juegos, nanas y chapoteos de mis hijos, ganándome el título de madre del año gracias a las horas y las ganas dedicadas al baby yoga, la natación y los tropecientos talleres de estimulación temprana y mil historias más en los que me apunté con mis cachorros. Estiré lo que pude el momento de que empezasen el cole, dejando calladas a todas aquellas que me decían que, si no los apuntaba a la guardería, no serían capaces de socializar con los niños una vez entrasen en educación infantil. Y sí, seguí echándole una mano a Leo con el marketing del estudio, pero, sobre todo, me dediqué a derribar creencias y a hacer felices a mis hijos y, de paso, a mí misma.

Bueno, espera.

No he sido del todo sincera.

En esa época nació mi gran secreto, el que lo inició todo, siempre a la sombra del engaño, de noche cerrada, mientras esperaba a Leo hasta cada vez más tarde en el silencio expectante que rodeaba la casa. Ahí era cuando mis dedos volaban y las ganancias aumentaban en la cuenta oculta de la que nadie tenía conocimiento. El *trading* de criptomonedas era mi aliado para demostrarme que no había dejado de ser capaz de dominar territorios complejos, que seguía siendo Victoria Olivares, después de todo, y que estaba dispuesta a seguir siéndolo durante mucho tiempo.

4

Leo

Aparqué el coche en el amplio garaje y vi que, además del vehículo familiar de Victoria, estaba la moto de mi cuñado, esa que utilizaba cuando se cogía minivacaciones de su trabajo en el extranjero. Podría haber sido peor, me dije. Con Marcos solía hablar de cosas interesantes, no ocurría lo mismo con la madre de Victoria o con su abuela, que eran unas señoras a las que conseguía aguantar un rato y no mucho más.

Entré en la cocina, siguiendo las voces que caldeaban la amplia casa. Los grititos de David, entretenido con algo que seguro que implicaba algún tipo de caos; los intentos de comunicación de Gala, haciéndose valer ante la exuberancia de su hermano; la voz grave de Marcos conversando con Victoria y luego la melodía cotidiana de cazos, puertas de la nevera que se cerraban, un tintineo de copas y el pitido del microondas.

A pesar de que deseaba verlos, y de que aquello era la antítesis de lo que yo había vivido en mi familia, un pensamiento pequeño y feo volvió a golpearme con insistencia.

«No pensé estar así con treinta y dos años».

El sentimiento creció en mí al besar a Victoria, más sexy y espléndida que nunca, pero embarazadísima de nuestro tercer hijo; al llenarme de potaje el polo de Ralph Lauren tras besar a David y tener que tragarme el taco que estranguló mi garganta; al coger a Gala en brazos para darme cuenta de que se había hecho caca y de que no podía escaquearme de cambiarla, y al echar un vistazo a mi alrededor. Aunque teníamos a una señora en casa limpiando todos los días, la vivienda era un pequeño caos y eso me sacaba de mis casillas.

A veces, cuando estaba de cena con compañeros del gremio o con empresarios locales, clientes futuribles con los que había que cultivar relaciones de confianza, y escuchaba retazos de sus vidas, me carcomía la envidia de esas parejas sin hijos que hacían lo que les placía, disfrutando de su dinero de forma hedonista, sin necesidad de pensar en colegios, logopedas, hoteles familiares ni intolerancias alimentarias. O de esos que tenían hijos, pero los delegaban a cuidadoras que se ocupaban de casi todo, de tal forma que solo disfrutaban de lo bonito y fácil de ellos.

Pero había algo que eclipsaba todo aquello y era el hecho de que echaba de menos a mi mujer. A esa Victoria chispeante, triunfadora y aventurera que seguía existiendo bajo sus ojeras de madre cansada, la mujer que, ahora mismo, estaba latente. No podía quejarme de nada con ella; era la madre perfecta, los niños la adoraban, yo apenas tenía que ocuparme de asuntos domésticos y, además, cuando llegaba a casa, disfrutaba de su mente hábil y del increíble sexo que seguía quemándonos. Pero esa reina que conquistaba a quien se le pusiese por delante, la mujer interesante a la que no le hacía falta reírle las bromas a nadie porque todos siempre estaban pendientes de lo que decía, se había diluido por el camino.

Y me hacía falta, joder. Era lo que me había enamorado de ella y no quería perderla porque la maternidad y lo cotidiano la estuviesen haciendo cambiar.

No pretendía que me acompañase a todas las celebraciones a las que estaba yendo, tampoco en ciertas ocasiones me convenía. A veces, la cosa se desfasaba un poco y acabábamos en lugares que jamás hubiese conocido si no hubiese sido de mano de lo más granado de aquellos que tenían dinero en la sociedad canaria; lugares donde la cocaína ya estaba puesta sobre la mesa y donde las mujeres eran lo que uno quisiese que fuesen. A mí todo aquello me resultaba un poco escandaloso y hasta decadente, pero no ponía la mano en el fuego por que, en algún momento, se convirtiese en algo normal, en parte de mi vida. Y no sabía si eso me disgustaba o, en el fondo, me complacía.

La contemplé, sonrojada por las risas con su hermano y luciendo una barriga que rivalizaba con el tamaño de sus pechos. Un ramalazo de deseo me recorrió al recordar su turgencia, la extraordinaria dureza del pezón en mi boca y cómo se bamboleaban al montarme con ese ritmo que solo ella poseía en sus venas. Con eso, la discusión de la noche anterior se me olvidó y solo pude pensar en cómo quitarme de encima a todos los que estaban allí y poder abrirla de piernas en el enorme sofá para hundir mi boca en su chorreante humedad.

«Ya no estás en casa por las noches», me había dicho con el ceño fruncido y sin disimular su enfado. Intenté justificar mis ausencias con la excusa de los clientes, pero se rio en mi cara.

—A mí no me vengas con milongas, que sé de lo que va esto. Lo que a ti te pasa es que te gusta más estar con tus amiguetes por ahí que pringando en casa con tus hijos, como hace cualquier padre responsable.

—Joder, Victoria, que me paso todo el día en las obras e intentando generar diseños que merezcan cobrarse como lo hago, para luego estar lidiando con purés que vuelan y niños que te mean en la cara. Ya te he dicho que necesitamos contratar a alguien que se ocupe de todo eso.

—¿Y entonces para qué estoy yo? ¿Para qué he dejado mi trabajo si mis hijos van a estar atendidos por una cuidadora? Ese no fue el trato.

—No te digo que ella lo haga todo y tú te vayas a hacerte las uñas, que si quieres que sea así, por mí no hay problema; pero podemos permitirnos el tener a alguien que los cambie y les dé de comer.

Mi mujer puso esa cara que conocía bien y que significaba que antes volarían los cerdos. Y después, volvió a la carga.

—De todas formas, tantas cenitas y eventos no me gustan un pelo. Apenas te veo y, cuando vuelves, ya estoy dormida. ¿Qué tipo de relación de pareja es esta?

Me hubiera encantado decirle que eso me preguntaba yo también, pero sabía cuándo era mejor no avivar más el fuego.

Así que ese día en el que decidí apaciguar las aguas, venía con dos ases en la manga: un fin de semana para los dos en un exclusivo hotel recién abierto en el Algarve, y el compromiso de no pasar más de dos noches en eventos diferentes durante la semana. Además, me había dado cuenta de que había un perfil de contactos que podían servirme para matar varios pájaros de un tiro: los que tenían familia con niños pequeños. A Victoria le encantaba organizar almuerzos y demás eventos, con lo que se sentiría parte del tándem de nuevo.

Me alegró ver su sonrisa complacida con el regalo del fin de semana para nosotros solos y comenzó a mover fichas para poder despejar esos días. Lo que ella no sabía era que yo había escogido esa fecha con cuidado, porque sabía que coincidiríamos con un empresario con el que me interesaba estrechar relaciones. Una copa de aperitivo, alguna cerveza en la piscina y otro encuentro fortuito más, y ya tenía la excusa para concertar una reunión en los días posteriores.

Y así fue. Victoria y yo volvimos a conectar en esos dos días robados, dándonos homenajes a cuerpo de rey y encontrando de nuevo el lenguaje de los besos; a su vez, logré hacer migas con el empresario sin que ella sospechase. Nuestro plan de pareja fue todo un éxito y el mío particular, también.

Sin embargo, la reunión programada se fue al garete porque al día siguiente de volver del Algarve Victoria se puso de parto. Y el proceso fue más complicado de lo habitual, tanto que, al cabo de las horas, hubo que practicarle una cesárea. Minerva nació berreando, con esa actitud guerrera que sería su seña de identidad y que marcó muchísimo lo que vino después: el que a mí me quedase grande todo aquello. Tres niños en casa, mi madre y mi suegra afincadas día sí, día no hasta las tantas para echar una mano a Victoria, sus problemas después de la cesárea, que la hicieron sumirse en un estado de mal humor constante; incluso la contratación de esa persona externa que le restaría tareas no ayudó demasiado a que las cosas fuesen mejor...

A veces, sentía que la familia me sobraba y deseaba desaparecer. Era incapaz de concentrarme en el plano laboral, no solo en la parte creativa, sino en investigar, estar en contacto con las tendencias, supervisar el trabajo del equipo...; hasta Icarus se sentó conmigo para darme la charla de un hombre que tenía cuatro hijos y que ya había pasado por todo aquello.

Fue en esa época cuando empecé a alejarme. Lo hice para salvaguardar mi salud mental y mi rendimiento en el trabajo, pero, en el fondo, sabía que era porque no me gustaba en qué se había convertido mi vida. El entrar en casa y verme rodeado de lloros, de cacas y de peleas me sobrepasaba. Admiraba cómo Victoria lo manejaba todo y cómo intentaba que, cuando yo llegaba, estuviese bajo control para que pudiese disfrutar de lo bonito de los niños, de las cosas que David me contaba del cole, de los bailes desacompasados de Gala y de las primeras palabras de Mimi.

Ojo, no era que no los quisiese. Por supuesto que los adoraba y tengo recuerdos preciosos de esa época. Pero el arquitecto más reputado de las islas que más tarde jugaría en la liga internacional —que era en quien yo tenía proyectado convertirme— no podía estar todas las noches viendo a los *Teletubbies* y leyendo cuentos para dormir. Lo hacía cuando tocaba o cuando ya no podía tensar más la cuerda, pero era Victoria quien protagonizaba la vida de los niños.

A fin de cuentas, ese había sido el trato.

Ella lo sabía y a mí no me hacía falta recordárselo.

Con lo que yo no había contado era que el estar menos con mi familia significaría buscar lazos en otros lados. Lazos falsos, regados de alcohol y alguna droga, de esos que suenan a cantos de sirena y hechizos de lamias, pero que te arrastran a una vida irreal, paralela a la que importa, pero que a mí me venía de perlas en esa época. Significaba llegar tarde a casa y tomar por costumbre el acostarme en la habitación de invitados para así no despertar a Victoria. En el fondo, no lo hacía por ella, sino por mí; en el estado en el que llegaba la mayoría de las veces, no necesitaba preguntas, sino poder poner la cabeza en la almohada y caer como un tronco.

Los dos días de entre semana se convirtieron en como mínimo tres al conseguir introducirme en el mundo de los políticos y los contratos de obra pública. Tenía claro que no iba a pujar por hacer viviendas de protección oficial, pero si había algún proyecto interesante que me sirviese en mi propósito, iba a utilizar todas las armas en mi poder para tocar las palancas exactas que permitieran que ese contrato estuviese más predispuesto para mí que para el resto.

Y así me convertí en un marido y padre ausente durante la semana, que transigía a participar en los planes familiares de los sábados y domingos a pesar de la montaña de trabajo que tenía y que al final se dio cuenta de que tampoco pasaba nada si, incluso esos días, debía atender a mis clientes. Me decía a mí mismo que aquello también formaba parte del acuerdo del tándem, aunque a Victoria ya no le salpicase ni una pizca de lo divertido y glamuroso del principio.

Mi error fue pensar que ella se quedaría quieta, como una mujercita complaciente parecida a las que me rodeaban en mi nuevo mundillo, de esas que no tenían ninguna motivación intelectual ni como persona.

O quizá mi error fue no entender que, ya en ese punto, no queríamos lo mismo.

5

Victoria

La reina Isabel II de Inglaterra acuñó un término que todas las que éramos adictas al *¡Hola!* recordaríamos toda la vida: *annus horribilis*, que para ella y su *royal family* fue 1992.

Para mí, fue el siguiente al nacimiento de Minerva.

Siempre me he considerado una mujer fuerte y práctica, pero llegué a mi límite tras un tsunami que amenazó con llevarme consigo, pero que no lo consiguió.

Después de eso, nada volvió a ser igual en muchos sentidos.

Todo comenzó con el mal posparto de Mimi. Estaba muy cansada, la herida de la cesárea no acababa de cerrarse y fue la primera vez que me planteé si el haber tenido tres hijos tan seguidos había sido una buena decisión. Todos me demandaban a su forma y, a pesar de tener a mi madre y ayuda externa, al final yo era la nave nodriza de todos aquellos pequeños alienígenas que iniciaban su andadura en la Tierra.

De Leo mejor ni hablamos, porque no estuvo a la altura de las circunstancias y ni siquiera se aproximó al mínimo. Es cierto que esa época coincidió con tres grandes proyectos, uno de ellos para el Gobierno de Canarias y que lo encumbró definitivamente. Pero no todo era dinero o, por lo menos, yo lo veía así. Y eso él no lo entendía. Estaba enfermo de codicia y de necesidad de reconocimiento cuando ya lo habían nombrado uno de los arquitectos más influyentes de Canarias en todos los foros y publicaciones especializadas. Si quería demostrarle algo al descerebrado de su padre, ya lo había hecho. Ahora, a quienes tenía que rendir cuentas era a sus hijos, que eran su responsabilidad y que lo echaban de menos todos los días, sobre todo David, que lo idolatraba.

Entonces ocurrió lo de mi padre y Elisa, y mi familia como tal se desmoronó.

Fui yo la que lo acercó a casa de Eli el día de su muerte y siempre estaré agradecida por haber tenido ese momentito con él antes de que todo ocurriese. Recuerdo nuestra conversación, sus palabras sabias y el calor de sus ojos castaños, que me miraban con el especial amor que tiene un padre para su primogénita. Le di un abrazo más largo de la cuenta y le dije que, si se cansaba, que se dejase de tonterías. Cuando Mario volviese del curso que estaba haciendo, ya le echaría un vistazo a la puerta que iba a arreglar, aunque sospechaba que no me haría caso. Se acababa de jubilar como gerente de una cadena de ferreterías en el norte de la isla, donde ascendió de chico de los recados a ser el hombre de confianza de la propiedad, y si lo podía hacer él, no iba a esperar a que su yerno metiese las zarpas en algo que no controlaba.

Un par de horas más tarde, un día cualquiera de noviembre, a mi padre le daba un infarto y Elisa perdía el bebé que tanto le había costado concebir. Tras recibir la llamada, me escurrí al suelo, sin ver nada a mi alrededor. Sentí un mazazo en la cabeza que todavía me duele al recordarlo, el escozor de un desgarro ponzoñoso en el centro de mi pecho y luego la urgente necesidad de hacer algo, de moverme, de agarrar de alguna forma esa realidad que parecía una pesadilla.

«Ahora no pienses en tu dolor, Victoria. No es importante. Tienes que coger las riendas de esto».

«Los niños. Alguien tiene que cuidarlos. Le diré a Rosario si puede quedarse con ellos esta noche».

«Qué coño. Que lo haga Leo, que para eso es el padre».

«Vístete y ve a buscar a tu madre. Habla con Nora, dile que la tenga preparada».

«Contacta con Mario. Que coja un vuelo ya, como si es uno de los militares».

«Ve al hospital, pregunta, resuelve. Entierro, papeleo. Que tus hermanos se ocupen de mamá».

«Elisa. El bebé. Mario. Dios mío».

«Mi familia. Rota. Destrozada».

Quizá el activarme en modo robot, eso que me había hecho ser la más eficiente en mi trabajo y que ahora nutría el pequeño gran secreto que anidaba en el ciberespacio, fue mi salvación. Solo para esos días, claro. Me convertí en la apagafuegos, la resolutiva, la que sabía qué hacer en cada momento. Por eso no recuerdo casi nada de esas horas tan largas y oscuras. Sé que las aguanté con entereza, a caballo entre el velatorio y la habitación de mi hermana, pero el peso de lo ocurrido, unido a mi tormenta perfecta personal, hizo que llorase todo lo que el cuerpo me pedía, siempre a escondidas, sin que nadie me viese. Perdí el brillo, todo era oscuro, aunque tuviese que dar luz artificial a los que se hallaban a mi alrededor.

Mi madre estaba hundida, era de esas mujeres que iba a todos lados con su marido y que no conocía a otro hombre en su vida porque llevaba con él desde los quince años. Ahora se sentía pequeña, perdida y sin un ancla a la que aferrarse; ella, que siempre me había parecido la que manejaba el timón de su matrimonio y de nuestra familia. Mis hermanos y yo nos mirábamos sin saber qué hacer; se pasaba el día durmiendo y narcotizada por los tranquilizantes y antidepresivos que le habían recetado los médicos. Mi abuela tampoco era capaz de conseguir que levantase la cabeza para coger aire y la nube negra se posó en un hogar que siempre había sido nido de risas y felicidad.

Elisa no estaba mejor, su dolor era todavía más profundo porque provenía de dos heridas que supurarían durante años. Además, algo me decía que Mario no estaba sabiendo acompañarla ni compartir sus sentimientos con ella, y poco a poco los notaba más alejados. Me rompía el corazón verlos así después de haber presenciado su historia de amor tan sólida y bonita.

Llegó el día en el que fui yo la que no quiso levantarse de la cama. Escuchaba a Mimi llorar en la cuna y los sonidos cotidianos de Rosario preparando a los niños para que Leo se los llevase a la guardería y al cole. Quise taparme los oídos y pedir que me dejasen en paz para poder regodearme en mi dolor y hastío, cansada de vivir siempre para los demás, hasta que algo, no sé el qué, hizo que me sentase en la cama como si me hubiese caído un rayo encima.

¿En qué momento se me adjudicó el papel de tener que hacerme cargo de todo?

Me miré en el espejo y me obligué a observarme con detenimiento.

Qué desastre. Era el fantasma de Victoria Olivares. Como si a un gato lo hubiesen atropellado muchas veces con saña.

Y aquello no me gustó nada.

Me levanté con decisión, con la cabeza más lúcida de lo que la había tenido en muchos meses. Me di una ducha fría, me vestí con un vaquero y una camiseta blanca y me maquillé por primera vez en semanas. Salí del dormitorio y me dirigí a la cocina, donde pillé a Leo ya en la puerta con los niños. Sus ojos se agrandaron al verme, seguro que vislumbró algo de la antigua Victoria, pero se cuidó mucho de sonreírme.

—Niños, la abuela los irá a recoger al cole esta tarde. Leo, voy a dejar a Mimi en casa de mi madre. Yo me tomo el día libre, así que te tocará ir a buscarlos allí. Luego nos vemos.

El fuelle que me había dado mi tan esperado clic mental me duró hasta que salí de casa de mi madre, donde había llegado con toda la naturalidad del mundo a sacarla de la cama y meterla en la ducha.

—Necesito que ejerzas de abuela hoy. Tengo que hacer cosas y ya es hora de que te levantes de esa cama que tiene la forma de tu culo.

Mi madre fue a abrir la boca indignada, pero le levanté el dedo y la señalé.

—Sí, a ti se te ha muerto tu marido, pero a mí se me ha muerto mi padre y a mi hermana, también su hijo, y aquí estamos. Ya es hora de que dejes de autocompadecerte y empieces a pensar en cómo quieres vivir tu vida a partir de ahora.

Los ojos turquesa de Nora se abrieron atónitos, pero pude leer en ellos que estaba de acuerdo con mis palabras.

La dejé vigilando a nuestra madre y me fui a la cocina, donde mi abuela casi me dio un coscorrón acompañado de un siseo furioso:

—¡Cómo le hablas así a tu madre, niña! ¡Qué poca vergüenza! Con lo mal que lo está pasando…

La fulminé con la mirada y juraría que percibí cierto titubeo en ella. Yo podía ser intimidante y esa vez no me contuve a pesar de que fuese mi abuela.

—¡Poca vergüenza la tuya como madre al estar bailándole el agua! ¿No ves que ella necesita salir de esta espiral de mierda en la que está metida? ¿Acaso quieres ver a tu hija revolcándose en el lodo como los cochinos hasta el final de sus días? Sí, se ha quedado viuda, pero como otros muchos millones de mujeres antes que ella. Y le queda familia, todos nosotros, por si no te habías percatado. Así que sé responsable tú también y ayúdala a salir del túnel, por favor.

Guardó silencio, supongo que no tenía nada que objetar. Se quedó a un lado, rumiando lo que le había echado en cara, mientras yo añadía agua a la cafetera. Era un ritual conocido, de toda la vida, perfecto para calmar los ánimos. Justo terminaba de ponerle el café cuando Mimi abrió los ojos y emitió unos sonidos que avecinaban tormenta. Ni corta ni perezosa, la saqué del carrito y se la planté a mi abuela.

—Hala, disfruta un rato de bisnieta. Que aquí todo el mundo llorando por las esquinas cuando la vida sigue y el resto nos dejamos los dientes en sobrevivir.

Mi abuela cogió a la niña con la experiencia de los años, algo que Mimi percibió con sospechosa docilidad, y paró mi efervescencia con un gesto.

—Vale, para el carro. Lo entiendo. Supongo que hoy tu siguiente misión será la casa de Elisa.

—Sí. Y la siguiente, algún lugar donde pueda estar sola sin que nadie me pida nada. Así que te dejo el paquete bien envuelto. Mamá sabe a la hora a la que tiene que buscar a los otros dos. Quédate tú con Mimi mientras tanto, y Leo vendrá a recogerlos por la tarde.

Le di un beso a Mimi en la cabecita y me dispuse a irme, pero entonces doña Carmen Delia me acarició la mejilla y su voz fue más suave de lo habitual:

—Perdona, Victoria. A veces olvido que tú también necesitas tu espacio.

Asentí, aunque no era exactamente eso. No se trataba de necesitar espacio, sino de que todo volviese a encajar. Como antes.

Desenterré esos pensamientos de mi cabeza y fui al rescate de Elisa. A ella no podía mandarla a la ducha de malas maneras, lo de mi hermana me conmovía hasta lo más profundo de mi ser y sabía que debía ser cuidadosa. Eli vivía llena de emociones, siempre flotando en su mundo creativo, y lo que había ocurrido la había empujado de un quinto piso al frío suelo de hormigón. Su mirada estaba apagada y no podía hacer demasiado por ella, solo que cogiese aire y abandonase aquellas cuatro paredes que se la estaban comiendo. Eli bajó la cabeza y no rechistó al meterla en mi coche con dirección norte. Necesitaba dejar atrás La Laguna y la zona metropolitana, y estaba segura de que le gustaría volver al valle de la Orotava.

Pasamos el desvío de la Cuesta de la Villa y enseguida el Teide, blanco por las recientes nevadas, nos saludó coronando el valle, que, salpicado de casas y carreteras, aún se resistía a devorar las amplias zonas de plataneras que se extendían hasta la costa. El cielo refulgía de ese azul propio del invierno isleño, aunque el sol calentaba un poco más de la cuenta. Noté que Elisa suspiraba hondo, como si quisiera quitarse lastre de encima, y entonces supe adónde tenía que llevarla.

El aire del mar nos envolvió con alegría al sentarnos en el borde del rompeolas de Puerto de la Cruz, ese lugar donde tantas veces habíamos paseado de pequeñas con nuestra familia. Los prismas de hormigón seguían cuajados de cangrejos y alguna ola traviesa amenazaba con mojarnos con sus gotas heladas. Pero aquel día el mar estaba sereno, la brisa nos acariciaba el rostro y se hundía en nuestros cabellos, como si tratase de reconfortarnos. Elisa me cogió de la mano y entrelazamos los dedos, ambas con la mirada perdida en el horizonte.

—¿Te acuerdas de la chica que murió aquí en el rompeolas cuando éramos jóvenes?

Asentí. Había sido durante una tormenta de verano y causó bastante revuelo en los medios de la época.

—Recuerdo sentirme fatal por ella y por su familia —continuó hablando—. Es extraño, porque no conocía a ninguno de ellos. Es lo que me pasa ahora, nunca conoceré a mi hijo, pero el dolor que siento podría partirme en dos. El dolor y la rabia de no entender por qué nos tuvo que pasar esto a nosotros.

No quise responderle nada, solo dejarla hablar y regalarle aire marino a su alrededor. Si necesitaba contármelo, allí estaría. Elisa apoyó la cabeza en mi hombro y siguió respirando con bocanadas profundas, como si le faltase el oxígeno. Pensé que me diría algo más, pero se sumió en un largo silencio. En cambio, mi mente estaba llena de ideas que revoloteaban, afiladas e impertinentes, y que esperaban que las cogiese al vuelo para analizarlas y valorar si me valían o no para salir de aquel *impasse* tan feo que estaba viviendo.

Y no me refería al duelo que tenía que superar por la pérdida de mi padre ni a la ayuda que debería prestarle a mi madre para que encontrase una nueva rutina en su vida.

Debía decidir si mi rol como Mrs. Beckham seguía teniendo sentido o no. Si quería volver a encontrar mi puesto junto a mi marido más allá de la maternidad.

Sabía que Leo no lo estaba haciendo bien, pero deseaba creer que había una segunda oportunidad para ambos. Necesitábamos encontrar el equilibrio, volver a conectar, yo soltar un poco mi rol de supermadre y él, el de adicto al trabajo y a la recompensa.

Y a pesar de que en los últimos meses me había sentido sola, tirando de los niños y de la familia sin él, esperaba que solo se tratara de un bache. Que él reaccionaría y volveríamos a ser los del principio. O no, porque ya éramos personas distintas, pero tenía que mantener la certeza de que lo que nos unió en su momento seguía intacto.

Involucraría a mi madre mucho más con mis hijos, de esa forma ella encontraría de nuevo una ilusión por levantarse cada mañana y yo podría buscar más tiempo para ser esposa, amiga, hermana y otros roles que había dejado de lado. Retomaría los eventos y ahora los organizaría yo; para nada servía vivir en una casa como la que teníamos, una especie de Falcon Crest moderno pero sin viñedos, si no le daba uso.

—Gracias por recordarme este sitio. —Eli rompió el silencio y sonrió con tristeza—. Cuando sea capaz de conducir, volveré.

—Ya sabes que puedes contar conmigo para traerte. O, claro, con Mario. ¿No crees que a él le vendría bien venir también aquí?

Eli emitió una risa áspera, muy poco habitual en ella.

—Ahora mismo no sé nada de él, ni qué piensa ni qué siente. No logramos comunicarnos.

Me dio unas palmaditas en la rodilla y se levantó.

—Anda, arriba. No vamos a solucionar nada hablando de él.

—¿Te apetece dar un paseo por la plaza?

No quería que la luz que había conseguido en aquellos minutos frente al mar se diluyese tan rápido. Asintió sin poner demasiadas pegas y la entretuve un rato más antes de dejarla en su casa en las afueras de La Laguna.

El resto del día lo consagré a mí y a exorcizar la culpa que me acechaba por no estar atendiendo a mis hijos, sino gastando el tiempo en frivolidades, esas que me sentaron de maravilla cuando al final del día aparecí en casa: el paseo por mi librería favorita, el nuevo look en una peluquería donde me entendieron a la perfección y luego un almuerzo-merienda con Arume y Jorge.

—Por fin te vemos el pelo, querida —dijo Arume mientras ojeaba la carta y señalaba su elección.

Solo ella podía soltar algo así sin que sonase mal. Jorge me acarició con fuerza el antebrazo y le sonreí.

—No ha sido fácil. Pero hoy he tenido una especie de catarsis y me he rebelado contra los elementos.

Les conté lo que había pensado y no me hizo falta mucho para darme cuenta de que mis amigos torcían un poco el morro.

—No sé yo si se lo dejaría tan fácil a Leo. Lo ha estado haciendo fatal, borrándose del mapa como si la cosa no fuera con él, y ahora decides ir a la reconquista, como si se lo mereciese.

Saboreé la cerveza y me tomé mi tiempo para contestar.

—No se trata de una reconquista, sino de dar oportunidades. Leo es el padre de mis tres hijos, no es cualquiera. Me gustaría que los niños tuviesen un buen recuerdo de su infancia, uno en el que sus padres estaban presentes. Y sé que no voy a convencer a Leo si no le doy algo a cambio.

Hasta a mí misma me sonó fatal aquello y mis amigos se dieron cuenta.

—¿Y crees que le parecerá interesante este trato, o como lo quieras llamar? Porque está demasiado acostumbrado a andar por ahí solo, lo he visto más de una vez.

Jorge, como siempre, tan brutalmente sincero. Me masajeé las sienes y no pude mentirles.

—Es una posibilidad. Y si no acepta, entonces no pintamos nada juntos. Pero al menos quiero intentarlo.

—Claro que sí, amiga, hay que llegar hasta el final con la cabeza alta. Pero no me gusta que hables de tratos. No debería funcionar así en una pareja. Aunque qué sé yo de todo eso, con la mala suerte que tengo con los hombres —sentenció Arume, sonriendo con cierta tristeza. Pero luego su expresión cambió y vi ilusión en su mirada—. Y hablando de intentar cosas, he decidido hacer unos cursos de enfermería estética. Ácido hialurónico, cócteles de vitaminas para poner guapa a la gente, ya sabes.

—¿Y eso?

Me encantó ver la cara de emoción de Arume y un chispazo en los ojos de Jorge me hizo preguntarme si a él le hacía todavía más ilusión que a mí.

—Creo que es el futuro. Además, prefiero dejar a la gente contenta y guapa antes que lo que hago ahora, que es mucho más deprimente.

—Bueno, pues ya sabes que encontrarás en mí a tu primera clienta —le dije sonriendo y chocando la copa con la de ella—. ¿Y cuál es tu plan?

Se encogió de hombros indecisa.

—Todavía no lo tengo claro. Pero dentro de unos años me encantaría montar mi propia clínica y mandar al hospital a freír espárragos.

—¡Pues brindemos por que sean muchos espárragos! —dijo Jorge entre risas, sin que ninguno de nosotros sospechara la importancia que tendría en el futuro de todos aquella decisión de Arume.

Esa noche llegué a casa como si me hubiese quitado diez años de encima y con el firme propósito de hablar con Leo. Pero me lo encontré durmiendo en el sofá con pinta de haber sobrevivido a una batalla y decidí que no pasaba nada por dejarlo para el día siguiente.

A partir de ahí, las cosas tomaron otro rumbo, justo el que yo había previsto. O casi.

Mi madre comenzó a salir del hoyo; primero, gracias a contar con ella para muchas cosas de mis hijos —llegó a ir a clases de salsa como pareja de David y a defenderse patinando con Mimi— y luego, porque empezó a abrirse a más gente y a hacer nuevas amistades en varios clubs de lectura y en agrupaciones de senderismo.

Yo regresé a mi lugar como mujer de Leo con la organización de varias fiestas en casa y al acompañarlo de vez en cuando a sus cenas interminables. Volví a percibir en su mirada rastros de esa admiración del principio y me aferré a eso, a demostrarle que seguía siendo la Victoria de la que se enamoró, incluso más interesante.

Eso duró unos pocos años; después, noté que se alejaba de nuevo. Y ya no solo de la familia, sino de mí. Las noches en la oficina se volvieron más habituales y, unidas a sus salidas, hacían que lo viésemos poco. Pero eso no era lo grave. Antes, en épocas de mucho trabajo, nos lo compensaba con fines de semana o vacaciones improvisadas. Ahora creo que no le importaba. Los niños habían crecido, tenían sus hobbies, sus amigos y si no, ahí estaba yo; la idiota que se cuidaba, que se compraba ropa bonita para alejarse del tópico de la madre sufrida y entregada y que mantenía la unidad familiar sin fisuras. Algo en todo ese paquete ya no le interesaba a mi marido y me pregunté más de una vez si tendría sus propios *affaires* fuera de casa.

No sabía muy bien cómo sentirme con respecto a eso. ¿Enfadada, triste o tibia?

Quizá si mi vida hubiera girado solo en torno a ellos, la familia, ya hacía tiempo que habría estado al borde de una depresión o del divorcio. Pero mi otra vida, la secreta, me había despertado unas ganas locas de vivir de otra forma. Había acumulado una pequeña fortuna invirtiendo durante años en bitcoins, que ahora se cotizaban a precio de oro, y yo, que había creído en ellos desde el principio, estaba recogiendo una merecida cosecha. Y todo esto me estaba conduciendo a una siguiente fase. Ya no tenía ganas de seguir pegada al ordenador por las noches, el cuerpo me pedía hacer algo real con ese dinero. Para mí, como legado para mis hijos, como lo quieras llamar.

La idea se me incrustó en la cabeza tras unir varios comentarios de diferentes mujeres en eventos a los que había asistido.

«Deberías dedicarte a esto, Victoria, realmente sabes cómo montar un sarao. No te falta detalle».

«Me encantaría que existiese un lugar donde poder divertirme, relajarme o pasar un rato con mis amigas sin que nadie nos moleste. Ocio para adultas que deciden que se lo merecen».

«Menos mal que se organizan estas fiestas privadas, porque ya no encuentro sitios a los que me guste salir con mis amigas. Todo es reguetón y gente postureando o al acecho para pillar cacho».

Empecé a fantasear con encontrar un local donde crear un mundo exclusivo de ocio para gente adulta, donde ofrecer experiencias cuidadas y absolutamente diferentes de lo que había en el mercado. Me entusiasmé con la idea sin pensar en su rentabilidad ni en si tendría público objetivo, pero estaba en la fase de soñar y de sondear conmigo misma si las ganas que sentía burbujear por dentro eran auténticas o solo el pasatiempo de una mujer que no sabía qué hacer con su vida.

Sí, habría podido volver a FaroA, Elvira me habría acogido con los brazos abiertos a pesar del tiempo que había pasado, pero aquello no me llamaba tanto como lo que bullía en mi mente. Poco a poco comencé a investigar, a preguntar, a ver lo que se hacía fuera de España, y aquella idea descabellada que estaba poblando mi cerebro cogió forma y visos de que se podía materializar.

Recién estrenada la primavera del 2023, puse los cimientos de mi segundo secreto, el de mi negocio, pero antes de que pudiese dedicarle tiempo real, ocurrieron varias cosas que me distrajeron.

La primera tuvo que ver con una conversación que escuché sin querer y que provocó que algo en mi interior se hiciese añicos. No fue una rotura inesperada, más bien se trataba de algo que ya se había ido desgastando con punta afilada y que, por unas palabras casi susurradas, se acabó de fisurar.

Aquella noche de marzo había salido al jardín para contemplar el cielo estrellado que, desde nuestra casa al borde del mar, se veía con una nitidez abrumadora. Me senté en una de las hamacas, arrebujándome en la manta que me había traído, y recogí las piernas, con lo que no se me veía desde la puerta.

Tras unos minutos de tranquilidad, alguien salió al césped y, por el bajo murmullo que escuché, supe que era Leo. No lo había oído llegar y me extrañó, porque no era demasiado tarde. Iba a salir a su encuentro, pero algo en su tono de voz me puso en alerta y me quedé quieta.

No sé con quién estaba hablando y en realidad me dio igual; lo que me dejó petrificada fue la poderosa sensación de *déjà vu* al escucharlo.

Hablaba como lo hacía antes con nosotros, con su familia; una mezcla de cariño, calidez y cuidado que se había perdido con los años. Ahora, nuestras conversaciones se asemejaban más a un parte meteorológico o a una rueda de prensa de fútbol. Todo se basaba en informaciones que iban y venían de unos a otros, sin eso especial que caracteriza a una familia, el sentimiento de pertenencia a algo más grande que imprime seguridad y calidez en las palabras y los gestos.

Pero aquello solo ocurría cuando estaba él. Cuando nos quedábamos los niños y yo, todo volvía a encajar y nos deslizábamos sin dificultad por nuestra rutina de bromas, besos, risas, órdenes tipo sargenta por mi parte e intentos de mangoneo por parte de ellos. Lo normal en una familia con tres adolescentes —sí, a Mimi ya la podía meter en el grupo, porque se lo estaba ganando a pulso—.

Hacía años que no escuchaba a Leo dirigirse en ese tono a nadie dentro de nuestro hogar.

Mi marido entró en casa y yo me cubrí la cara con las manos, aterrorizada al darme cuenta de la inmensidad del agujero que se había formado entre él y nosotros. Ni siquiera el averiguar con quién hablaba me pareció importante en ese momento. Lo crucial era no dejar que ese agujero se convirtiese en un precipicio insalvable.

Lo segundo que ocurrió me hizo preocuparme todavía más por mi matrimonio. O quizá me quité la venda de los ojos y salí de mi confort iluso para darme cuenta de que las cosas no estaban nada bien.

Después de mi escucha accidental, decidí llevar a cabo una estrategia para reforzar lazos familiares. Fueron pequeñas acciones encadenadas que parecieron mejorar la situación; incluso había planificado que nuestro acercamiento culminase en unos días todos juntos en la casa que poseíamos en Famara, en Lanzarote. Era un lugar que nos encantaba, al que había asociados muchos recuerdos bonitos y, al caer el cumpleaños de David en Semana Santa, podríamos aprovechar unos días en familia.

Los niños celebraron la idea y a Leo no le quedó otra que claudicar. Sus eternas excusas murieron en sus labios cuando las peticiones de los niños de coger olas, bucear y salir a pescar rompieron su habitual coraza de «no tengo tiempo» y una sonrisa auténtica trajo de vuelta al hombre del que me había enamorado. Y esa señal fue suficiente para irme a Lanzarote con renovadas esperanzas.

No puedo negar que las cosas no mejorasen tras el viaje. La magia de Famara, con su playa kilométrica de viento alborotador y mar cristalino, y los antiguos riscos que rodeaban al enarenado pueblo cuajado de pequeñas terrazas, hizo que Leo conectara un poco más con sus hijos, volviera a mirarme con deleite —tal vez tuviese algo que ver el biquini minúsculo que me había comprado para la ocasión, o que por primera vez en mucho tiempo durmiéramos en la misma cama— y se implicara en algunas cosas a las que antes ni habría prestado atención.

Quizá por eso, decidí celebrar su cumpleaños con una fiesta memorable. Era el mejor regalo que podía hacerle, conociendo su adicción a ser reconocido y el centro de atención. Ilusa de mí, pensé que con eso inaugurábamos una nueva etapa en nuestra familia.

Debería haberle hecho caso a la vocecita que, muy en el fondo, me decía que aquello era un error y que no necesitaba luchar por mi familia porque la que yo formaba con los niños era maravillosa. Y que Leo hacía ya tiempo que se había descolgado de ella. Pero no, yo seguí erre que erre pretendiendo conservar lo que llevaba veinte años en mi vida y a lo que no quería renunciar sin dar guerra; a pesar de que Leo no me tocaba desde hacía más de un año y de que tenía la terrible certeza de que ya no era yo quien lo atraía tanto tiempo fuera de casa, y que tampoco era otra mujer.

Pero a veces las cosas no se entienden hasta que estallan en la cara y rompen tu vida en mil pedazos.

Bum.

6

Bastian

Mi relación con Tenerife siempre había oscilado de forma peligrosa entre el amor y el odio. Cuando con quince años, tras morir mi madre, tuve que emigrar desde Londres hasta aquella pequeña isla donde el estilo de vida relajado se daba de bruces con lo que yo había mamado desde pequeño, fue el odio el que tomó las riendas de todo, y sé que no fui un chico fácil para mi padre y su familia. Pero con los años, cada vez que volvía a visitarlo, y más recientemente a Icarus y a mis adorados sobrinos, era una especie de enamoramiento el que se apoderaba de mí al contemplar el azul índigo del mar rompiendo contra las rocas oscuras, legado de los volcanes aún latentes.

Por eso, cuando tras tres años en República Dominicana a cargo de la construcción de un hotel cien por cien sostenible e integrado en el ecosistema de la selva, esa misma cadena me propuso el proyecto de un hotel de otra de sus líneas de negocio en Tenerife, algo me dijo que era el momento, el de regresar al lugar donde siempre supe que volvería como un bumerán. Porque, aunque en el pasado echase sapos y culebras por la boca, mi alma esteta se había quedado enamorada de la luz tan especial de la isla, la sombra del Teide en la esencia de sus habitantes y el retumbar del mar a todas horas, incluso en medio de la ciudad. Era aquel un tambor de fondo que actuaba como el corazón de la isla y que daba a su estilo de vida un hedonismo diferente porque nacía de dentro, no era impostado ni aprendido.

Icarus recibió mi noticia con emoción, no en vano hacía mucho que no nos veíamos, a pesar de mantener el contacto todas las semanas con mensajes o con alguna llamada más larga. Resultaba curioso que aquel hombretón, con el cual compartía solo los genes de nuestro complicado padre, se hubiera convertido con el tiempo en uno de mis amigos más íntimos y leales. Icarus Frey daba la vida por los suyos, era un hombre de honor y muy trabajador y, quizá por todo eso, decidí aceptar el proyecto. Lo echaba de menos y también a su familia. Cosas de la edad, me dije al cumplir años montado en el avión que me llevaba al aeropuerto del sur de Tenerife.

Icarus tenía un socio de toda la vida al que quería mucho, pero del que se estaba desencantando a pasos agigantados. Y tal vez por eso, aunque jamás me hubiese dicho nada, quisiera tenerme cerca. Por si, en algún momento, llegaba un proyecto conjunto para los hermanos Frey. Pero por ahora no pensaba en hacerle la competencia a los arquitectos locales. Mi carrera siempre había estado vinculada a proyectos internacionales y así quería que siguiese siendo. O, al menos, esa era la idea.

Llegué a la isla un miércoles, la semana anterior a empezar con la supervisión del The Royal Blue Magarza, y con la idea de aclimatarme con calma. Icarus me había encontrado un elegante dúplex en la zona del Duque, en el sur de la isla y muy cerca de donde se edificaría el hotel, pero ya había tenido bastante de la vida artificial y plástica de los núcleos turísticos.

—Quiero algo más real, Icarus —le dije el jueves, tras ver las imágenes del dúplex por la web—. Tampoco se trata de irme al centro de Santa Cruz ni de La Laguna, pero ya viví tres años en algo como lo del sur y no me apetece volver a ello.

Icarus se rio, meneando la cabeza.

—Ahora me dirás que prefieres vivir en un pueblito y comprar fruta y verdura ecológica en el mercadillo.

Lo miré travieso.

—Pues anda, algo así no estaría mal. Y no me importa conducir, aquí todo está cerca comparado a lo que estoy acostumbrado. Pero no tengo prisa y me gustaría encontrar algo que me permitiese estar más cerca de ti y tu familia.

—Entonces, quédate en casa lo que te haga falta, Bas. Busca con calma, yo te echaré una mano.

Me dije que eso haría. No tenía urgencia y prefería encontrar algo que realmente me hiciese sentir que era un hogar. Pero si iba a alargar mi estancia en casa de Icarus y Marie, les echaría una mano en lo que necesitasen.

El viernes les dije que iría a buscar a sus hijos al instituto y me los llevaría a la playa, aprovechando el calor casi veraniego que hacía en ese final de mayo, y así le daba a Icarus y a su mujer un rato para poder ir a almorzar con tranquilidad sin tener que estar pendiente de sus adolescentes alborotadores.

Me dispuse a entrar en el despacho de Icarus, el que tenía en el espacio a continuación de su casa, para consultarle sobre temas prácticos de sus hijos, pero escuché voces y me detuve. La puerta estaba entreabierta y, aunque no me gustaba fisgar, algo en el tono de voz de la mujer que hablaba con mi hermano me hizo aguzar los oídos.

—Lo conoces desde hace veinte años, Icarus, y seguro que has visto lo mismo que yo. No creo que se huela nada de la fiesta, pero su actitud tan indiferente ante mi petición de estar el sábado en casa me resulta extraña y, en general, el ritmo que lleva entre semana... No sé, estoy preocupada. Es como si se estuviese desdibujando, como si lo estuviese perdiendo.

El suspiro hondo de mi hermano traspasó la puerta.

—No te voy a mentir, no puedo hacerlo contigo. A mí tampoco me gusta lo que está ocurriendo con él, Vic, pero no se le puede decir nada. Lo intenté y estuvo sin hablarme varias semanas. Está irritable, soberbio, y tengo miedo de que esto perjudique a nuestro trabajo.

La voz de la mujer se convirtió en acero.

—Siento decirte que a mí el trabajo me da igual. Lo que me preocupa es el desconocimiento que tengo sobre lo que hace y deja de hacer en su tiempo libre. Si es por dinero, ya tiene suficiente para varias vidas.

—Lo sé —respondió la voz de mi hermano tranquilizadora—. Veamos qué tal sale la fiesta y si quieres, después de eso, nos sentamos con él y lo cogemos por banda.

La mujer emitió una risa ronca y triste que acentuó mis ganas de ver su rostro.

—He estado intentando hablar con él el último año y medio, y no resulta. A veces parece que mejora, pero luego vuelve a desaparecer. Y no te estoy hablando de mi relación de pareja, que casi ni existe, sino de la familia que tenemos. Llega un momento en el que me pregunto si mis hijos realmente conocen a su padre, porque nunca está. Y si aparece, no está del todo presente. Me duele el corazón por ellos, por lo que puedan estar sintiendo, y si esto hará que, en el futuro, tengan alguna carencia afectiva o yo qué sé.

—Eso no va a ocurrir, te han tenido a ti de madre. —Percibí el cariño en la voz de Icarus y mi interés creció aún más. Debía de ser la mujer de su socio, ese que estaba hartando a mi hermano.

Ella suspiró y escuché unas palmadas amortiguadas, ecos de un abrazo afectuoso. Apenas me dio tiempo a dar un paso atrás y disimular mi condición de espía, porque la puerta se abrió de par en par y me tropecé con unos labios rojos en forma de corazón y un flequillo bajo el que una mirada oscura me atrapó como una planta carnívora a la incauta mosca.

Magnética. Sexy. Dolida.

La presencia de Victoria Olivares sacudió mi interior como nunca antes nadie lo había hecho.

Siempre me había vanagloriado de que nada me afectaba demasiado. Supongo que la muerte de mi madre me creó una costra dura y maloliente que jamás dejó traspasar emociones que fueran más allá de la excitación sexual o de un afecto desmedido que, mezclado convenientemente con el deseo, podía confundirse con amor.

Por eso, me habían hecho gracia los dramas que mis amigos protagonizaron en la veintena y, muchos de ellos, bien metidos en la treintena. En mi caso, el amor había aparecido en algunas ocasiones —raro sería si no hubiese sido así—, normalmente, asociado a un estímulo intelectual muy potente y a una pareja que, en sí, suponía un reto.

Con Sophie, mi exmujer, la historia no siguió los cánones habituales, pero tampoco fue suficiente para que durase. Sobre todo, después de tropezar en la piedra más común de los caminos de las parejas: la discusión de si tener hijos o no.

Todo esto acudió a mi cabeza en un microsegundo, aquel en el que me dio tiempo de darme cuenta de tres cosas.

Primero, en las profundidades de los ojos de Victoria Olivares hubo un destello que me dejó cegado.

Segundo, mi hermano me envió señales de advertencia que desafiaron el espacio, el tiempo y las normas básicas de la cortesía.

Tercero, de pronto, construí un altar a todos aquellos que juraban en el nombre de Cupido y sus flechas.

Tragué saliva para salir de lo que fuese que había ocurrido entre la mujer y yo, y me dije que aquello que recorrió mi espina dorsal y abrió una brecha en medio de mi pecho no era amor, pero sí algo que jamás había sentido. Y eso hizo que recurriese a mi armadura favorita, la pose de humano sociable y perdonavidas que siempre cae bien.

—No nos conocemos, ¿verdad?

Su voz era más grave ahora que la tenía cerca y muy sexy. Especiada, llena de miel, perfecta para narrar *late shows* radiofónicos.

—Disculpa, Vic, no te había mencionado que mi hermano Bastian llegó ayer. Bas, ella es Victoria, la mujer de mi socio, Leo.

Las oscuras cejas, algo más gruesas de lo que dictaban los cánones de belleza, se levantaron con sorna.

—Ah, sí, el arquitecto. Ike habla siempre mucho de ti.

Me tendió la mano y la estreché sin dejar de mirarla.

Su palma era cálida y seca; el apretón, firme. Y mi corazón se desbocó al notar su tacto suave.

—Espero que sean cosas buenas —respondí en mi castellano con acento canario que la sorprendió. No tenía idea de qué era lo que sabía de mí, pero seguro que se habría esperado un deje cien por cien *british*.

Victoria sonrió con lentitud y todo en ella irradió una fuerza que me hizo activar las alarmas. Aquella mujer era una leona, una faraona del estilo de Hatshepsut a la que no le hacía falta un hombre que gobernara a su lado.

Tenía toda la pinta de ser la horma de mi zapato. Y eso que todavía no la conocía.

La escuché hablar sobre lo fantástico que era mi hermano a la par que iba estudiándola con la mirada. Una camisola roja se desparramaba por su busto, a juego con sus labios, y dejaba al aire los hombros dorados. Su altura se veía realzada por unos vaqueros blancos y unos tacones finos, aunque también contribuía lo delgada que estaba. Fruncí ligeramente el ceño, era de ese tipo de delgadez poco natural, más bien provocada por algo externo.

Porque Victoria Olivares tenía pinta de hedonista, de mujer que disfrutaba de la vida, del sexo, de una buena comida y de una conversación interesante, no de andar contando calorías ni gramos en una báscula.

—Pues ya que estás aquí, ¿por qué no te vienes mañana a la fiesta de cumpleaños de mi marido?

Me hizo el ofrecimiento con una sonrisa educada, pero de alguna forma supe que lo hacía con sinceridad.

—Sé que no nos conoces de nada, pero seguro que una fiesta en compañía de tu hermano es un buen plan, ¿no?

Me reí y noté como sus ojos fueron a estudiar mi rostro y como se detuvieron más de lo normal en todas mis aristas.

—Muchas gracias, Victoria. Me encantará asistir. Y a mi hermano, por lo que veo, le gustará el doble saber que sus hijos estarán controlados por el tío Bas.

Icarus y Victoria se carcajearon en mi cara y mi hermano me dio una palmada en el hombro.

—Suerte, *brother*. Quiero verte intentando seguirle la pista a Fayna y a Ithaisa, con lo que son esas dos.

Me rasqué la cabeza con desconcierto ante las risas todavía más escandalosas de Icarus y Victoria. Estaba claro que mis sobrinas mayores habían crecido más de lo que sospechaba.

—Entonces, te esperamos —pronunció Victoria, y algo en la forma en la que sus labios formaron el «mos» me hizo desear que lo hubiese desechado.

Que hubiese dicho que me esperaba.

En mi interior me burlé de mí mismo, parecía el protagonista de una canción cutre de reguetón, pero ante ella asentí con un gesto agradecido y no pude evitar buscar su mirada, como intentando comprobar que aquel destello no había sido una alucinación mía, que ahí había algo más.

Ya habría tiempo de recordarme que era la mujer del socio de Icarus y, aunque hubiese escuchado sus confesiones a través de la puerta, debía actuar con respeto.

Pero era difícil al rememorar la reacción de mi cuerpo al verla por primera vez. Y peor aún, cuando reconocí que no era solo mi cuerpo el que había entonado cantos de *hooligan* al tenerla frente a mí. El interés que había sentido por Victoria Olivares había sido tan aplastante que no pude sino rendirme a la evidencia, y cuando Icarus me preguntó por la noche, no fui capaz de mentirle.

—Ten cuidado, Bas. Cada parcela de su vida está en un terrible equilibrio forzado que puede arrasar con todo. Y la aprecio demasiado para verla sufrir.

—No seas dramático, *brother.* No voy a hacer nada que pueda causarle daño. Por ahora, solo la he conocido durante tres minutos y es una mujer casada.

Mi hermano meneó la cabeza.

—Yo sé lo que vi y lo que vibró entre vosotros. Eres mi hermano y ella, una buena amiga, os conozco a ambos.

Puse mi mejor cara de inocencia, pero Ike —como lo llamó «ella»— me tenía bien calado. Y eso que no habíamos crecido juntos como las familias normales. Por eso fui muy cuidadoso al sonsacar información a mis sobrinos durante la tarde de playa en Benijo. Mis indagaciones dieron como fruto el saber que Fayna e Ithaisa eran muy amigas de David, el hijo mayor de Victoria, que Airam no soportaba a Gala —aunque me dio la sensación de que ese no soportar rayaba en atracción contradictoria— y que Ray adoraba a Mimi porque era la única chica aficionada al *skate* que conocía. También supe que Victoria y Marie solían quedar para juntar a su prole y poder así tomar margaritas con tranquilidad mientras los jóvenes hacían de las suyas. Y no pude enterarme de más cosas porque si no, le habrían ido con el cuento a mi hermano, sobre todo las mellizas, que eran demasiado vivas y se pispaban de todo al instante.

Intenté no crearme demasiadas expectativas para la fiesta, porque me estaba basando en un instante de efervescencia que quizá no tuviese ninguna base sólida. Acompañaría a la familia de mi hermano, aprovecharía para hacer contactos, me tomaría un par de copas y quizá, solo quizá, intercambiaría unas palabras con la mujer que tan poderosamente me había llamado la atención. Me recordé que era la celebración del cumpleaños de su marido, que estaría pendiente de él y del resto de los invitados. Yo solo era un anexo de última hora.

El día de la fiesta me esmeré con mi atuendo y en dar forma a ese cabello castaño rebelde que me había tocado al nacer. Icarus también iba de americana, aunque la suya era de un corte más clásico que la mía, y Marie estaba preciosa con un vestido vaporoso verde. Mi hermano me lanzó las llaves de uno de sus coches, porque no cabía en el familiar, y lo seguí por la autopista del Norte hasta la curva de El Sauzal, y de allí hasta las urbanizaciones de la costa.

Sabía que la casa de Leo Fernández de Lugo era una de sus creaciones más emblemáticas. Por eso disfruté de la llegada a la gran vivienda, que se mimetizaba con el entorno con una combinación acertada de piedras, cubiertas vegetales y el blanco típico de los chalets canarios que tan bien armonizaba con el azul del cielo y el océano. Nos hicieron bajar unas amplias escaleras de madera oscura, típica en muchas casas de solera, y llegamos al jardín; extensiones de césped y plantas exuberantes que colgaban sobre un acantilado vertiginoso y donde la consabida piscina *infinity* —¿todavía seguían de moda?— abría la casa al mar.

Varias barras elegantes ofrecían bebidas en rincones bien estudiados y ramos de tipo selvático decoraban las zonas de sofás y mesas altas. Un grupo de jazz comenzaba a tocar en una zona techada con fondo de flamencos rosas, y el ejército de camareros ya pululaba entre los cada vez más numerosos asistentes ofreciendo cócteles de bienvenida y líquidos sin alcohol. La tarde caía con suavidad, con un sol naranja que contorneaba la isla de La Palma en el horizonte y prometía una noche clara y templada, perfecta para pasarla al aire libre.

—Leo ha acompañado a David a comprar su traje de graduación, estarán a punto de llegar —dijo Icarus, y luego señaló con la cabeza la entrada de la casa—. Mira, ahí viene Victoria. Por su cara, seguro que es el momento de la sorpresa.

Levanté la vista y de nuevo allí estaba, esa especie de honda emoción y crepitar del cuerpo que me invadía con aquella mujer. Y más viéndola contonearse con elegancia en su dos piezas blanco que dejaba al aire un trozo de su vientre y que delineaba el resto de sus curvas con una caída impecable. Si aquello hubiese sido una película, la habrían acompañado tambores tribales o bongós de orquesta cubana. Y Tarantino la habría elegido como su Mia Wallace en vez de a Uma Thurman.

Escuché de lejos sus palabras de agradecimiento y las instrucciones para el «¡sorpresa!» general con el que quería obsequiar a su marido. La flanqueaban dos personas, cada una por un lado: una mujer alta de cabello rizado y un estilo muy personal, y un hombre que me sonaba vagamente. Tendría sobre cuarenta años, como las otras dos, y algo me dijo que los unía una fuerte amistad. De hecho, mi intuición me chivó que parecían estar allí para apoyarla, como si Victoria Olivares fuera a flaquear. Y la conversación que oí en el despacho de mi hermano se hizo más presente que nunca.

El homenajeado hizo aparición a los pocos minutos y asumió el rol de marido emocionado y sorprendido a la perfección. Lo observé con detenimiento: era la viva imagen del éxito, de un hombre que había conseguido lo que deseaba y al que le encantaba ejercer de anfitrión. Vestía una camisa blanca remangada que dejaba ver sus brazos tatuados, unos vaqueros grises y el pelo rubio y la barba peinados y arreglados con esmero. Al verlo, entendí por qué a aquella pareja los llamaban los Beckham. Entrecerré los ojos y seguí observando cómo después de besar a su mujer y abrazar a sus tres hijos, levantó una copa y agradeció a todos los que estábamos allí nuestra presencia.

Desconecté durante su discurso estándar —«que si gracias a mi mujer por organizar todo esto», «qué sería yo sin ella», «espero que lo pasen muy bien esta noche», bla, bla, bla— y me situé al lado de Icarus.

—Dime, ¿a quiénes conoces de todos los que están aquí?

Mi hermano se separó un poco y me contó entre murmullos:

—Aparte de la familia, que ya te presentaré, hay más gente del gremio, también políticos del cabildo y de algún ayuntamiento, y luego los típicos de la farándula, esos con los que Leo se lleva tan bien y que le sirven de base de contactos para conseguir cosas. Te podría ayudar conocer a algunos de ellos.

Me encogí de hombros. En principio, mi idea no era buscar contratos con empresas locales, ni siquiera sabía si después del proyecto del hotel me iría a otro lugar. Icarus sonrió.

—Nunca está de más conocer a gente que te pueda

ayudar en un futuro. Y, además de los que te he dicho, están los amigos de siempre, aunque a Leo pocos le quedan. Los ha ido sustituyendo por otros. A diferencia de Victoria. ¿Te has fijado en quienes la acompañaban antes? Son sus amigos de toda la vida, Jorge y Arume, dos más en la familia. Te gustarán, te lo prometo.

El discurso se había acabado y los camareros comenzaron a pasar con bandejas cargadas de bocados exquisitos. Imaginativos gazpachos, minitostas de foie, buñuelos salados, espuma de pulpo a la vinagreta... Intenté no parecer muy desesperado, pero se me había abierto el apetito y escolté a Icarus y a Marie mientras atrapaba con disimulo una cucharilla tras otra.

Mis sobrinos ya habían desertado y debo reconocer que me olvidé de ellos hasta más tarde. Era mucho más interesante observar a la gente bien vestida que poblaba el extenso césped, intercambiar palabras con algunos de ellos y establecer conversaciones con otros pocos, como con Jorge, el amigo de Victoria. Había sido futbolista, por eso me sonaba su cara —sobre todo, por la selección española absoluta, en la que había jugado bastantes años—, y me entretuvo escuchar la historia de su nueva vida como inversor en canchas de pádel y lo mucho que ese deporte movía a masas en la isla. Yo había sido waterpolista en mi juventud, pero había aprendido a jugar al tenis en algún momento de la adolescencia, así que quedamos en que lo avisaría para agendar unas clases.

Pasamos a los deliciosos segundos platos y fue ahí, justo antes de que se soplasen las velas de la tarta, cuando me presentaron a Leo. Me tendió la mano, algo sonrojado por la algarabía y los vinos que llevaba encima, y me sonrió con una cordialidad impostada.

—Vaya, el hermano inglés. Había oído hablar mucho de ti, pero no habíamos coincidido.

—Es cierto —intervino Icarus, y me pasó una mano por el hombro—. Ahora lo tendremos un tiempo por la isla.

Leo alzó las cejas, interesado, y sentí que Victoria nos miraba desde lejos. No habíamos hablado todavía, pero había desarrollado un radar para ella sola que no me había dejado de funcionar en toda la noche.

—¿Sí? ¿Vienes a trabajar?

Lo miré, un poco extrañado, aunque luego me reprendí internamente. Leo no tenía por qué recordar que el hermano de su socio también se dedicaba a la arquitectura.

—Sí, tengo un proyecto en el sur de la isla que va a requerir que me quede durante unos meses, siendo optimista.

Icarus me miró con orgullo.

—¿No te lo había dicho? Bas es el arquitecto que diseñó el The Royal Blue Magarza y ahora está aquí para supervisarlo todo.

Fue un ligero tambaleo, como si a Leo Fernández de Lugo le hubiesen dado un bofetón imaginario, y su actitud corporal cambió, lo percibí con toda claridad. Sus ojos se achicaron al clavarse en mí y sentí que quiso decirme algo, pero volvió a entrar en las costuras de su rol de perfecto anfitrión.

—Felicidades, Bastian. Ese proyecto es todo un caramelito. Espero que lo disfrutes mucho. Y ahora, si me disculpas, me están esperando para la tarta. Nos tomamos una copa después y me cuentas más detalles, ¿te parece?

Icarus y yo nos miramos al verlo darse la vuelta y ambos supimos que Leo no tenía ninguna intención de tomarse una copa conmigo. Ike se rascó la barba, pensativo, y meneó la cabeza.

—No sé qué mosca le habrá picado. Ni que le hubieses quitado el contrato.

Aquellas palabras se quedaron dando vueltas en mi cabeza y despertaron una sospecha que podía ser muy real.

—¿Y si fue así? ¿Y si él también se presentó y no lo escogieron?

—No lo creo, me lo habría dicho. Siempre seleccionamos entre los dos los concursos a los que nos vamos a presentar y de este no me dijo nada.

Fruncí los labios pensativo.

—Quizá lo hizo por su cuenta. ¿Acaso es la primera vez que te oculta cosas?

Icarus bajó la mirada y sentí compasión por mi hermano. Rodeé su hombro con mi brazo y le di unas palmaditas.

—Venga, vamos a tomarnos algo. Esta noche es para pasarlo bien y no solucionaremos nada pensando en los tejemanejes de tu socio. Que hoy nos pague las copas, mañana ya veremos lo que puedes hacer con él.

Tras el breve e incómodo momento de la tarta —Leo estaba serio y solo sonrió cuando sus hijos lo abrazaron por los lados—, comenzó la música del DJ y los camareros portaron varias cubiteras con champán, que dejaron su destello de bengalas en la noche ya cerrada. Los combinados y cócteles sustituyeron al vino y, al sonar los primeros compases de uno de los éxitos del verano, la pista de baile se llenó de gente, entre ellos los hijos de Icarus y los de Victoria y el resto del clan Olivares, al que me habían presentado durante la noche. Leo también estaba en el tumulto, cada vez más borracho, y aparté la vista. Aquel hombre no me había gustado, y quizá fuese una primera impresión, porque apenas había intercambiado dos palabras con él, pero había algo en su actitud que me causaba rechazo. Y tampoco me había gustado su trato hacia Victoria, a quien había dado las gracias como si fuese una empleada a su cargo, o el aura que emanaba de que él se merecía todo aquello y mucho más.

Lo que esperaba era que no le diese la noche a su mujer, porque a medida que pasaba el tiempo, lo veía más y más exaltado con su grupo de aduladores y falsos amigos de copas.

En aquel instante, me sentí fuera de lugar, aquel no era mi círculo de amigos ni esa era la noche para ponerme a hacer nuevas amistades. Mi objetivo había sido disfrutar, aunque fuera unos minutos, de la presencia de Victoria Olivares, y había fracasado. La había visto hablando con los diferentes grupos de invitados, estar pendiente del *catering*, colmar de atenciones a su madre y a su abuela y echar un ojo a sus hijos de vez en cuando. Eran muchos los frentes que torear como anfitrión, lo sabía, y por eso no hice ningún intento de aproximarme.

Di una vuelta más por la pista de baile, donde Icarus y Marie saltaban perdiendo todo el glamour junto al resto de los invitados al son del rock de los noventa, y me llamó la atención lo despierto que parecía Leo. De estar casi cayéndose, ahora su vista estaba afilada y con las pupilas dilatadas. Resoplé en mi interior. El tío iba de coca hasta las cejas en su propio cumpleaños, en una fiesta en su casa. Aquello no pintaba bien.

Me alejé de la música y las luces y paseé por el jardín. Abajo, en las rocas, el mar nocturno entonaba una canción antigua que me detuve a escuchar. Allí nadie me buscaría, estaba convenientemente oculto tras unos naranjos en flor, y aspiré el aire perfumado. En el cielo titilaban millones de estrellas y aquella paz fue reparadora tras tanta convención social. Cerré los ojos, por fin en calma, pero un movimiento en el aire que me rodeaba hizo que los abriera. Ya no estaba solo y el aroma del azahar se vio eclipsado por algo más exótico y especiado.

—Has encontrado mi lugar favorito de la casa.

La blanca silueta de Victoria Olivares se había materializado a mi lado, apoyándose en la barandilla con cierto cansancio. Mi sonrisa brotó espontánea, complacida al poder contemplar sus ojos oscuros, que resultaban enormes en las sombras de la noche.

—Entiendo por qué lo es.

Ella hizo un mohín con los labios que no supe descifrar y luego un gesto travieso inundó sus líneas de expresión.

—¿Estás aburrido, arquitecto? ¿La fiesta no ha sido lo que esperabas?

Seguí el juego a su humor seco e hice un gesto de disculpa exagerado con las manos.

—Es una fiesta un poco elevada para mis estándares. Quien la ha organizado sabe lo que hace.

Una de las comisuras de sus labios se curvó hacia arriba y desvió la mirada hacia la inmensa negrura que se abría ante nosotros.

—Quizá para quien la haya organizado este tipo de eventos ya no tiene secretos.

Me giré hacia ella, atraído sin remedio por su voz ronca y la calidez que emanaba en ondas envolventes e imaginarias.

—Secretos. Me encanta esa palabra. ¿Tú tienes secretos, Victoria?

No sé qué me hizo preguntarle aquello, pero nació de la situación, del aire templado y perfumado y de eso que ambos notábamos. La atracción, la curiosidad, la sorpresa.

—Sí, claro. De hecho, tengo varios muy jugosos que no sabe casi nadie.

Sonrió, consciente de que estaba coqueteando y de que también estaba hablando más de la cuenta. Pero pareció darle igual, no sé si se trataba de las copas, si necesitaba hablar o si estaba sobrepasada y también decepcionada.

—Esos son los mejores. ¿Alguno tiene que ver con que la anfitriona de la noche no esté bailando en la pista y, sin embargo, se encuentre contemplando el mar junto a un atractivo desconocido?

Se echó a reír y la noté más cerca de mí; el vello de sus brazos se rozaba con el mío con la sutileza de ser totalmente consciente de la presencia del otro.

—¿Puedo contarte algo que quede entre nosotros?

Le hubiese prometido lo que fuera en aquel momento.

Asentí y vi cómo sus facciones se tornaban intensas y, a la vez, relajadas. Fue como si una tormenta asolase el sensual rostro de Victoria Olivares.

—Será nuestro secreto, Victoria.

Se lo dije en inglés y sonrió ante el juego de palabras.

—Me siento como si estuviese en una obra de teatro. Soy la anfitriona de todo esto y es como si lo viese desde fuera. Como si ya no quisiese formar parte de esta charada.

Mi mano subió para acariciar su brazo, aunque su confesión fue hecha con entereza, incluso con frialdad.

—Entonces, finjamos durante el tiempo que estemos aquí, los dos solos, que eres quien te gustaría ser.

Se rio sofocada, y supe que estaba nerviosa.

Y no pude evitarlo.

Cogí su cara con ternura y la besé de forma lenta y jugosa, abrumado por lo que aquellos labios llenos me estaban haciendo sentir. Y ella se rindió; su cuerpo encajó en el mío con una naturalidad pasmosa, como si ese fuese el lugar que la vida había diseñado para él. Sus labios se movieron, probando y acariciando, con una curiosidad sensual que me hizo contener un jadeo sorprendido.

—No te arrepientas de esto —susurré a dos milímetros de su boca, y noté como sonreía.

—No lo haré. Será nuestro secreto.

La palabra reverberó en el aire, haciéndome desear mucho más, su piel contra la mía, resbalarnos en sudor, descubrir lo que se ocultaba bajo su ropa. Volví a besarla, como si con mis labios pudiese transmitirle la tranquilidad que ansiaba, y percibí su escalofrío de placer cuando sintió mi brutal dureza clavarse en su pelvis.

Entonces oímos un grito lleno de miedo y Victoria se separó de mí con violencia.

—Es David —dijo, y salió corriendo, dejando una estela de pétalos blancos tras su apresurado paso. Esperé unos minutos para salir, aunque no creía que nadie estuviese pendiente de mí porque la fiesta acababa de terminarse de la forma más abrupta.

La ambulancia llegó con rapidez y observé desde un lateral cómo se llevaban al homenajeado, a Leo Fernández de Lugo, tras haberlo encontrado su hijo inconsciente en el baño.

Pero yo solo podía pensar en cómo me hormigueaban los labios tras el beso de Victoria y lo mucho que me acababa de complicar la vida.

Porque sabía que aquello no se iba a quedar ahí y que, en algún momento, Victoria Olivares y yo volveríamos a estar en una situación en la que no podríamos disimular lo que fuera que había surgido entre nosotros.

7

Victoria

Estaba enfadada. Muy muy enfadada. Más de lo que lo había estado en toda mi vida. Y no era con Leo, sino conmigo misma.

¿Cómo no me había dado cuenta de nada? ¿Cómo había podido estar tan ciega?

Los cambios de humor, las salidas cada vez más frecuentes, la irritabilidad, los altibajos. Tonta de mí, lo había achacado a las pocas horas de sueño, a la carga de trabajo, a esa obsesión por ser el mejor a pesar de que ya no le hacía falta.

Había pasado por alto todo aquello y lo pagó mi hijo siendo testigo de una escena que le habría ahorrado con mi vida: su padre en el suelo, sin reaccionar, mientras le sangraba la nariz como en una película de los ochenta. David era fuerte, yo lo sabía; de mis hijos, era el que tenía el carácter más maduro. Pero eso no le había eximido del shock, le habría pasado a cualquiera, y más a un hijo que, el mismo día, había ido a elegir su traje de graduación con el hombre que más admiraba en su vida.

David estaba decepcionado y sumido en un enfado perenne, y me estaba costando hacerle entender que papá tenía que volver a casa una vez le diesen el alta. Si hubiese sido por él, no lo habría dejado entrar. Gala y Mimi parecían sombras de sí mismas, susurrando por las esquinas y buscando mi compañía en todo momento. Eran pequeñas, influenciables y tenían miedo de que su familia, tal y como había sido hasta entonces, se rompiese definitivamente. A pesar de que papá no estuviese muy presente, formaba parte de la ecuación.

Intenté insuflarles ánimos y tranquilidad en el tiempo en el que Leo permaneció en el hospital. Querían hacerle pruebas para ver si lo que le había ocurrido había deteriorado algún órgano importante, y hasta que no tuviesen la seguridad de que todo estaba bien, no lo dejarían irse a casa.

Necesitaba mantener una conversación en serio con él, acerca de muchas cosas, y hasta entonces no podía ofrecerles respuestas en firme a mis hijos. Pero al verlos aferrados a mí, en aquella casa donde siempre habíamos sido cuatro y no cinco, mis ganas de estrangular a Leo por su egoísmo y simplicidad se hacían cada vez más grandes.

Y sí, a mí misma también. Había sido complaciente y había entrado en la dinámica de no saber dónde pasaba sus noches, porque me convenía para mis planes particulares. En el día a día, Leo seguía siendo el hombre que siempre tenía la palabra perfecta para preservar un ambiente amable en casa y los niños estaban tan acostumbrados a que fuese yo la que atendiese sus temas escolares o personales que ya ni le preguntaban.

Estaba metida en un rol en el que era perfecta para todo el mundo menos para mí. Pero viendo los ojos doloridos de mis hijos, esa no era ahora la prioridad. Lo era hablar con Leo y entender qué iba a hacer con su vida, si es que lo sabía.

Volvió a casa con las orejas gachas y el proverbial rabo entre las piernas. Ese día lo dejé dormir, pero al siguiente llevé a los niños con mi madre, que los iba a acompañar al Lago Martiánez para pasar el día en sus piscinas de agua salada, y regresé a casa tras advertirle que ni se le ocurriese irse.

Era ya mediodía y me abrí un refresco. Si estaba esperando a que hiciese algo de comer, iba listo. Y tampoco le sacaría una cerveza, visto lo ocurrido. Leo salió de la piscina, donde llevaba horas en remojo, y, goteando agua, se apoyó en la encimera de la cocina, aguardando. Le eché un vistazo: no tenía cara de cordero degollado, pero tampoco la habitual expresión de superioridad que se había instalado en sus labios de unos años para acá. Lo miré, me recogí a duras penas el pelo en la coronilla y lo señalé con una espumadera, que fue lo primero que pillé a mano.

—¿Desde cuándo estás con esta mierda, Leo? ¿Desde cuándo no lo controlas?

Fue a decir algo, pero lo corté. Lo conocía mejor que él a sí mismo.

—No lo controlas, así que no me digas lo contrario. Lo del otro día es una muestra de ello. Sí, ya sé que no fue una sobredosis, que tu desmayo se debió al cóctel de todo lo que bebiste y a las rayas, pero peor me lo pones.

Intenté no perder los papeles, pero la ira se adueñó de mí, tanto que tuve que frenarme para no darle la bofetada y la patada en los huevos que llevaba conteniendo desde el día de la fiesta.

—¿Tú te das cuenta del daño que le has hecho a los niños con esto? ¡Es que me da igual si te emborrachas y te metes mierda hasta palmarla, fíjate lo que te digo, y quédate con eso! Eres adulto y dueño de tus actos, pero, joder, ¡eres responsable de David, Gala y Mimi! Y aunque a veces parezca que te sobran y te molestan, eres su padre, el modelo en el que deberían fijarse para ser unas personas de provecho. ¡Y tú vas y te metes coca hasta el culo en una fiesta familiar!

Reventé. Tiré la espumadera al suelo y me planté ante él fuera de mí. Creo que nunca me había visto así, porque yo hasta la fecha lo había seguido en toda aventura que me había propuesto. Pero ahora él no me seguía en la más importante de todas, la de nuestra familia.

—Quiero que pienses bien qué es lo que está pasando contigo, Leo. Tienes más dinero del que podrás gastar en esta vida, y si has invertido bien, que no lo sé porque hace tiempo que no me cuentas nada de tus finanzas, nuestros hijos tendrán una vida más o menos acomodada. ¿Por qué sigues con esta mierda de espiral en la que te has metido? ¿Es que ya no te satisface el tener una familia con la que pasar el tiempo y prefieres andar de copas y drogas con esa gente que te abandonará a la primera de cambio? Porque es así, ahora estás de moda y generas negocio, pero vendrán otros que te sucederán y ahí será donde verás la lealtad de tus supuestos amigos.

Paré para coger aire y él aprovechó para intentar hablar, pero tampoco le di la oportunidad.

—Y también quiero que pienses en qué somos ahora, Leo. Te preparé una fiesta de cumpleaños para demostrarte que sigo estando aquí, que soy tu mujer, pero creo que ese nombre lo perdí hace tiempo. ¿Realmente deseas seguir casado conmigo? Porque el tándem que formábamos se rompió hace mucho, y eso ocurrió cuando decidiste empezar a salir solo, sin siquiera consultarlo conmigo.

—¿Me vas a dejar hablar?

Su voz airada interrumpió mi incontinencia verbal, pero no me amilanó.

—No lo sé, ¿debería? Porque si no has sido capaz de sincerarte en todo este tiempo, dudo mucho que lo hagas ahora. A no ser que, por una vez, decidas ser honesto y explicarme qué es todo esto para dejar de sentirme ridícula de una vez por todas.

Puso las manos encima de la mesa de la cocina y, a regañadientes, tuve que admirar su belleza masculina. La vida disoluta todavía no había hecho mella en él y supuse que, para muchas mujeres, mi marido sería un bocado más que apetecible.

—Lo siento, Victoria, siento de corazón todo el jaleo del cumpleaños. No sabes lo avergonzado que estoy.

Nuestros ojos se encontraron de verdad por primera vez en mucho tiempo. Se pasó la mano por la cara y lo dejé hablar.

—He intentado pensar en todo durante estos días, pero mi mente no carbura. No sé qué decirte, Victoria, y no te puedo responder a nada de lo que me preguntas. Por supuesto que quiero disculparme con nuestros hijos y lo haré.

—Eso es lo primero que debes hacer. Están muy disgustados, sobre todo David.

Se quedó callado y esperé. Cogió agua fría de la nevera para hacer tiempo, pero se encontró con mi cara expectante y malhumorada.

—Entonces ¿no me vas a explicar por qué todo esto? ¿Por qué necesitas esa vida paralela que te proporciona la fiesta y la noche, tan complicada es tu realidad que necesitas camuflarla? Porque, *a priori*, tienes una vida perfecta, o la tendrías si supieses apreciarla.

Meneó la cabeza, como no queriendo escucharme, pero me planté ante él.

—No escurras el bulto como sueles hacer siempre. Estoy harta de cargar con todo mientras tú trabajas para ofrecernos una mejor vida, o eso es lo que siempre me has vendido. Ahora ya no sé qué pensar, porque no me creo que todas tus llegadas tarde tengan que ver con trabajo. Sospechaba que se trataba de otra mujer, pero ahora veo que es algo peor.

Levantó la cabeza sorprendido.

—¿De verdad pensabas que te era infiel?

Intenté mantener la compostura mientras mi mente disipaba recuerdos que hacían que mi corazón palpitase más deprisa.

—¿Y qué querías que pensara? Hace más de un año que no nos acostamos, Leo, y eso no ocurre entre dos personas que se quieren y se desean.

El silencio se llenó de mil cosas entre nosotros y aguardé su reacción, a que dijese algo, con una esperanza que se fue diluyendo a medida que pasaban los segundos.

—Por lo menos esperaba que tuvieses los huevos de decírmelo a la cara.

—Joder, Victoria, no es tan fácil. Tú lo ves todo blanco o negro.

—Es que es así, o por lo menos en este punto ya lo es. Hemos llegado a un lugar donde los grises no existen. ¿Qué necesitas para saber lo que quieres, Leo?

—No lo sé, Victoria. Ahora mismo estoy muerto de la vergüenza, déjame lidiar con eso primero.

—Pues suerte. Ya sabes que me voy a Finlandia en unos días, te relevo de tu obligación de venir con nosotros. Así te quedas aquí a... pensar o a lo que sea que vayas a hacer. Y a acompañar a David en sus pruebas, que es lo más importante. Eso sí, si piensas darnos otro susto como el del otro día, avísanos para no tener que encontrarnos con el espectáculo cuando lleguemos a casa.

Leo me miró sorprendido. Supongo que no estaba acostumbrado a que usase ese tono con él. Me había visto utilizarlo en negociaciones y en situaciones complicadas, pero nunca con él.

—¿Seguro que no quieres que vaya?

Lo interrumpí cortante.

—No. Las niñas se merecen alejarse un poco de esto, la pena es que no pueda llevarme a David. Y a ti te vendrá bien pensar en tu futuro, en lo que necesitas hacer para salir adelante.

No le pasó desapercibido el que no hablase sobre nuestro futuro, como hacía antes, y se apuró.

—Pero ¿puedo contar contigo para ello?

Cerré mi interior y decidí ser dura.

—Siempre pudiste contar conmigo para todo hasta que dejaste de hacerlo. Si es preciso que vaya contigo a terapia o a lo que necesites, estaré ahí. Pero no voy a liderar esto como siempre hago, no voy a pedir las citas por ti, ni a recordarte cuándo ir ni nada que se le parezca. Es tu problema y tu responsabilidad.

—Me decepcionas, Victoria. Pensé que contaría con tu respaldo.

Volvió al tono soberbio, al Leo que aparecía últimamente en casa. El enfado bulló en mi interior como si fuera un ente ajeno a mi cuerpo.

—No me hables de decepción. Llevo parcheando esta relación durante años y ni siquiera ahora eres capaz de decirme lo que me repetías una y otra vez al principio: que me querías y que superaríamos todo juntos. Quizá yo tampoco te quiera ya y solo estemos juntos por costumbre, porque es más fácil de esa manera. Así que no esperes mi apoyo inquebrantable con esto porque yo no he contado con el tuyo en lo más importante que tenemos, que es nuestra familia. Te has borrado del mapa de una forma tan magistral que deberías patentarlo, y eso ha llevado a que, al final, nuestros hijos apenas te echen de menos, porque nunca estás. Eso sí que es una decepción, desde luego no es así como imaginé mi vida contigo. Y en cuanto a lo de tu supuesta vergüenza... Creo que estás más avergonzado con toda esa gente que asistió a la fiesta, que ahora estará hablando de ti, que con nosotros. Lo siento, estoy cansada de todo esto, así que no me pidas comprensión ahora mismo.

Levantó la barbilla, mostrando coletazos de esa ceguera que era su peor pecado.

—Yo también estoy cansado de esto.

Asentí, sin sorpresa, y lo enfrenté.

—Piensa bien lo que quieres antes de dar un paso en falso. Y hablo de tus hijos, no de mí. Por cierto, se han ido al Lago con mi madre. Recógelos en su casa sobre las siete, que habrán llegado.

Y lo dejé a su merced, sin mi parapeto habitual ante los problemas. Si quería resarcirse, que lo hiciese a pecho descubierto. Me fui de la cocina y me metí en la piscina, buscando la tranquilidad del silencio, solo enturbiado por el lejano mar, y la calma del agua fresca.

Intenté dejar a un lado la conversación con Leo, la tensión de las horas en el hospital, la fuerza que debía mostrar al estar con los niños, y me diluí en la nada que existía bajo la superficie turquesa. Sola con mi respiración, un cierto alivio en el centro de mi pecho y revoloteos de algo que tenía bien atado en su lugar correspondiente en mis recuerdos, porque quería que fuera solo eso, recuerdos.

Pero al emerger de la dulce nada del agua, permití por fin que los revoloteos me inundasen, como si fueran un placer culpable, de esos que paladeas a escondidas del mundo. El beso de Bastian Frey se había incrustado en mi ser con la emoción de una adolescente, como un escalofrío casi doloroso que inundaba mi pecho cada vez que rememoraba a quien, en unos segundos, me había captado mejor que nadie en mi vida.

Solo había intercambiado unas pocas palabras con el hermano de Icarus, y de ellas casi todas habían sido confidencias, pero sentía una sintonía inesperada con él.

Cerré los ojos y me recordé que, primero, tenía que solucionar otras cosas que eran prioritarias. Si la vida quería ponerme en el camino a aquel hombre de ojos grises y elegante seguridad en sí mismo, ocurriría, por mucho que yo me negase. A los cuarenta y cuatro años sabía que existían fuerzas que arrollaban cualquier cosa que hubiésemos planificado, así que, simplemente, decidí dejarme llevar. Ya tenía bastante con lidiar con la creciente sensación de que ya no encajaba en el molde que había creado para mí misma en los últimos años y al que, poco a poco, necesitaba dar otra forma para que cupiese todo lo que abarcaba ahora.

Y que había una gran probabilidad de que ese molde estallase en mil pedazos, también.

Volví a meterme bajo el agua, presa de la desazón y de la certeza de que todo iba a cambiar, si no lo estaba haciendo ya.

SEGUNDA PARTE

La vida entre secretos

2023

8

Bastian

Estuve casi un mes sin apenas saber de Victoria. A mis oídos llegaba alguna cosa aislada, porque Icarus se encargaba de ello, siempre de manera casual, como si no supiese lo que ansiaba aquellas migajas de información. Pero nada más y, por supuesto, ninguna comunicación directa de ella.

De oídas supe que había estado varias semanas en Finlandia, visitando a su hermana Elisa, y que luego se había llevado a los niños al sur, de hotel con sus amigos Arume y Jorge.

—Está intentando sobrellevar lo que ocurrió en la fiesta —me dijo Ike, frunciendo los labios con cierta desaprobación—. La entiendo, pero en algún momento deberá volver a la realidad. Quiera o no, Leo es su marido y tendrá que decidir qué hace con toda esta situación.

—¿Y a él cómo lo ves? —me aventuré a preguntar.

Icarus meneó la cabeza.

—Es como si no fuera él. Está callado, sin esa chispa que suele tener. Mi sensación es que está rumiando su vergüenza. Y eso que la historia que ha dejado correr es que le dio una subida de tensión. Vamos a ver cuánto le dura el *low profile*.

Me quedé pensativo. Y así estuve toda esa semana. No sabía si a lo que estaba asistiendo era a la crónica de una muerte anunciada del matrimonio de Leo y Victoria o solo era un bache en su larga trayectoria. Y esa incertidumbre me desasosegaba y me daba picotazos de intranquilidad cuando me permitía pensar en ello; la sensación de volver a la adolescencia y de desear ver a la chica que me gustaba en la playa a la que íbamos con la pandilla se imponía a la flema, la calma y el control que eran inherentes a mí y a mi forma de llevar las relaciones.

Y eso me asustaba, porque si de verdad algo ocurría entre nosotros, tendría que cuestionarme muchas cosas y aprender a gestionar lo que auguraba que acabaría sintiendo por Victoria Olivares.

Cuando volvió, supe que había quedado con Marie, pero no hizo amago de pasarse por casa de mi hermano. Y me sentí estúpido, estaba pendiente de una mujer que ahora mismo tenía otras cosas mucho más importantes en las que pensar que en un beso robado. Aquello me frustraba; en la era de la comunicación, no había canal alguno con el que poder hacerme el tonto y dejarme ver. O verla, me daba igual.

«Estás idiota perdido, Bas. Baja la intensidad, que así no sacarás nada. Victoria es una mujer casada, y no con cualquiera, sino con el socio de tu hermano, así que relájate, no te queda otra».

Me sumergí en el trabajo, mano de santo para contener al Bas adolescente, y conecté de nuevo con la emoción y las ganas de construir aquel hotel único en concepto y en diseño. Empecé a quedarme a dormir varios días en un hotel en Adeje, cerca de las obras, ya que las jornadas se estaban haciendo maratonianas, y solo el fin de semana pude volver a casa de Icarus.

—Mira lo que tengo —me anunció nada más entrar por la puerta, y por su sonrisa emocionada, me dije que, fuera lo que fuese, la ilusión de Ike merecía la pena secundarla. Atrapé lo que tenía entre sus dedos y vi que eran entradas para un concierto de Alanis Morissette. Lo miré alucinado.

—¿Y esto?

—Tengo un amigo que es dueño de una productora de conciertos y se ha traído a Alanis dentro de un ciclo de grandes artistas de los noventa. ¡Mañana nos vamos de concierto, *brother*!

Si bien la música de Alanis era más de la época de Ike, yo fui un mocoso que idolatraba a ese hermano que veía muy de vez en cuando y con el que se aprendió de pe a pa *Jagged Little Pill*, el disco con el que la artista saltó a la fama. Mi sonrisa se hizo gigante y abracé a Ike, emocionado hasta las trancas. Marie nos miró, disfrutando con la escena, y cuando le pregunté si venía también, hizo un gesto divertido con las manos.

—Mis noventa fueron más de Rosana y de Rosario, así que mañana disfrutarán de una noche de hermanos.

El concierto era en el campo de fútbol de Puerto de la Cruz, El Peñón, y nos fuimos con tiempo para aparcar y tomarnos algo antes de entrar. Aquello me recordó a esos fines de semana de mi adolescencia, cuando mi hermano me llevaba con sus amigos de copas por el bonito pueblo marinero, muy de moda en aquel entonces. Yo parecía la mascota del grupo, feliz por poder salir a sitios de mayores y ligar con mujeres que me sacaban varios años, y éramos asiduos de lugares míticos como el Löwen, el Chaplin o el famoso Vampi's. Teníamos algunas anécdotas gloriosas en aquellas calles adoquinadas y pasamos un rato alegre recordándolas mientras nos tomábamos unas cervezas y unas tapitas antes del concierto.

—¿No deberíamos irnos ya? —le pregunté al ver que el reloj se acercaba a las nueve de la noche. Icarus se tomó el último sorbo de cerveza y dejó un billete encima de la mesa de madera.

—No te preocupes, que vamos al *front stage* y ahí no suele haber cola.

La noche estaba estrellada, aunque los potentes focos del estadio eclipsaban el cielo nocturno y sus lejanas luces. Un murmullo sordo, como el zumbido de muchas abejas, denotaba las ganas que tenía la gente de aquel concierto, único en el sur de Europa. Icarus y yo entramos en la zona más cercana al escenario sin problemas, porque casi todo el mundo estaba ya dentro, y nos dirigimos a la barra. Había música de fondo, una selección muy interesante y bailable que mezclaba un DJ que luego me enteré de que era famoso en la isla, y noté que el cuerpo se me llenaba de energía, de ganas de destensarme y quitarme de encima el cansancio acumulado durante la semana.

Cogí el combinado de ginebra que me tendió el camarero, brindé con Icarus y me apoyé en la barra para contemplar el ambiente, aprovechando que Ike estaba saludando a un grupo de personas. Tomé un sorbo de la cítrica y helada copa y fue entonces cuando se hizo un hueco entre la gente y, sin creérmelo, la vi. Me sorprendió tanto que pensé que era un espejismo, porque no se me pasó por la mente que nos fuéramos a encontrar así, en un lugar tan alejado de nuestros círculos habituales.

Estaba de perfil, hablando con una chica más bajita y joven que ella, riéndose de algo que le había dicho. Recorrí con la vista sus piernas largas, enfundadas en unos pantalones cortos vaqueros, y su camiseta de tirantes holgada, junto con los miles de pulseras y collares que llevaba, me pareció de lo más sexy. Era ropa de una chica de veinte años, pero Victoria Olivares le daba una nota sensual que ya quisieran para sí las pipiolas. El pelo oscuro que le llegaba al cuello, el flequillo a lo francés y los labios rojos; todo resultaba incluso más atractivo que en mis recuerdos.

Entonces, como si me hubiese olfateado, desvió la mirada con lentitud hacia la barra y me reconoció. Nuestros ojos se buscaron con intensidad, como si se hubiesen echado de menos durante largo tiempo, y hasta la chica con la que estaba hablando se quedó callada, viendo que la atención de Victoria ya no se encontraba allí.

Fue ella la que se acercó a nosotros, con ese paso sinuoso que la hacía flotar, y con aquel pantalón que se le escurría por las caderas y que daban ganas de rompérselo de un solo tirón. Supongo que no fui capaz de ocultar lo que pensaba, porque no pudo disimular y se pasó la lengua por los labios, como si se le hubiese secado la boca de repente.

—Hola, arquitecto —dijo con aquella voz especiada que tenía grabada en mi córtex. Conseguí sonreír y esta vez no le tendí la mano, sino que me acerqué a besar su cálida mejilla.

«Dios, ¿qué me pasa con esta mujer? ¿Desde cuándo

me han dado ganas de quedarme pegado a un cuello para no hacer otra cosa sino aspirar su aroma?».

—¡Victoria, qué alegría verte aquí!

Icarus rompió el momento, probablemente con toda la intención del mundo, y le dio un efusivo abrazo. Ella sonrió con afecto y centró su atención en mi hermano.

—¿Estás de escapada, Ike?

Icarus se rio con estruendo.

—Podría decirse que sí. A Marie esta música no le gusta y cogí por banda a Bastian.

—Oye, que a mí me encanta Alanis —protesté, pero mi hermano siguió de guasa.

—No te quedó más remedio, era lo que escuchaba cuando tenía dieciocho y tú no llegabas a los diez. Te obligué a tragarte este disco... ¿cuántas veces, cincuenta? ¿Cien?

Me reí divertido, y noté la mirada de Victoria en mí.

—Todavía me sé las canciones de arriba abajo y de izquierda a derecha. Eras un poco obsesivo, Ike, todo sea dicho.

—Eso no puedo negarlo. Ah, ahí viene Elio. Déjame que vaya a darle las gracias por conseguirme las entradas y ahora vuelvo.

Mientras mi hermano iba a saludar a su amigo el de la productora, Victoria y yo volvimos a quedarnos a solas. No sé con quién estaba ni dónde se encontraban sus acompañantes, pero era evidente que, en ese instante, ambos deseábamos estar justo en aquel lugar, junto a aquella barra de chapa de alguna marca de cerveza que no recuerdo, y con los labios llenos de las palabras que nos moríamos por pronunciar.

Pero había demasiadas cosas que nos separaban en

aquel entonces y solo fuimos capaces de transitar por lugares comunes. Me preguntó por el proyecto del hotel, yo por su viaje, luego hablamos de lo mucho que nos gustaba Alanis, y se metió conmigo por mi edad.

—Entonces, eres un *baby, my dear.* ¿Cuántos años tienes, treinta y cinco?

Sonreí de lado, buscando mi expresión más canalla, y me acerqué con lentitud.

—Acabo de cumplir treinta y ocho. Aunque mi edad mental seguro que es la mitad de eso.

Victoria estalló en una carcajada, de esas que tanto me gustaban, y alzó las cejas con picardía.

—Pareces mayor.

La pulla, dirigida a mi vanidad masculina, me hizo sonreír.

—Eso ha sido la mala vida que he llevado. Algún día te hablaré sobre ella.

—No sé si creerme la mitad de lo que me cuentas.

—Haces bien en sospechar.

Las luces del escenario se encendieron con tonos violetas y la gente comenzó a gritar. Una mano asió a Victoria para llevársela a la parte más pegada al escenario, pero antes de irse volvió a llamarme:

—Eh, arquitecto.

A pesar de la algarabía, vi lo que su boca en forma de corazón susurró.

—No me he arrepentido.

Mi corazón dejó de latir un solo instante, y cuando se dio la vuelta, completé la frase:

—Y yo no he podido olvidarlo.

Mi cara de tonto debió de ser un poema, porque mi hermano, en cuanto volvió, me metió entre la gente y me dio una colleja. Alanis cantaba «All I Really Want», con aquellos fantásticos acordes del principio, y me dejé llevar. Lo sucedido con Victoria me había llenado de algo parecido a burbujas brillantes y dolorosas, y necesitaba una dosis de música para volver a conectar con la tierra.

Pese a toda la gente que había en el *front stage*, de alguna forma, siempre supimos dónde estaba el otro. Y no fue casualidad que acabásemos en el mismo grupo, porque Icarus conocía a las amigas de Victoria, y tuve la oportunidad de verla bailar y cantar como una posesa, dejando libre toda su esencia, esa que por fin pude descubrir sin las ataduras de las conveniencias ni sus múltiples roles sociales.

Victoria Olivares era muchas cosas —una amazona, una guerrera, una leona—, pero, sobre todo, una mujer que deseaba abrazar el mundo y disfrutarlo sin cortapisas, con fruición, como el que después de una ardua búsqueda encuentra un oasis en el desierto; alguien cuyo amor por la vida, la conquista y los retos se hacía patente en aquella mirada fuerte y segura, y la sonrisa enorme con la que cantaba cada una de las canciones de la artista canadiense.

Y una de esas sonrisas, una que nadie más vio, fue solo para mí. No me pude resistir, era imposible con ella y su magnetismo; me acerqué y en ese instante llegó el estribillo de «Ironic», que nos envolvió al cantar juntos a voz en grito «*It´s like raaaiiiinnn on your wedding day...*», como si solo existiésemos nosotros dos en aquel lugar atestado de gente sudorosa y sobreexcitada.

Esa noche creó recuerdos que sumar al aroma de los naranjos y al murmullo del mar; nos dotó de una banda sonora que, como un obseso, estuve escuchando en el coche las siguientes dos semanas, en las que intenté exorcizar todo lo que tenía que ver con ella. Harto difícil, porque estaba por todas partes: en las conversaciones de Marie con Icarus, de sus hijos, en las canciones que sonaban por la radio y en algunos olores que me transportaban a los pocos instantes que habíamos compartido.

Llegó un momento en el que me reí de mí mismo y decidí que debía centrar mi cabeza en asuntos más terrenales y que me mantuviesen ocupado. Esto significaba dos cosas: encontrar un lugar donde vivir y volver a hacer deporte para bajar las revoluciones de mi testosterona.

En una isla como aquella, lo del deporte estaba chupado. Y más yo, que tenía escamas en vez de piel. Poder nadar en el mar en lugar de en una piscina infectada de cloro me motivaba más que cualquier otra cosa —bueno, y también el que me enterase de que en La Laguna había un equipo de *rugby*, otra de mis pasiones—. Retomé la natación en el sur, durante la semana, en las playas de la costa de Arona y Adeje, que, aunque fueran artificiales, me servían para mi propósito, pero al cabo de un tiempo, me di cuenta de que necesitaba un poco más de fuerza de mar. Y entre eso y lo del equipo de *rugby*, me dije que mi nueva casa no podía ubicarse en el sur. Eso significaba conducir durante casi una hora de ida y otra de vuelta desde La Caleta de Adeje, que era donde se construía el hotel, hasta la zona metropolitana, o más si me mudaba al norte, pero no me suponía ningún problema. Eran distancias manejables, más bien cortas para alguien que había vivido en Londres o en Estados Unidos.

Empleé las siguientes noches en echar un vistazo a todos los portales inmobiliarios que operaban con propiedades de la isla y me agobié un poco. No tenía claro si quería alquilar o comprar, y tampoco me aclaraba con la zona. ¿Era mejor buscar más hacia la salida sur, por Radazul o Tabaiba? ¿O decantarme por la vertiente norte, más bonita y pintoresca, pero con mayores problemas de tráfico?

Me fui a pasear a la zona del Duque, que me quedaba a diez minutos, y contemplando aquel mundo de turistas y playas mansas, me dije que la costa norte tenía muchas más papeletas. Y recordando la casa de Victoria, tan maravillosa sobre el océano salvaje, asentí para mí mismo. Me centraría en encontrar algo fuera de playas tranquilas y zonas urbanizadas. Ya había tenido bastante de eso.

El tomar una decisión pareció darme brío y también suerte, porque esa noche fue cuando hallé la casa que me enamoró. La comercializaba una inmobiliaria alemana que se encontraba en La Laguna y hacia allí me dirigí al día siguiente tras una jornada intensa de reuniones con mi equipo multidisciplinar —profesionales con los que contaba en los proyectos más importantes—. En aquella fase era importante que supiesen transmitir a todos los involucrados la filosofía del diseño del hotel, tanto externo como interno; esa experiencia para el cliente que iba más allá de un establecimiento a la orilla del mar.

Conduje hasta la ciudad sumido en mis pensamientos, intentando resolver un problema que me había surgido esa misma mañana y que no había querido trasladar al equipo, ya bastante tenía cada uno con lo suyo. Aparqué cerca de la plaza del Adelantado y me sumergí en la cuadrícula de calles que conformaba aquella hermosa ciudad, patrimonio de la Humanidad de la Unesco desde hacía varias décadas.

El calor apretaba como era habitual en el mes de julio. Llegué a la inmobiliaria sudando, y eso que iba vestido con telas frescas. La agente comercial que me había atendido por teléfono se levantó al verme entrar y le tendí la mano dando gracias por el aire acondicionado del local.

—Entonces ¿desea que le enseñe las fotos que tenemos nosotros? Son más que las que hay en el portal donde vio usted la propiedad.

—Exacto, y quisiera hacerle unas preguntas.

La conversación acabó con una cita para ir a visitar la casa, porque lo que me había contado la agente me había convencido. No había nada mejor que ver *in situ* si todo era tan bonito como lo pintaban, y a mí, como arquitecto, no me la colaban. La comisión que se iba a ganar la agente, si le salía bien la jugada, la iba a sudar con mi obsesión con los detalles.

Le di las gracias y me guardé su tarjeta en el bolsillo del pantalón. Me giré para ir hacia la puerta y el corazón retumbó en mi pecho al darme cuenta de que la mujer que estaba a punto de entrar en la misma inmobiliaria era Victoria.

Frenó en seco al verme y algo parecido a una sospechosa culpabilidad sombreó sus facciones. No tuve tiempo de descifrar más, porque luego una estudiada sonrisa eliminó todo rastro de ella.

—Bastian —dijo, y algo muy tonto en mí echó de menos que me llamase arquitecto. Sonreí como respuesta y nos movimos a la vez para saludarnos, con esa parsimonia de quienes quieren alargar el contacto lo máximo posible—. ¿Qué haces aquí?

—Buscar una casa para dejar de ser el tío pesado que vive con su hermano los fines de semana.

—Claro, ¡qué pregunta! Ni que vinieses aquí a comprar verdura —se mofó de sí misma, algo nerviosa. La miré con una sonrisilla.

—¿Y tú? ¿Vienes a comprar coles?

Se rio con ganas, como había comprobado que era su costumbre. Luego me miró de soslayo, de pronto seria, y ahí estaba, ese cambio de densidad en el aire, esa atmósfera mágica que parecía crearse solo cuando nos encontrábamos a solas.

—¿Si te digo que es un secreto, me creerías?

Asentí, incapaz de dejar de observarla. Su boca acarició la palabra «secreto» igual que la primera noche y fue como volver al juego.

Y a mí me encantaba jugar.

Alguien quiso entrar a la inmobiliaria y nos obligó a movernos. Nos habíamos quedado taponando la entrada, como dos pasmarotes, y el momento se rompió. El agente con el que Victoria tenía cita ya se nos acercaba, yo me resistía a irme y ella seguía acusando ese nerviosismo que le había notado desde el principio.

—¿Tienes algo que hacer ahora?

Formuló la pregunta en voz baja, casi sin mirarme.

—Nada, solo ir a molestar a mis sobrinos. ¿Por?

La vi titubear, pero esa seguridad de la que hacía gala Victoria Olivares volvió a su delgado cuerpo. Me miró a los ojos y me preguntó si la esperaba en el bar de al lado hasta que terminase en la inmobiliaria.

—Te dejo que me invites a algo frío, no quisiera que tuvieras cargo de conciencia por propiciar mi deshidratación.

Me reí.

—¿Y qué me darás a cambio?

Sonreímos ambos ante las palabras que salieron disparadas de su garganta:

—Algo que no sabes sobre mí.

—Trato hecho.

Salí al calor agobiante de las calles adoquinadas y la falta de sombra, y me refugié enseguida en la cafetería que había pegada a la inmobiliaria. Dentro hacía fresco, las paredes estaban llenas de plantas y un bendito aparato de aire acondicionado esparcía alivio a las pocas mesas que estaban ocupadas. Sin duda, había mejores lugares donde pasar una tarde calurosa, pero allí me encontraba yo, esperando a la mujer en la que llevaba pensando desde el día en que la conocí.

Vaya cliché estaba hecho.

Victoria tardó media hora en reunirse conmigo, tiempo que intenté matar de todas las formas posibles: jugando al Woodoku, leyendo los periódicos ingleses, contando las hojas del helecho artificial que había en la pared de enfrente y revisando las redes sociales, esas que jamás actualizaba porque no le encontraba sentido a que a alguien le importase lo que yo hiciese con mi vida.

Escuché su taconeo antes de que entrase; Victoria era una adicta a los zapatos, según me había enterado por Marie, y tenía especial predisposición por los *stilettos*, mis zapatos preferidos y los que más hacían volar mi imaginación. Pero así ocurría con todo lo que tenía que ver con ella, me dije al fijarme en el mono de lino *beige* que llevaba y que acentuaba su natural elegancia.

Se sentó a mi lado y puso su enorme bolso en la silla que sobraba. Echó un vistazo a mi bebida —un vaso de agua con gas y limón— y se inclinó a olerlo.

—Qué atrevido, arquitecto. —Volvía la Victoria guasona que tanto juego daba, así que alcé las cejas con gesto interesado.

—Define lo que para ti sería atrevido.

Sonrió y se tocó los labios con un dedo, haciendo como que pensaba.

—Te imaginaba con un cóctel. O peor, con un café de esos modernitos a los que le ponen de todo. La enésima evolución de un zaperoco.

—Estaba esperando a que llegaras para dar rienda suelta a mi creatividad —argüí con una sonrisa. Noté que me observaba, era algo que hacía a menudo cuando estábamos juntos. Decidí lanzarme—: Limonada o kombucha. Elige.

Victoria puso cara de asco como una niña pequeña y me dijo que mejor limonada, pero que, si no era casera, se abstenía.

Me levanté y le pedí a la camarera que nos llevara dos limonadas, y si les ponía un chorrito de ron, mejor. Me respondió con una sonrisa y un guiño, como si supiese que se trataba de algo especial.

Cuando me volví hacia Victoria, sorprendí en su rostro cierta desazón. Algo parecido a inquietud, a nervios bien disimulados. Eso hizo que todas las palabras canallas con las que pretendía provocarla muriesen antes de formarse en la punta de mi lengua y di un giro a la conversación con el objetivo de que se sintiese cómoda.

—Espero que te haya ido igual de bien con tu agente como a mí con la mía, porque creo que, si la visita no es un absoluto desastre, he encontrado la casa en la que quiero vivir.

Le dejé la migaja de información para que ella volviese a preguntar y así desviar su atención de aquello que le causaba malestar.

Que, probablemente, sería lo que la había conducido hasta aquella inmobiliaria.

Le conté lo que me había llevado a decidirme por la zona norte y ella se entretuvo dándome consejos útiles sobre los alrededores de la casa.

—Ya sabes que yo vivo un poco más allá, así que cualquier cosa que necesites, me avisas.

—Muchas gracias. —Sonreí como el gato que se había comido al canario—. Aprovecho y apunto ya tu teléfono para tenerte localizada.

Ella me hizo la consabida llamada perdida, un poco sonrojada, y apuró lo que le quedaba en el vaso. No sé si tenía prisa, pero lo cierto era que yo no tenía ningunas ganas de que se fuese. Y como llevaba tiempo notando su paulatina relajación, no pude evitar buscarle las cosquillas.

—Entonces ¿qué va a ser lo que me vas a contar sobre ti? Hicimos un trato, no lo olvides.

El juego consiguió que sus ojos oscuros centelleasen de nuevo y que la boca dibujase un gesto sensual. Tuve que contenerme para no inclinarme hacia ella y cogerla de la nuca hasta saquear sus labios como si fueran una piruleta de fresa, a pasadas largas, saboreando eso que no había podido quitarme de la cabeza en un puto mes. Intenté disimular la tensión de mi cuerpo y la erección dolorosa que tensaba mis pantalones, y me apoyé en la mesa, haciéndole un gesto pícaro. Se quedó en silencio un instante y cuando abrió la boca, supe que me iba a contar otra cosa, no la que la había llevado a nuestro encuentro imprevisto.

—Mis aficiones secretas son las flores y el queso.

—Mmm..., no me vale. No son aficiones ultraextrañas, de esas que tengas que esconder del resto de la raza humana.

Se rio, meneando la cabeza.

—Cambiarías de idea si me vieses en un invernadero u organizando ramos en casa. Pensarías que estoy loca.

Luego su expresión mutó en soñadora.

—Las flores crean belleza hasta en los lugares más feos. Desde una simple margarita hasta las orgullosas peonías, todas nos hablan con un lenguaje que pocos entienden, pero que esparce serenidad y pensamientos felices sin apenas esfuerzo. En otros países, por ejemplo, es una costumbre arraigada llevar flores a la anfitriona en una cena, es un gesto de respeto y agradecimiento. O cuidarlas con mimo, ya tengas un jardín paisajista o una pequeña maceta en el balcón. Yo siempre las he entendido y ellas me lo agradecen con lo mejor que saben hacer.

La escuché con una sonrisa, recordando los exquisitos jardines de su casa y el innegable gusto de los ramos que había en la fiesta de cumpleaños. Y me dije que a Victoria no me la ganaría con *bouquets* elaborados, sino que debería sorprenderla con algo único. Y volví a sonreír porque supe exactamente adónde la llevaría si tuviese la oportunidad.

—Y el queso es un vicio como cualquier otro —continuó hablando con cierta diversión—. Hasta el más maloliente y enmohecido es un manjar para mí.

—¿Incluso el queso italiano que se fermenta con larvas de moscas?

Alzó las cejas, sorprendida.

—¿Lo conoces?

—Digamos que he tenido el placer de estar anclado al baño una semana gracias a él.

La carcajada fue auténtica y mi gesto de dolor, al recordar el suceso, también.

—No sé si sería capaz de probarlo. Adoro el queso, pero eso de las larvas...

Volvió a hacer un mohín de asco perverso y tuve que mirar hacia otro lado para recomponerme.

—Se te va la fuerza por la boca, Victoria Olivares. Muy *cheese lover* y luego te arrugas a la primera de cambio.

—Culpable —respondió, levantando las manos con esa gracia femenina que contrastaba con su elegancia más bien fría—. Quizá sea más tradicional de lo que pienso.

—No tiene nada de malo ser tradicional —comenté, jugueteando con mi vaso—. Aunque se puede modular una tradición si no va contigo del todo. Por ejemplo, esta sería mi versión del té de las cinco.

—Siempre he pensado que los ingleses toman el té incorporándole un chorrito de algo más fuerte —dijo riendo—. Si no, es imposible que les apetezca tomar todos los días esa agua guisada con hierbas.

—Has descubierto nuestro secreto —admití con una sonrisilla. Entonces sonó la campana de una iglesia cercana, dando las cinco y media, y Victoria miró su reloj de pulsera.

—Vas a tener que disculparme, pero tengo que recoger a Gala de casa de una amiga.

¿Eran cosas mías o su voz denotaba cierta pena?

—Claro, no te preocupes —dije, intentando que no se me notara la decepción. Me levanté para despedirme de ella, buscando cualquier cosa con la que retenerla unos minutos más conmigo.

Eran instantes valiosos, porque no sabía cuándo se repetirían.

Su aroma exótico se adelantó a la calidez de su piel y al tacto de sus labios en mi barba de dos días. Nuestras pieles se buscaron y restallaron en mil chispas eléctricas, haciendo que el vello de todo ese lado de mi cuerpo se alzase pidiendo más, como un yonqui en busca de su dosis diaria. Y entonces ella hizo un movimiento que jamás hubiese esperado: se aproximó a mi otra mejilla, como si necesitase una descarga más, otra tormenta atómica que hizo que el lado contrario de mi cuerpo se revolucionase, y que a ella se le agitase la respiración y se le erizasen los pezones contra la suave tela de su escote.

No sé qué pasó en todos aquellos segundos que parecieron horas, pero sé que me dio tiempo de imaginarme metiéndomelos en la boca y acariciando su dureza mientras introducía dos dedos en ella, en esa humedad que sabía que empapaba su entrepierna y que la hacía apretar los muslos uno contra el otro de una forma muy disimulada.

Entonces levantó la mirada y clavó sus ojos oscuros en mí: directa, sin requiebros ni tonterías.

—Antes no te conté el secreto real por el que vine a la inmobiliaria.

Aguanté la respiración para que su determinación no se volatilizase y se alejase de mí.

—También he venido a ver una casa. Pero no para vivir en ella.

Una sonrisa descarada inundó su rostro y me quedé sin palabras, como un tonto.

—Ahí te lo dejo, arquitecto. Cuando tengas alguna teoría, llámame.

Y se dio la vuelta, toda ella delgada elegancia, la silueta de una mujer adulta y tan fascinante que me dije que estaba perdido.

Y a su vez me pregunté cómo cojones iba a salir de

aquella cafetería con la polla reventándome la costura de los pantalones. Problemas del primer mundo, supongo.

Aunque el verdadero problema se llamaba Victoria Olivares, porque, desde ese momento, entendí que no saldría indemne de nada que tuviese que ver con aquella mujer.

9

Victoria

Tras las vacaciones en Finlandia, decidí que no podía seguir así, sumida en la inmovilidad que da el compadecerse de una misma. Existían demasiados frentes que atender y que controlar y no podía permitirme borrarme del mapa. Me reté a ser racional, a atacar los problemas uno a uno y que solo si la presión se hacía demasiado grande, me permitiría esconderme de la humanidad unas horas.

Primero, David se iba a estudiar a Madrid y debía ayudarlo a poner todo a punto allí. Y, de paso, buscar tiempo madre-hijo para hacerle ver que su familia seguíamos siendo nosotros y que podía contar con nuestro apoyo, pasase lo que pasase. Mi hijo mayor parecía fuerte, pero con el susto de Leo pude ver las grietas de su armadura. Necesitaba inyectarle amor del bonito, confianza para su nueva etapa y seguridad de que yo siempre estaría para él y para sus hermanas. Con esto en mi cabeza, me reservé unos días para pasarlos con él en Madrid con la excusa de la mudanza y con el objetivo real de escucharlo.

Segundo, las niñas se merecían un buen verano, uno que las hiciese olvidar lo que había ocurrido con su padre, lleno de playa, sol, excursiones y amigos. Cada una tenía su propio mundo, muy diferentes la una de la otra, pero a ambas les encantaba comportarse como gatitas que se restregaban en mis piernas para convencerme de sus ideas —siempre un poco más locas las de Minerva y más comedidas las de Gala—. Curiosamente, me pidieron ir durante un par de semanas a un campamento las dos juntas, algo que no ocurría desde hacía años, y amenizaron los días estivales con mil historietas sobre el ecologismo, el mantener el monte limpio y cuidar nuestras playas.

También tenía que estar pendiente de Leo y de qué hacía con su vida, porque no podía dejar de preocuparme por él. No se podían borrar veinte años de golpe a pesar de que, cada vez más, sentía que nuestra obra de teatro estaba llegando a su fin y el telón bajaba sobre el escenario, acompañado de unos aplausos que no eran tan atronadores como hubiésemos pensado al inicio de la obra.

Luego estaban las ganas efervescentes de poder centrarme en darle forma a mi idea, porque algo me decía que tal y como la estaba planteando, no era lo bastante atractiva. O, por lo menos, no tanto como para poder vivir de ella en el corto plazo. Había algo que no funcionaba y me estaba devanando los sesos para entender el qué.

Pero era complicado encontrar un momento de tranquilidad que me permitiera proyectar todas mis ideas de una forma ordenada. Por un lado, la convivencia con Leo se asemejaba a una calma que presagiaba la tormenta perfecta, teñida de cordialidad, de pasos de puntillas, noches aburridas viendo la tele en el sofá —sin amago de conversación desde sus labios fruncidos en un mohín de disgusto— y ningún acercamiento por su parte para involucrarme en lo que estuviera pasando por su mente. Era como tener un cuarto adolescente en casa, o peor, porque este era más difícil de influenciar. Y a mí, desde el fatídico cumpleaños, se me habían quitado las ganas de convencerlo de nada.

Me sentía incómoda en mi propia casa, sobre todo ahora que Leo la frecuentaba más. A veces me sorprendía anhelando que se fuese, que volviese a sus correrías, y luego reculaba avergonzada, con una culpabilidad del tamaño de un camión pesándome sobre los hombros. Intenté organizar planes familiares, en playas del norte y de almuerzos improvisados en bares de pescado fresco, pero al cabo de un tiempo desistí. Leo era un elemento que, como una nube negra, se posaba en la armonía de lo que siempre había sido nuestra familia y me planté ante el hecho de que los niños se viesen expuestos a esa negatividad.

Y luego estaba lo de Bastian.

Solo su nombre provocaba en mí un ramalazo de intensidad en el pecho que me recordaba a la adolescencia. Su mirada risueña, la lengua afilada con la que me retaba y me proponía juegos a los que no podía decir que no, el tacto duro de su cuerpo aquella noche bajo los naranjos, su interés directo y descarado...

No sabía lo que me pasaba con aquel hombre que, con su mera presencia, hacía cantar a todas las células de mi cuerpo una melodía que no podía desoír. Era la primera vez que me pasaba durante los años de matrimonio, jamás había sido infiel a Leo; él había sido mi todo, mi mundo, mi persona, mi *partner in crime*, hasta que dejó de serlo. Sí, alguna vez me había atraído alguien, la belleza está para admirarla y si, además, se acompaña de una personalidad desbordante, el problema está servido. Pero siempre me supe quitar de en medio, sin dejar que absolutamente nadie pudiese enturbiar la fortaleza que había construido alrededor de mi proyecto de familia. Por eso, el que Bastian Frey hubiese arrollado mis muros solo con su sonrisa y que me mirase como lo hacía —como si me viese entera por dentro— era una muy mala señal.

Eso me decía mi parte de madre-mujer culpable, la que se horrorizaba de que sintiese tanto por alguien que no era mi marido y al que no conocía de nada.

Pero mi parte de mujer con eme mayúscula se emocionaba y celebraba todo lo que me llenaba en los instantes en los que compartía aire con el hermano de Icarus. Porque entre nosotros era siempre eso, instantes.

No quería pensar en convertirlos en algo más a pesar de que, poco a poco, se me abría una brecha dentro por la que se escapaba Leo y entraba el arquitecto.

No habían ayudado las veces que coincidimos. Al contrario, esos minutos robados a lo que siempre había sido mi vida estaban tejiendo de forma sigilosa, como pequeñas arañas hacendosas y atareadas, una red de finísimos hilos plateados que envolvían mi corazón como si fueran electrodos que lo hacían palpitar muy fuerte, con un BUM, BUM, BUM acelerado que enviaba sangre a todos los puntos anhelantes de mi cuerpo.

«Dios, estoy hecha un lío. ¿En qué me estoy metiendo?».

No podía esconder la cabeza como las avestruces y disimular ante mí misma que aquello no era nada. Cada vez que estábamos juntos, todas esas casualidades que se hacían evidentes entre nosotros conseguían avivar mi interés por aquel arquitecto inglés de acento canario que, según su hermano, era un profesional de gran reputación y, además, un tipo estupendo. Yo confiaba en Icarus, sabía que no lo decía por decir. Mucho antes de conocer a Bastian, su hermano ya había trazado ante mí una imagen de él amable, risueña, divertida y decidida. Y, también, en cierta forma, despegada de todo lo que oliese a lazos; Bastian Frey siempre había pecado de lobo solitario, de cultivar relaciones superficiales o que se apagaban sin más.

No era que estuviese pensando en él para un largo plazo, una relación ni nada de eso. Ni de coña. Era solo que... mi mente tradicional era complicada de reprogramar. Me dije varias veces que, si lo de Bastian desembocaba en un desfogue sin más, lo debía tomar como eso. Quizá todo lo que estaba ocurriendo con él jugase un rol diferente al que pensaba; quizá Bastian Frey fuese el impulsor de un cambio de vida, ese trampolín que te hace pegar el salto porque sin él, probablemente, no podrías coger impulso.

Decidí que así sería, esperando que de esa forma mis mariposas-dragones se relajasen un poco al tener un marco de pensamiento preestablecido con un fin claro y unas expectativas mucho menos intensas que eso de «si esto se lía, rompo con todo lo que es mi vida ahora».

Sí, claro. Carcajada de villana y aplauso divertido de las nornas, el destino y el karma, el grupete que se había reunido, palomitas en mano, para verme descarrilar y comerme con papas todas mis pretensiones de mujer racional y controladora.

Recibí noticias del arquitecto al cabo de unos días. Dejó pasar un tiempo prudencial y luego me escribió, como parte del juego que yo misma procuraba no dejar decaer.

Su mensaje llegó justo al sentarme con Arume y Jorge en nuestro bar favorito, haciendo honor a nuestra cita bisemanal, con la mala suerte de que ambos vieron iluminarse el móvil con un contacto extraño.

—¿Quién es «arquitecto»? —preguntó Arume, y Jorge sonrió. Nuestros ojos se encontraron y volví a decirme que mi amigo era de las personas más perspicaces que había conocido en mi vida. Qué pena que esa sensibilidad no la aplicase a su propia vida.

—¡Quién va a ser, Arume! A veces pienso que estás en la parra.

La aludida bufó ante la sorna de su amigo.

—¿Y no crees que es normal? Porque tengo dos trabajos, uno que me quita la vida y el otro que me la da...

—¿Eso no era la letra de una canción? —apostilló Jorge como de pasada, y ella lo fulminó con la mirada.

—Perdona, señor «mi vida es el deporte», otras no tenemos la suerte de poder dejarlo todo y hacer lo que nos gusta. No sabes lo que daría yo por mandar a tomar por saco el hospital y las horas de mierda que me paga el de la clínica de la calle Viana. Las clientas vienen por mí, eso lo tengo claro, y estoy segura de que me las podría llevar si decidiese irme. Pero no está el horno para bollos, queridos, todo es muy caro y eso supone una inversión inicial muy grande.

—Ya te he dicho varias veces que puedo ser tu socio capitalista y siempre me chillas que no.

No sé qué les pasaba a aquellos dos en los últimos tiempos, que andaban como el perro y el gato. Pero me olvidé de eso en cuanto absorbí sus palabras y algo parecido a un rayo cayó sobre mi cráneo, haciendo que las piezas encajaran y que todo mi proyecto cobrase por fin sentido.

Escuché a mis amigos de fondo, con su runrún de pullas que eran ya su banda sonora particular, y se me humedecieron las palmas de las manos, tanto que dejé unas manchas oscuras en el pantalón. En mi mente volaban los nombres, los números y los colores de aquello que, a la vez, me ilusionaba y me acojonaba.

—He tenido una revelación —pronuncié a media voz y con una entonación tan extraña que hizo que Arume y Jorge me mirasen sobresaltados.

—Te me acabas de parecer al cura de *Airbag* —apuntó Jorge con una sonrisa. Habíamos visto aquella película mil veces juntos y, normalmente, me habría reído, pero mi cabeza estaba funcionando a mil por hora y desechó aquella información como si fuera un insecto molesto.

Me incliné hacia Arume y tamborileé con las uñas sobre la mesa.

—Arume, ¿puedes hacer el cálculo de cuántas clientas crees que te podrías llevar de tu actual trabajo y cuánto supondría eso en ingresos?

—Sí, claro. ¿Por qué lo dices?

—Porque creo que podemos tener una idea de negocio viable si aunamos esfuerzos. A ver, George, acércate, porque me fío de tu olfato para las perras, así que te necesito como tercera cabeza pensante.

Ni siquiera el que nos trajesen las cervezas y unos tiraditos de pescado blanco nos distrajo de nuestra tarea. Cogí aire y comencé a desvelar el puzle que se me había completado en la cabeza de forma milagrosa.

—Ya saben que estoy dándole vueltas a lo del centro de ocio adulto. He ido pidiendo opiniones con disimulo, valorando si podría ser una opción real para alguien de un perfil determinado, investigando qué tipo de actividades son las que más se demandarían... Y siempre llegaba a la conclusión de que la idea es buena, pero los ingresos no serían recurrentes. Habría una excesiva dependencia de los fines de semana, de contrataciones puntuales, cuando lo que necesito es un flujo continuo de gente que se vea expuesta a lo que promete el negocio. Y para eso tiene que ofrecerse otro tipo de servicio de mayor frecuencia que complete la idea del centro de ocio y que asegure ingresos y publicidad boca a boca.

Los dos pares de ojos me seguían con atención. Continué pensando en voz alta:

—Si montas la clínica en el mismo lugar que el centro de ocio, tendríamos doble impacto: a las que vayan por tus servicios se las puede enganchar con el centro de ocio, y viceversa. Crearíamos un concepto de autocuidado para personas que quieran invertir en ellas mismas sin remordimientos y que también quieran pasarlo bien en un lugar donde se les ofrecerían opciones muy diferentes a lo típico de salir a los *rooftops* de Santa Cruz. ¿Qué te parece?

Miré a Arume al hacer la pregunta, pero estuve atenta a la reacción de Jorge. Lo vi pensativo y comenzar a asentir. Fue a decir algo, pero en ese momento sonó su teléfono y se levantó tras echarme una mirada de disculpa. Arume estaba procesando todo lo que yo había expuesto atropelladamente, lo sabía porque no hacía sino toquetearse las puntas del pelo en movimientos circulares.

—Me gusta como suena, Vic, pero tenemos que mirar bien los números y decidir con cabeza.

—Sí, claro, hay mucho trabajo por delante. Hemos de ver cómo integramos ambos negocios, cuál es el concepto que queremos vender y cosas tan básicas como dónde lo montamos y cuánto nos va a costar en total.

—Ya sabes que tengo mis ahorros, pero no quisiera invertirlo todo, por si acaso.

—Tranquila —le dije, poniendo una mano sobre las suyas—. Yo tengo el capital, ya veremos qué formula buscamos para atarlo todo bien. Por ahora, estoy buscando la casa, he ido a un par de inmobiliarias, pero todavía no he visto ninguna que me haya enamorado.

—¿Y qué tienes pensado?

—Una individual, quizá un chalet, en un lugar que tenga aparcamiento fácil y que no se salga de la zona metropolitana. Quiero que tenga encanto, que den ganas de quedarse para que la experiencia sea completa. También necesito que haya jardín con piscina y que, urbanísticamente, pueda pedir una licencia para celebrar eventos.

Arume se rio con un tintineo nervioso en sus cuerdas vocales.

—Eso parece la carta a los Reyes Magos.

Sonreí encogiéndome de hombros.

—Si me lanzo, por lo menos que sea por algo que cumpla la mayoría de esas cosas. —Le di un sorbo a mi cerveza y la miré inquisitiva—. ¿Cómo lo ves, amiga? ¿Podría ser tu llave de salida de los pasillos del hospital?

Nuestros ojos se sondearon y vi que los de ella se llenaban de ilusión. Empezamos a sonreír, nerviosas, y nos abalanzamos la una sobre la otra para darnos un abrazo.

—Déjame que encuentre la casa. Entonces la vemos juntas y comenzamos a trabajar, ¿te parece?

En ese instante, Jorge volvió a la mesa con cara de disculpa.

—Lo siento, me he perdido toda la película, pero era Dani Hernández y no podía ignorar la llamada. Vienen unos días de vacaciones y me estaba dando los datos del vuelo.

Asentí, sonriendo. Dani había sido capitán de la selección absoluta cuando Jorge jugó en ella, y desde entonces se había forjado una preciosa amistad entre el leonés, su marido —el también futbolista Mateo Vicovic— y Jorge.

—No te preocupes, Arume y yo ya estábamos acordando los flecos.

Nos reímos y le hice un resumen a Jorge de lo que habíamos hablado. Escuché el sonido de los engranajes de su mente empresarial, calibrando todo lo que le había contado, y concluyó con un gesto aprobador. Levantó su cerveza y nos miró con una sonrisa cariñosa.

—¡Felicidades, chicas! Creo que esto va a suponer un antes y un después en las vidas de mis mejores amigas, así que no puedo estar más contento por ustedes. Ya saben que pueden contar conmigo para llenarles el garito de gente.

Le di unas palmaditas de cariño en la mejilla, agradecida. Jorge conocía a muchas personas que daban con el perfil de mi público objetivo y nos vendría muy bien su apoyo en este sentido.

La emoción de ver que Arume podía ser parte de eso que llevaba proyectando años me duró toda la tarde, aunque también me causaba vértigo. A cada paso que daba, mi cambio de vida tomaba mayores visos de realidad y ya no era una idea bonita con la que dormirme por las noches. Esta vez iba en serio y no sabía si esa ola del cambio se convertiría en un tsunami que arrasase con todo lo construido hasta la fecha.

Apostaba lo que fuera a que lo sería.

Cerré los ojos, apreté los dientes y me dije que ya estaba bien de esperar en casa noche tras noche, sin mayor aliciente que una vida acomodada. Quería más, mi cuerpo lo sabía y me hacía seguir hacia delante con una fuerza que me recordó a la Victoria de antes.

Mimi lo notó en cuanto la fui a buscar a clases de funky, las únicas a las que no había querido renunciar durante las vacaciones.

—Ay, mamá, ¡qué guapa estás! Tienes los ojitos brillantes.

Me sonrojé y la miré a través del retrovisor.

—Muchas gracias, pequeñaja. Ya sabes que quedar con los tíos postizos siempre me alegra.

—Me gusta verte así, mami. Oye, ¿y si haces esta noche nuestra pasta favorita y cenamos en la terraza, como cuando éramos pequeños? Como si fuera una fiesta familiar de verano. Anda, mamááá...

Me tuve que reír. Mimi sabía perfectamente cuándo tirar del hilo para conseguir lo que quería. Pero en el fondo me había conmovido su petición; la niña quería volver a ese lugar seguro de los recuerdos, donde todo era perfecto, incluso sus padres.

—Claro, déjame solo ver si tengo *guanciale* para la pasta y llamo a papá para decirle que venga a cenar.

—¡Bien! Eres la mejor, mami.

—Y tú una zalamera, hija.

Compartimos una mirada cómplice y meneé la cabeza. Ojalá siguiese siendo siempre así de chispeante y feliz, pero eso no lo podía asegurar nadie, por mucho que yo lo intentase.

Al llegar a casa llamé a Leo. Me contestó algo malhumorado y, como yo ya no dejaba pasar ni una, tampoco le repliqué en un tono demasiado amable. Le pedí que viniese a cenar a casa, que los niños querían que fuese una noche especial, y no puso demasiadas objeciones, como venía siendo normal en aquellas semanas. Hacía lo que yo le pedía, como un toro manso, pero siempre con un rictus desagradable en los labios. Y cuando le preguntaba qué le pasaba, no soltaba prenda.

Suspiré con pesar y decidí no pensar en Leo. Yo prepararía una cena rica, montaría la mesa bajo el cenador que daba al acantilado y encendería los farolillos que sabía que les encantaban a Mimi y a Gala.

Elaboré una aromática fuente llena de pasta a la amatriciana, la favorita de mis tres hijos, y le pedí a David que la llevase a la mesa. Gala portó la bandeja de ensalada de aguacate y Mimi se ocupó de las bebidas. La noche se llenó de estrellas y repasamos todo el repertorio de anécdotas e historietas de los niños, riéndonos como hacíamos siempre. Incluso Leo consiguió activarse y recuperar un poco de ese hombre que cuando quería ser el mejor, lo conseguía.

Pero fue exactamente eso, como encender y apagar un interruptor. En cuanto los niños se fueron a la cama, él volvió a su desidia habitual, se dirigió a ver la tele y yo me quedé fuera, pensativa.

No entendía por qué se comportaba así. Ni que hubiese sido yo la que había montado el espectáculo. Parecía estar enfadado con el mundo, ofendido por lo que había ocurrido, como si fuese culpa mía que ahora tuviera que controlarse y no salir de fogalera como todas las semanas. Y daba gracias a que yo tenía muy claro mi rol en todo aquello y que no me permitía culparme de nada, porque lo que le había pasado se lo había buscado él solo.

A veces sentía que ya no lo conocía, que del Leo que me enamoró no quedaba sino el cascarón vistoso.

Y entonces me vino a la mente el mensaje de Bastian. Fue una extraña asociación de ideas, pero el caso fue que recordé en ese momento que se había puesto en contacto conmigo. El corazón me retumbó en el pecho y desbloqueé el móvil para leerlo. Lo había recibido a la hora de comer y, con todo lo de Arume y luego la cena con los niños, se me había borrado de la mente.

Me dijiste que adivinase para qué querías
una casa si ya tenías una para vivir. Tengo
dos teorías, ¿te gustaría saberlas?

Escribí y reescribí el mensaje cinco veces, pero al final decidí ser fiel a mi estilo.

Hola, arquitecto. Perdona la tardanza,
ha habido mucho lío hoy.

Y sí, me gustaría conocer tus dos teorías,
a ver si te han quedado bonitas o si son
demasiado rocambolescas hasta para una
mujer como yo.

No esperaba que me contestase en ese momento, pero lo debí de pillar aburrido viendo la tele, porque su estado mutó a «escribiendo...».

La primera opción es la previsible y aburrida,
pero más realista: que la quieras comprar
para invertir y ganar una renta todos los meses.

Pero no sé por qué, para ti me pega
más la segunda opción.

Le mandé un gif donde Cruella de Vil entrechocaba sus uñas, expectante y con cara de querer comerse unos cuantos cachorros. Me envió una carita muerta de risa y siguió escribiendo.

Te veo creando una sociedad filantrópica
de mujeres poderosas, empresarias, artistas y literatas,
y esa casa sería su sede, su lugar de ritos y estrategias.

Tú has visto demasiadas veces Eyes Wide Shut

Me estás acusando de propiciar un aquelarre en toda regla?

Me tragué las ganas de reírme, porque había acertado en lo principal: en que buscaba esa casa para hacer algo para mí como mujer más allá de los roles que interpretaba todos los días.

Claro, eso fue lo que le había insinuado la noche bajo los naranjos. Bastian Frey no tenía un pelo de tonto.

Y allí sentada, con la brisa cálida del verano envolviéndome en el jardín oscuro y susurrándome que aquel viento no venía del mar, sino que lo que soplaban eran aires de cambio, un remolino que me iba a alborotar tanto por dentro como por fuera, decidí que confiaría en Bastian.

El increíblemente atractivo y seductor Bastian Frey.

Solo su nombre me agitaba la sangre con una mezcla de expectación y culpabilidad que me tenía muy descentrada.

Te gusta algo así? Puedo ayudarte
a buscar si quieres

Ups. Modo hallar excusas para vernos totalmente activado.

Sirenas de peligro resonando por todo mi ser y mi cuerpo como si nada. Ya había decidido por mí.

De ahí a que me enviase la foto de una casa que era mi sueño hecho realidad, solo pasaron horas. Y a que me propusiese ir a verla, minutos.

Y a que yo me decidiese a hacerlo, segundos.

Ese día mentí a mi familia. Hice méritos para acallar mi conciencia con una jornada de piscina en casa en la que logré tener bajo el mismo techo a los tres polluelos, incluyendo a David, que andaba emocionado por irse a Madrid, pero también triste por dejarnos. Dejarme, más bien. Sabía que la siguiente semana se abriría a mí en el viaje, siempre lo hacía cuando estábamos a solas, e iba a ser duro.

Pero aquel día tomamos el sol, asamos unos pinchitos en la barbacoa y nos hartamos a helados y palomitas hasta la tarde, momento en el que les dije que tenía que salir un rato, pero que les dejaba vía libre para adueñarse de la salita que antaño era de cine y donde ahora reinaban las diferentes consolas.

Hui de las miradas de sus ojos inocentes, sintiendo que les fallaba de todas las formas posibles, y estuve a un tris de anular mi cita con el destino. Pero luego cogí aire con todas mis fuerzas y me dije que, si no iba, a quien fallaba era a mí misma, como llevaba haciendo desde que Leo me expulsó del tándem y transigí sin rechistar.

Me puse un vestido largo de algodón, de tirantes finos y color terracota que me realzaba el bronceado, y que con unas sandalias doradas me daba un aire a alguna reina del Nilo. Me vestí los brazos con un par de brazaletes y dejé caer sobre mí una nube de perfume que me erizó la piel de la espalda. Tenía la sensación de que me metía derechita en la boca del lobo y mi cuerpo se estremecía de anticipación.

Conduje hasta la dirección que me indicaba el Maps, una urbanización cercana al Camino Oliver en Santa Cruz. Era una zona donde se mezclaban chalets nuevos y viejos, unos muy rancios pero con la pátina señorial de antaño, y otros rezumando olor a *wannabe* con el uso estándar del hormigón y el cristal que ahora parecía ser sinónimo de dinero fresco. Las posibilidades de aparcamiento no eran las mejores y eso me hizo fruncir el ceño, pero al ver que la localización me enviaba a la parte más alta, donde las calles aparentaban ser más anchas, me relajé.

Bastian me esperaba apoyado en su coche y, curiosamente, no mataba el tiempo mirando el móvil. Al contrario, contemplaba la vista que se desplegaba a nuestros pies: el atardecer en Santa Cruz, con la isla de Gran Canaria nítida en el horizonte, y con las cuadrículas de las calles encendiéndose con luces tenues. Iba en bermudas y con una camisa blanca remangada, exudando esa elegancia que resultaba innata en él. Nuestros ojos se encontraron antes de que dijésemos nada: los míos, cautelosos pero llenos de una mal contenida curiosidad; los suyos, sonrientes y con ese destello de admiración que me hacía sentirme sexy y joven.

—Llegas un poco tarde, miss Olivares —constató con un deje divertido en su voz. Me encogí de hombros, como sin darle importancia, y no hice el gesto de saludarlo con un beso.

—Por lo que veo, aquí sigues —repliqué, y sus labios se curvaron.

—Juegas con ventaja. Ya sabías que no me iría hasta que llegases —se limitó a decir, dejando que su cuerpo se cerniese sobre el mío para darme un beso en la mejilla.

Fue un roce rápido, pero lo sentí en todos lados, como si sus labios hubiesen activado señales de alarma extrema en cada célula de mi piel. Y no ayudó el que luego deslizase la mano hasta llegar a mi cintura, empujándome con suavidad para darme la vuelta.

—Bueno, ¿qué te parece? —me preguntó mientras yo paseaba mi mirada sobre la casa que descansaba en la falda de la montaña rodeada de muros y grupos de palmeras, aguacateros, naranjos y algún que otro flamboyán. Parecía grande, bien cuidada, y desde ese momento supuse que se saldría de mi presupuesto. No obstante, dejé ver una sonrisa, alentándole a que sacase las llaves y abriese la sencilla puerta de hierro.

Un agente inmobiliario describiría la casa como un chalet de una planta bastante extensa, con un pequeño césped delantero rodeado de parterres de margaritas y gerberas, y una entrada espaciosa. Pero a mí se me secaron las palabras en la garganta cuando vi la disposición asimétrica de las paredes, unas de piedra natural y otras blancas, con un tejado alto a dos aguas en marrón oscuro, tan diferente de las construcciones isleñas que me enamoró al instante. Puse una mano sobre el brazo de Bastian y lo apreté un poco; me salió natural, como si fuese un amigo, alguien de confianza a quien quería transmitirle mi emoción. Su reacción fue acercarse más a mí, como si supiese que eso era lo que necesitaba y como si me leyese sin ninguna dificultad.

Entramos en el gran recibidor y mis ojos recorrieron el espacio, analizándolo sin piedad y claudicando con estrépito, porque era terriblemente perfecto.

«Allí, en las habitaciones de la izquierda, podrían estar las cabinas de Arume. Y en las estancias de la derecha, las salas de actividades y las de juegos».

«Qué suelos más maravillosos y las cristaleras que dan al jardín son perfectas para resguardar las mesitas que quiero poner en el porche».

«Quien diseñó esta casa lo hizo con magia. La piscina que se asoma a las vistas de la ciudad, las zonas techadas para las fiestas, el paisajismo de los jardines... Después de ver esto, no voy a conformarme con otra cosa».

Me giré hacia Bastian, que se había quedado apoyado en la barandilla de la terraza, y lo señalé con dedo acusador.

—¿Sabes que acabas de convertirte en el causante de la mayor frustración de mi vida? ¿Y que no te lo voy a perdonar nunca?

—¿Por qué dices eso, mujer? —se mofó de mí, cruzando los brazos sobre su pecho. Y eso hizo que la tela de la camisa se tensase de una forma muy poco ortodoxa sobre ellos.

«No mires, Vic, ignora esas reacciones de *cougar* que estás teniendo y céntrate».

—Esta casa es la materialización de mi sueño, de lo que necesito para llevar a cabo lo que tengo en mente.

—Pues entonces es una suerte que hayamos venido a verla, ¿no?

—Pues no, señor Frey. Porque una casa así está fuera de mis posibilidades y, después de verla, cualquier otra será peor. Y eso me va a desesperar mucho.

Una sonrisilla insolente apareció en su rostro y levanté una ceja impaciente. Permaneció callado hasta que me vio al borde de un ataque de nervios. Entonces rio con suavidad y meneó la cabeza.

—No te la habría mostrado si eso fuera así. Si estamos aquí, es porque hay posibilidades de comprarla. Ven, que te lo explico mejor sentados.

Y entonces la casa acabó de conquistarme al tener dos columpios individuales en forma de huevo, suspendidos sobre un cristal que dejaba ver un jardín japonés. Estaban cerca el uno del otro y, a medida que nos balanceábamos, nuestras piernas se rozaban. Pero a pesar de esa distracción, estuve atenta a Bastian y a eso que me cambiaría la vida por completo.

—Esta casa está embargada por el banco. Los dueños no pudieron afrontar todo lo que invirtieron aquí y la perdieron. Así que hay una posibilidad de que pueda ser tuya, una posibilidad real porque el que lleva el tema de los embargos es amigo mío.

Entonces lo entendí.

—¿Por eso hemos podido entrar?

Bastian asintió y ladeé la cabeza, calibrándolo con los ojos entrecerrados.

—¿Y qué probabilidades hay de que sea yo la que tenga preferencia a la hora de negociar lo que cuesta?

—Primero, si quieres entrar en esto, debemos comprobar algunas cosas sobre la casa, por ejemplo, si hay cargas en el registro de la propiedad. Luego, será el turno de ver lo que quiere el banco. También existe la opción de la subasta pública, pero no sé si esta propiedad llegará a anunciarse. Lo cierto es que necesito enterarme mejor de cómo funciona este tema, es diferente en cada país. Pero ten por seguro que, estando mi amigo dentro, serás la primera en saber lo que ocurre.

Me di impulso con los pies con demasiada adrenalina dentro para un movimiento más tranquilo. Las neuronas correteaban dando órdenes a diestro y siniestro, como en aquellos dibujos animados sobre el cuerpo humano, y yo tenía ganas de volar, de lanzarme hacia el sol y quemarme, y también de bucear hasta lo más profundo del mar y morir en las oscuridades primigenias.

—¿Cuándo podemos verlo?

Y con esa pregunta, incluí a Bastian en todo: en el proyecto, en mi vida, en mis sueños. Porque yo sabía que su ayuda no se iba a limitar a facilitarme el tema del banco, lo veía en sus ojos. Bas quería ser parte de ello; no sabía por qué, pero así era.

Yo tenía un marido que se dedicaba exactamente a lo mismo que aquel hombre y no se me había pasado por la cabeza incluirlo en nada.

Me deshice con rapidez de la imagen mental de Leo mientras él me observaba con aquellos ojos luminosos que parecían verme más y mejor que nadie.

—¿Estás segura de que quieres comprar?

—Sí. Si mis planes no salen bien, puedo venderla. Pero no quiero pagar alquileres; si invierto mi dinero, que sea para algo mío.

Vi que buscaba las palabras con tiento y me hizo gracia. No me conocía todavía y lo ayudé.

—¿Estás preocupado por si es demasiado y no puedo pagarlo? Hombre, no te diré que no necesite una hipoteca, pero tengo bastante dinero ahorrado. Mucho, podría decirte.

Alzó las cejas intrigado.

—Ahora me dirás que eres una Walter White canaria.

Prorrumpí en una carcajada sonora que quebró el silencio de la tarde y espantó a una paloma que dormitaba sobre la farola más cercana.

—No soy tan interesante. Y siempre se me dio fatal la química.

Ante su mirada expectante, claudiqué y le revelé mi primer secreto.

—Bitcoins. Desde hace más de quince años.

Bas silbó con admiración.

—Ahora lo entiendo. ¿Y por qué…?

—¿Por qué lo hice?

Me acomodé mejor en el columpio y lo miré a los ojos.

—Porque quería tener una parcela donde poder seguir siendo la Victoria de siempre, la profesional, la que ganaba, la que aprendía cosas nuevas y las dominaba. Porque no quise dejarme barrer por lo que la sociedad esperaba de mí. Por eso.

Supe que aquello le había impactado y su cuerpo reflejó una súbita tensión. Y el mío le correspondió con tanta violencia que la situación pudo conmigo. El aire se volvió denso, lleno de ganas mal disimuladas y promesas de fuegos artificiales si llegábamos a tocarnos. Rompí nuestra conexión visual y me levanté, alisando el vestido con mis manos porque no sabía qué hacer con ellas. Él también se incorporó y, antes de que ocurriese nada, di un paso hacia atrás e intenté que mi voz sonase divertida.

—Aunque suene a lo de la piel del oso, ¿me acompañas por la casa y te cuento de qué va mi proyecto secreto?

«Salida fácil, Vic, le cuentas cuatro cosas y desapareces. Porque si dejas que se acerque, vas a permitir que te haga lo que quiera».

—Claro —dijo, soltando aire con suavidad.

Me di la vuelta para desandar el camino hacia la casa, pero entonces me asió del brazo con lo que podría haber sido una caricia y me tuve que enfrentar a su rostro muy cerca del mío. Dio un paso minúsculo hacia mí y levanté la barbilla para encontrar su mirada.

El gris claro se había tornado oscuro, como si presagiase una tormenta de verano: cálida, húmeda y eléctrica.

—Cada vez que nos vemos te metes más adentro, Victoria Olivares. Y tengo miedo de que, al final, no quede espacio para nada más sino tú y tu fiereza. Así que me he dicho que debo racionarte, no pegarme atracones y dejar espacio entre nosotros. Pero al tenerte delante es complicado.

Me pasó el dedo por el cuello y los latidos de mi corazón se agitaron como las alas de un colibrí.

—Me gustas mucho, Vic. Demasiado. Más de lo que me ha gustado nadie en toda mi vida.

Bum. Mi pecho se resquebrajó en mil pedazos dolorosos y esperanzados, y se mezcló con los trozos del de Bastian, que también estalló cuando me puse de puntillas y lo besé con labios lentos, como llevaba soñando desde la noche bajo los naranjos. Nuestras bocas se fundieron con la magia que nos regalaba la tímida oscuridad y el sonido de las ramas de los árboles, incrédulas de que por fin hubiesen llegado a ese lugar ansiado y anhelado en cada uno de los encuentros de los últimos meses. Hundí mis dedos en su pelo, él me sujetó el rostro con las manos, y cuando la inmensa alegría de saborearnos comenzó a tornarse en hambre de hundirnos el uno en el otro, me obligué a separarme y a apoyar mi frente en la suya, dejando que la espiral de excitación bajara de revoluciones.

Cerré los ojos y me dije que le debía una contestación. No podía irme sin más, no después de lo que nos habíamos dicho sin palabras. Así que me aparté para poder ver su rostro y hablarle con franqueza.

«Dios, qué guapo es. Seguiría besándolo hasta que se acabase el mundo y nos escupiesen en medio del universo».

—Sé que con lo que me has dicho no me estás pidiendo nada, pero sabes que mi vida ahora mismo es complicada y que por mucho que me puedas gustar tú también, no es una prioridad para mí ahora el...

Puso un dedo en mis labios y algo en él brilló, como si viese más allá de lo que yo era capaz.

—Si algo sé es que las cosas no salen si se fuerzan. Así que dejemos que las piezas vayan encajando, Victoria. Démonos el tiempo necesario para ver si esto que hay entre nosotros se convierte en una realidad o no.

Pocas veces alguien me deja callada, pero Bastian Frey lo hizo esa noche. Sus palabras se quedaron reverberando en mi ser durante todo el camino a casa —después de cumplir mi promesa de contarle mi proyecto—, donde a cada tanto recorría mis labios con los dedos y una sonrisa tonta me hacía flotar como hacía siglos que no me ocurría.

Pero llegar a casa hizo que la realidad cayese como una losa sobre mí: David seguía jugando a no sé qué juego online con sus amigos, Gala leía en la *chaise longue* de la sala, Mimi molestaba a Gala y Leo, con cara de pocos amigos, vociferaba para que se estuviese quieta. Nadie había hecho la cena y, además, cuando llegué, vi que Leo se levantaba como si tuviese un resorte en el trasero.

—¿No has hecho nada de cenar? —le pregunté con aspereza. Se encogió de hombros.

—No me han dicho que tengan hambre.

—¿Y tú has preguntado?

—Joder, Victoria, que ya no son niños. Y esto no es un hotel. Que cada uno empiece a buscarse el guiso.

Lo miré incrédula, y más cuando vi que cogía la cartera y las llaves del coche.

—¿Te vas?

—Sí, estaba esperando a que regresases de dondequiera que estuvieses. Voy a ir a cenar con unos inversores.

Lo paré y su guapo rostro se contrajo con unas arrugas que antes no tenía.

—Pero ¿a cenar y luego vuelves? —Me enfrenté a su cara de enfado con tranquilidad.

—No lo sé. Supongo.

Me dieron ganas de decirle cualquier cosa, pero decidí serenarme. Era la primera vez que salía desde el desmayo, quizá debía confiar en él.

O yo qué sé.

Lo cierto es que cuando se fue, el ambiente volvió a llenarse de oxígeno y todo el mundo pareció respirar.

Todos menos yo, que había perdido el aliento y la tranquilidad en otro jardín bajo las nacientes estrellas y que estaba viendo cómo lo que durante mis vacaciones en Finlandia fue solo una sensación se estaba tornando en algo extremadamente tangible.

«Arquitecto, presiento que, si estoy preparándome para coger la ola del cambio, tú vas a ser el surfero guaperas que me enseñará a ponerme de pie en la tabla».

10

Leo

La ira y el hastío son emociones perfectas para un pirómano sentimental. Ambas se retroalimentan y buscan aliados en el orgullo herido, la vanidad y las ansias de ser siempre el mejor, que eran inherentes a mi ser. El combustible perfecto para prender la chispa, contemplar el infierno rojo y luego simular un apagado exprés, tan vacío e ilusorio como pretender que mi vida estaba bien y que podíamos seguir adelante después de todo.

El caso era que yo no quería.

Estaba cabreado con la vida en general.

Primero, conmigo mismo por el espectáculo que di en mi cumpleaños. Joder, que no era la primera vez que me pasaba con el alcohol y la coca. Tenía controlado ese frente tras años de práctica, y no entendí por qué me dio aquella pájara absurda que destapó todo el percal del que era mi secreto más cuidado y que me satisfacía de múltiples formas.

Después, con la cárcel en la que se había convertido mi casa. Victoria no hacía sino echarme miradas reprobatorias y su tono de voz, cada vez que se dirigía a mí, estaba teñido de resentimiento. Sí, vale que se había asustado y todo lo demás. Pero no estábamos ya tan unidos como para que se pusiese así. Las épocas de nuestro tándem habían pasado y nos encontrábamos muy lejos de poder recuperarlas. Pero lo que en realidad me hacía intentar no volver a las andadas eran las miradas de mis hijos: la de David, de la cual se había desprendido esa admiración ciega que siempre profesó por mí, porque ahora me veía tal como era, un hombre común; la de Gala, la hija a la que siempre estuve menos unido y a la que le dolía mucho su madre, y luego mi Minerva, la cachorra más fiel y feroz de la camada, quizá la más exquisita unión de nuestros cromosomas, a quien le había fallado de manera atroz. La gran señal era que, desde entonces, ya no me llamaba papi. Ahora era papá, a secas.

Y, por último, con todo lo inherente a mi trabajo. No surgía nada interesante, todo era más de lo mismo: chalets, caserones, edificios normativos. Yo quería dejar mi impronta en las islas, poder optar a un edificio como, en su momento, el Auditorio de Tenerife o la sede de la Presidencia del Gobierno en la capital, pero no salía nada público. Y en lo privado..., el pánfilo de Bastian Frey me había robado el proyecto más apetecible en mucho tiempo y encima tenía que soportarlo rondando a mi familia.

Lo peor era que había tenido acceso al proyecto del hotel y supe, sin duda alguna, que era mejor que el mío. En todos los sentidos.

La frustración me comía desde los distintos frentes y me sentía como un hámster en una jaula. Menos mal que nadie me molestaba en mi despacho, allí por lo menos podía saquear mis rones añejos y dejar que la calma inundase mis venas y los entresijos de mi mente.

Quizá me hubiese podido acostumbrar a esa mierda de vida, porque, al final, hasta la porquería se convierte en rutina y no huele tan mal. Pero el aburrimiento y la mala idea me habían transformado en un espectador apático que, de pronto, se da cuenta de que algo no está en su sitio y que, tirando del hilo, puede encontrarse con situaciones como poco incómodas.

Una de tantas noches, Victoria llegó a casa con un brillo que al Leo de los Beckham lo hubiese cegado y llenado de orgullo. Pero a mí me repateó el estómago, ¿cómo se atrevía a estar tan deslumbrante y llena de vida cuando me hacía sentir como el peor insecto de la cadena evolutiva? Ni me pregunté por qué desprendía tanto fulgor; mi reacción fue coger la cartera y las llaves del coche e irme a Santa Cruz, a una de las terrazas *rooftop*, donde con rapidez encontré a mis colegas de correrías.

Ni que decir tiene que aquella noche resultó épica y que no fui a casa a dormir. Victoria me escribió a las seis de la mañana, pero su tono ya no fue de preocupación, sino de aburrimiento.

Nunca había estado tan alejado de mi mujer como en ese instante y, por eso, el que al cabo de unas semanas me pidiese que cenásemos juntos me cogió totalmente por sorpresa.

Yo seguía viviendo en casa, claro está, por aquello de mantener las apariencias de la unidad familiar. Además, Vic hizo un viaje exprés con David para cerrar lo del piso de Madrid, así que los dos pares de ojos más acusadores me habían dado tregua e incluso disfruté del tiempo con las niñas. Nos bañamos en la piscina, cenamos hamburguesas y una noche fuimos al cine. Mimi no volvió a llamarme papi, pero por lo menos sentí que me había vuelto a aceptar y que no se moría del miedo de que me diese un jamacuco en su presencia.

A la vuelta de Victoria, volví a hacer bomba de humo, preguntándome si todo lo que me quedaba de vida iba a ser así. Con mi mujer estábamos en un limbo, yo, aburrido de sus prejuicios y de que no podía contar con ella como antes, y ella, supongo que hasta los mismísimos de un marido al que le importaba todo una mierda mientras pudiese seguir pasándoselo bien con sus amiguetes.

Porque sí, era lo que me apetecía. Llevaba toda la puta vida trabajando para la familia, ¿es que no se daban cuenta de que necesitaba mis respiraderos? Y no me valía el tiempo con ellos, *sorry*. A veces me preguntaba con la boca chica si hubiese sido mejor no haberme embarcado en todo aquello de la familia..., pero el caso era que lo había hecho y en cierta forma me sentía responsable. Aunque no del todo, si era sincero, porque la que siempre había apechugado era Victoria y ahora no iba a arrebatarle ese honor. Ya bastante hacía con interpretar ese papel de mujer ofendida cuando yo lo único que había hecho era propiciar que entrase dinero en casa. Las cenas, las fiestas, todo eso eran formas de conseguir contactos y contratos.

No sé de qué coño se quejaba.

Por eso lo que me contó en la cena me dejó aniquilado, al nivel de los gusanos que se esconden en la tierra para evadirse de la luz del sol.

Tocado, hundido y devorado por los peces prehistóricos como los que habitaban la fosa de las Marianas.

Habíamos quedado en un restaurante muy discreto y elegante a la entrada de Puerto de la Cruz, donde cada mesa tenía su propio espacio y donde sabía que no nos iban a molestar. La elección de lugar por parte de Victoria me intrigó, pero nada me hacía presagiar lo que me contaría en las siguientes horas.

Llegamos por separado: yo, de la oficina, y ella, espléndida, como siempre. Llevaba un mono blanco de tela rígida que hacía figuras geométricas entre plisados y dobleces en la zona del escote y que disimulaba la delgadez de su silueta. El pelo, perfectamente cortado a lo Cleopatra; las uñas, del color de la sangre al igual que sus labios. Atractiva y más joven de lo que contaba su edad; una mujer que hizo girar cabezas a su entrada en el restaurante y que a mí ya no me inspiraba nada, cuando antaño una sola sonrisa suya me hacía ponerme tan duro que tenía que follármela contra cualquier superficie disponible a tres metros a la redonda.

Nos dimos un beso rutinario en los labios y se sentó, dejando su bolso a un lado. Pidió una cerveza de aperitivo —ella siempre tan fiel a sus gustos— y, sin mirar la carta, enumeró los platos al camarero que la esperaba, solícito, como un perrito de agua a los pies de su ama.

Cómo me jodía y me fascinaba aquel despliegue de poder que ella no sabía que poseía y que tanto tiempo tuve retenido solo para mí.

—Bueno, tú dirás. Me ha sorprendido tu invitación —rompí el hielo, saboreando mi agua con gas. Ante ella, mejor guardar las apariencias y no pasarme. Vic ladeó la cabeza y sonrió con cierta afectación.

—Creí que era necesario salir de casa y vernos solos en otro lugar. Quizá así seamos más... objetivos.

Me miré las manos, también llenas de tatuajes. En el fondo no me gustaban, pero quedaban bien con la imagen que proyectaba: la del arquitecto moderno e irreverente.

—Puede ser.

Victoria suspiró ante mi deliberada falta de colaboración y cogió el toro por los cuernos, como siempre hacía.

—Quiero que hablemos. La situación en casa es insostenible para todos. Tenemos que tomar una decisión, Leo, pero antes quisiera saber por qué estamos así.

La miré con un amago de sonrisa.

—No, eso no es a lo que hemos venido aquí. Me dijiste que tenías que contarme algo.

—Sí, pero antes quiero saber por qué estás tan incómodo en casa. Los niños lo notan y, joder, eres su padre. Por lo menos disimula con ellos. He intentado parchear tus ausencias durante toda su infancia, pero ahora están en la adolescencia y cualquier cosa les afecta más de la cuenta. Y si decides que no vas a estar para ellos, porque no te nace y porque te importa bien poco todo, dilo. No seas el cobarde que lleva sentado en un sillón todo el verano. Ten cojones y decide lo que vas a hacer.

«Joder, y todo esto sin una copa encima. La cabrona sabe cómo hacerlo».

—No sé qué quiero hacer, Vic. No tengo ni idea de cuál es mi siguiente paso.

Quise morderme la lengua por mi alarde de sinceridad, pero a ella eso le bastó. Sonrió con comprensión y, por primera vez en meses, me tocó más allá del rutinario beso con el que nos saludábamos. Posó una mano sobre la mía y la apretó.

—Leo, hemos sido lo más, los mejores, los putos Beckham a quien nadie les tosía. No te olvides de eso. Aunque ahora las cosas estén así, recuerda que siempre tendremos ese punto de partida. Y nuestros hijos nacieron de esa felicidad, por eso siempre serán especiales.

«Para ser sinceros, nacieron porque tú quisiste».

Aquel feo pensamiento cruzó mi mente como un meteoro y ella tuvo que notarlo, porque se retrajo y su rostro se enfrió como si le hubiesen echado un cubo de hielo por encima.

—Te he pedido que cenemos esta noche porque tengo cosas que contarte. Quizá debería haberlo hecho antes, pero no lo hice. Y ahora es el momento porque va a cambiar mi vida para siempre.

Interrumpió su discurso porque nos trajeron el aperitivo de la casa: un trozo de atún rojo bañado en salsas orientales y envuelto en una hoja de menta. Lo saboreé casi sin sentirlo y dejé los palillos chinos sobre su soporte. No podía ni imaginar lo que me iba a contar la que todavía era mi mujer.

—Voy a montar un negocio, Leo. Desde hace mucho tiempo quiero hacer algo más que ocuparme de la familia y de la casa. Los niños han crecido, son más independientes y puedo tener tiempo para invertir en mis propios proyectos.

Sonreí casi con ternura y sin acordarme de a quién tenía delante. La imagen de Victoria madre había solapado casi todo lo que recordaba de la tiburona de FaroA.

—¿Y de qué se trata? Seguro que puedes compaginarlo, no te preocupes por eso.

Vi que tuvo ganas de reírse con dientes afilados y, solo entonces, me permití preocuparme.

—No te estoy hablando de un blog de moda para amas de casa ocupadas o de una tiendita online de accesorios o zapatos. Voy a emprender de verdad, con dinero por medio; de hecho, voy a comprar un inmueble para montar allí lo que tengo en mente.

Se me revolvió todo por dentro porque entendí que aquello era bastante más grande de lo que había pensado y que, por lo tanto, mi mujer llevaba ya mucho tiempo planeándolo.

—Pero ¿a qué te refieres? ¿De qué me estás hablando, de cuánto dinero? Y ya que estamos, ¿de dónde has sacado ese capital? Porque no creo que sea del sueldo que te pago como autónoma para todo el tema de la pensión.

No hubiese querido que aquellas palabras sonasen tan despectivas, pero el caso fue que lo hicieron. Victoria se irguió y el acero se reflejó en su mirada oscura. Formó una pinza perfecta con sus palillos y se llevó dos *gyozas* de carne de cabra de golpe.

—Por supuesto que no, Leo, de esa miseria jamás hubiese podido ahorrar para mi proyecto. Que sepas que llevo años ganando pasta sin que tú lo sepas y si hubieses sido más avispado, te habrías enterado. Todas esas noches que estabas de farra con tus amiguetes y pensabas que yo te esperaba en casa para luego abrirme de piernas como la mujercita que tanto te gustaba, resulta que yo estaba ganando dinero para no tener que depender de ti en un futuro. ¿Qué te parece, campeón?

Y dejó los palillos en medio de la mesa con un golpe seco que sentí en mis entrañas. Victoria ni se achantaba ni se amilanaba, en el fondo, seguía siendo la reina que creí que ya no existía en su interior. Cogí sus palillos y se los coloqué en el soporte, luchando con las ganas de lanzárselos a la cara. La sensación de haber sido traicionado se desplegaba por mi pecho con inexorable lentitud.

—¿Y con qué te ganabas la pasta? ¿Acaso te dedicabas a...?

Su dedo se incrustó en mi esternón y me arrugué ante su mirada fulminante. Levanté las manos claudicando.

—Vale, perdona. Eso ha sido muy inapropiado.

—Lo gané legalmente y con algo de lo que no tienes ni idea, eso es lo único que vas a saber. Y ahora lo voy a invertir en lo que mejor se me da: hacer que la gente lo pase bien.

Tomó varios sorbos de vino y la secundé. A la mierda, si esa noche dormía en la cuneta de aquella carretera secundaria, lo haría sin problema.

—Pero ¿eso qué significa? Joder, Victoria, alucino contigo y con tus mentiras.

—No más que yo contigo y con todo lo que me has ocultado.

La ira me subía por la garganta como un alien a punto de explotar.

—Qué coño, si eres tú la que me estás diciendo ahora que vas a montar un parque de atracciones o lo que sea la tontería esa que vas a hacer, y yo sin enterarme. Que llevamos juntos veinte años, joder, por lo menos haberme contado lo de la pasta. Me llevas engañando no sé cuánto tiempo y tú te cabreas porque me voy de fiesta entre semana, vaya tela. A saber en qué otras cosas me habrás engañado y yo como un idiota financiándote la vida.

Victoria volvió a apurar la copa que el camarero le llenaba cada tres minutos y sus uñas arañaron la tela del mantel. Quizá lo hizo para no arrojarme el vino a la cara. Yo lo habría hecho, si me preguntas.

—Vaya cara que tienes, Leo. No esperaba esto de ti, con lo inteligente que tú eres. Qué burdo eso de atacarme cuando el problema lo tienes tú. Te estás engañando a ti mismo haciendo de menos tus adicciones, porque eres un adicto, aunque no quieras reconocerlo. Lo dicen tus médicos, tu terapeuta, tu grupo de apoyo. Qué creías, ¿que no lo sabía? Te recuerdo que estoy al tanto de todo, porque todos me llaman a mí, me cuentan, me consultan, como si fuera tu madre, cuando lo que realmente me apetece es mandarte a la mierda y que dejes de romper todo eso que tanto me ha costado construir.

—Oh, sí, santa Victoria, la protectora de la infancia y la adalid de la ayuda al prójimo. ¿No te cansas de ser tan perfecta?

—De perfecta no tengo un pelo, pero de consecuente tengo hasta de más. Por eso te cuento esto, no quiero que tomemos decisiones sin que sepas todo lo que hay por mi parte. Voy a empezar a trabajar y eso significará que no podré estar tan presente como antes. Te tocará ejercer de padre más tiempo del que estás acostumbrado. Ya me dirás si te ves capaz o si contrato a alguien para que se ocupe de nuestros hijos hasta que vuelva yo. Pero te aviso; si es así, las cosas van a cambiar mucho en nuestra familia.

Nos trajeron unas miniarepitas con tartar de gambón por encima y engullí una solo para dejar de pensar durante unos segundos. Las sensaciones batallaban en mi interior, intentando no escuchar a eso que me gritaba desde el minuto uno que quería estar solo, que no tener que ir a la casa familiar era un regalo y que la felicidad, ahora mismo, era alejarme de todo aquello.

Con esa sensación aguijoneándome la piel y viendo la determinación en el rostro de la que todavía era mi mujer, hice la pregunta que ambos teníamos en la cabeza.

—¿Me estás hablando de separarnos?

Solo en ese momento vi una honda tristeza en los ojos de Victoria, esos que amé con locura y que, ahora, eran casi desconocidos para mí.

—Nunca pensé que nosotros, los Beckham, llegásemos a esta tesitura. Eso era para otros, para los que ya se veía venir desde el principio. Nosotros éramos la pareja de oro, los invencibles. Y míranos ahora: rabiosos, susceptibles, traicionados. De esta manera no somos buenos el uno para el otro, ni tampoco para los niños. Llevamos así ya varios años y lo que ha pasado este verano lo ha precipitado todo.

Me envaré, el ataque fue gratuito o, al menos, así lo percibí yo.

—No entiendo por qué te sientes así. Te lo he dado todo, has podido hacer lo que querías sin estar pendiente del tema económico. Y si de verdad te hubiese preocupado nuestra familia, no habrías dejado que empezase a salir solo por ahí. Éramos un tándem, Victoria, y tú te borraste. De repente, solo existían los niños, la familia, y no te interesaba nada más.

No logré provocarla, solo que esbozara una sonrisa turbia.

—Es muy típico de ti que veas la paja en el ojo ajeno y no la viga en el tuyo. Sin duda los dos hemos cometido errores, pero creo que tienes que sopesar bien los tuyos antes de juzgar a los demás. Y sí, respondiendo a tu pregunta, quiero que nos separemos. No deseo seguir manteniendo la pantomima de que todo está bien y somos la pareja que fuimos. Ni por nosotros ni por los niños. ¿Crees que para ellos es fácil vivir en un polvorín? Se merecen calma y tranquilidad, y si eso ocurre con sus padres viviendo bajo techos diferentes, eso es lo que haremos. Se acabó, y a las cosas hay que darles un final como se merecen.

De pronto, sentí que la tierra se movía bajo mis pies y me lanzaba a unas coordenadas de tiempo y espacio donde no entendía nada de lo que existía a mi alrededor. Victoria me echó una mirada impregnada de lástima y entendí que ella se había preparado para todo aquello mucho antes que yo.

—Recogeré mis cosas y me iré de casa —balbuceé, pero ella meneó la cabeza.

—No. Mañana o pasado hablamos con los niños y yo me buscaré algo por La Laguna, cerca de mi familia.

—Pero esta casa la has vivido igual que yo... Y bastante que alardeabas de ella si no recuerdo mal.

Entonces cogió su bolso, con los ojos vidriosos, y pronunció entre dientes:

—La casa nunca me gustó. Es toda tuya. No la echaré de menos.

Me quedé solo ante el plato a medias, percibiendo los ecos de su aroma exótico y especiado. Dejé la servilleta a un lado y pedí la cuenta. Se me había truncado el apetito.

Y solo ante un gin-tonic bien servido en la barra de uno de los bares de moda de La Laguna, me permití suspirar y decirme que no era para tanto, que siempre me quedaría París, o, en este caso, la jardinera de un parque o el coche de un colega donde ver despertar un nuevo día. Porque eso era lo que me pedía el cuerpo: anestesiarme hasta no sentir ni un arañazo del dolor que me causaba el saber que Victoria me había dejado.

Y con ella, mi familia.

Al final, había acabado igual que mi padre, aunque ese pensamiento era uno de los prohibidos, de los que había que bloquear.

Hasta que fuese el único que importaba.

11

Victoria

Salí del restaurante con los ojos anegados en lágrimas. Llevaba conteniéndolas demasiado tiempo, me había pasado el verano reparando las grietas del gran muro tras el que se alzaban, tormentosas.

Y ahora las iba a dejar libres.

Las luces de los coches en la autopista parecían manchas desdibujadas y me dije que era un peligro conducir así. Cogí el siguiente desvío y llegué a trompicones a un lugar donde, a esa hora, no solía haber gente. Me bajé del coche y el valle de la Orotava se abrió ante mí como un luminoso espectáculo nocturno, coronado por el Teide y abrazado por el silencioso océano a mi derecha. El aire era fresco, de finales de verano, pero no me dio tiempo de aspirarlo antes de comenzar a sollozar. Me doblé a trompicones sobre el murete del mirador y sentí que mi pecho se abría en dos.

Lloré como hacía años que no me ocurría, quizá desde la muerte de mi padre.

Lloré de rabia, de tristeza, de miedo y de culpabilidad. Con mi decisión, la ruptura de mi familia se volvía real, aunque ya fuese un hecho desde hacía tiempo y no lo hubiese querido mirar de frente.

Lloré con una inmensa pena por mis hijos, por lo que hubiesen merecido y no tuvieron: una familia normativa, de papá-mamá-hijos-hogar, esa idea que a todos nos incrustan en el cerebelo como idea a seguir.

Lloré por la funesta sensación de irrevocabilidad, esa que arrastraba desde Finlandia y que ahora se hacía tangible. La realidad, a partir de ahora, sería otra.

Lloré por los nervios que me atenazaban al pensar cómo empezaría esta nueva vida, en cómo hacerlo para que mis hijos notasen el cambio lo menos posible, con un nuevo hogar que crear y rutinas diferentes de familia de padres separados.

Y, por mucha vergüenza que me diese, también lloraba de alivio.

El enorme peso que llevaba en el pecho se había aligerado cuando entendí que ya no tenía que preocuparme por las malas caras de Leo y su presencia negativa. El aire que me inundó los pulmones fue una bendición encubierta, el oxígeno necesario para decirme que ya nada me impediría hacer todo aquello que tenía en mente.

Pero era difícil dejarme arrastrar por ese ímpetu de un futuro dorado justo en ese momento en el que el duelo por los Beckham llegaba a su punto más álgido. La lenta enfermedad que fue minando nuestro matrimonio había tocado hueso y había que llamar a las plañideras y encargar la corona funeraria.

Dejé que las lágrimas buscasen su furiosa salida hasta que, poco a poco, se fueron espaciando. Sorbí por la nariz, masajeé los párpados hinchados y me abracé las rodillas, fijando la vista en la oscuridad de la zona de El Rincón, donde unas pocas casas repartían haces de luz entre las plataneras y los aguacateros.

Y, de pronto, no quise estar sola.

Estaba cansada de afrontar todo sin nadie a mi lado, solo confiando en que lo que decidía no fuese la peor opción de las que se presentaban.

«Necesito a mis hermanos».

Me debatí entre llamarlos o escribirles, pero todos tenían husos horarios diferentes al mío y, por lo menos Eli, se encontraría durmiendo. Nora, a saber, quizá estuviese meditando al amanecer en su choza en Bali y como de Marcos nunca se sabía dónde estaba, pues no podía aventurar nada.

Decidí escribir, porque sabía que en cuanto lo viesen, me llamarían. Habían estado pendientes de mí desde lo de Finlandia, cosa que me resultaba extraña porque lo normal era que fuese yo la preocupada por ellos. Por mí nadie debía perder el sueño, yo siempre lo tenía todo bajo control. La mayor de cuatro hermanos atesoraba ese superpoder hasta que se desgastó de tanto usarlo.

Mis dedos titubearon sobre la pantalla, pero decidí escribir lo que ocurría sin florituras ni paños calientes.

Leo y yo nos vamos a separar. Acabamos de decidirlo

Le he contado cosas que él no sabía y por las que ahora mismo está cabreado, pero también pongo la mano en el fuego por que la separación es lo que mejor le viene para poder volverse loco del todo y no tener que rendir cuentas a nadie

Supongo que se lo diremos a los niños en estos días y me pondré a buscar casa

Esperé unos minutos a ver si alguien decía algo, pero el chat estaba mudo. Suspiré y me metí de nuevo en el coche. Si no había señal de mis hermanos, tenía claro con quién quería hablar.

Aparqué en La Laguna, en la misma calle Anchieta, y entré en casa de mi madre sin hacer ruido. Solo esperaba no causarle un infarto a nadie porque la casa estaba tranquila y se podían asustar. Me asomé al salón, donde la tele mostraba imágenes de vacas comiendo hierba e infografías sobre lo que contaminaban sus gases, y donde encontré a mi abuela con los ojos medio cerrados hablando sola:

—Sí, claro, y cuando las tierras de cultivo de soja y mijo se carguen el Amazonas, entonces volveremos a las vacas, ¿no?

No pude evitar sonreír. Mi abuela Carmen Delia estaba siempre al tanto de todo y ahora le tocaba bucear en los documentales de Netflix.

Toqué en la puerta con suavidad y sus ojos se desviaron hacia mí sobresaltados.

—¡Victoria, qué susto! Pensaba que era tu madre, que volvía de su cita.

—¿Una cita? Eso me lo tienes que contar mejor, que no sabía nada.

Me aproximé a ella y le di un beso a la vez que la abuela se pispaba de mis ojos hinchados y me respondía:

—Es un señor del grupo de senderismo. Y si me lo preguntas: sí, tiene bigote. Que tu madre no sale de Tom Selleck ni Burt Reynolds, ya lo sabes.

Me reí. Papá también había lucido un bigotillo a lo Errol Flynn que a mi madre le encantaba. Era fiel a su prototipo, no se podía negar. La abuela hizo un gesto para que me sentase a su lado y atacó:

—Ahora me contarás por qué vienes por casa a esta hora y por qué parece que hayas estado cortando cebollas tres horas y media.

Su mano surcada por cientos de arrugas cogió la mía y dejé caer la cabeza sobre su hombro.

—Se acabó, Carmen Delia. Leo y yo nos separamos.

Me dio unas palmaditas consoladoras en el pelo y de su pecho hundido brotó un sonido muy propio de ella, era como si gruñese, riese y resoplase a la vez.

—Eso se veía venir. Bastante has aguantado, mijita.

La clarividencia de mi abuela siempre me sorprendía.

—Lo que me preocupa son los niños, abuela. Esto va a suponer un cambio en su vida y están en una edad complicada para ello.

—Los hijos se adaptan, Victoria. Y, de todas formas, siempre han estado más contigo. No creo que echen de menos a morir a su padre, aunque suene feo decirlo.

—Ya —reconocí, encogiéndome de hombros. En ese momento se escuchó el ruido de la puerta y supe que mi madre había llegado. La oímos dejar las llaves sobre el mueble de la entrada y, al escucharla pararse, supuse que había visto mi bolso.

—¿Victoria? —tanteó con voz alarmada, y en un segundo estaba en el salón, contemplando la escena de su madre y de su hija con cara de circunstancias y anidadas en el antiguo sofá. Estaba guapa, con esa elegancia natural que siempre poseyó y que despuntaba cuando se quitaba la bata de estar por casa y se arreglaba como ella sabía. Me recordó a esa madre radiante de cuando mi padre todavía estaba con nosotros y me alegré de corazón por verla así.

Se sentó a mi lado, imagen viva de la preocupación, y levantó mi cara hacia ella.

—¿Qué ha pasado? ¿Dónde están los niños?

—No te preocupes, están en casa. David está haciendo méritos para poder celebrar su fiesta de despedida este fin de semana y se ofreció a quedarse con las niñas.

—Entonces la cosa es con Leo, ¿no?

Su mano acarició mi mejilla, las ojeras, la hinchazón de mis ojos, e hice esfuerzos para no volver a llorar.

—Nos vamos a separar, mamá. No es que sea una sorpresa, porque ya has ido viendo cómo están las cosas, pero...

—Duele, claro que sí.

Me abrazaron, mi abuela por un lado, pegada a mi espalda, y mi madre acunándome, porque las lágrimas habían vuelto a brotar sin control.

—No sé si me duele más la sensación de fracaso, de saber que se acaba una etapa muy importante de mi vida, que no he conseguido que funcionase por mucho que lo haya intentado, o que mis hijos van a tener que pasar por algo que ninguna madre quiere que ocurra.

—Son muchas cosas a la vez, ya lo sé. Pero es lo mejor para todos, Victoria. Ese matrimonio no se iba a arreglar hicieras lo que hicieras porque para eso hacen falta dos personas, y a Leo... ganas de luchar no se le notaban.

«Qué claro se veía también desde fuera. Y yo empeñándome en que funcionase».

—¿Y cómo se dio por fin la conversación? —quiso saber mi abuela, y cogí aire.

—Lo cité para cenar juntos, necesitaba contarle algo que él no sabía y que no se tomó muy bien. A partir de ahí, nos dijimos un poco de todo y la conclusión fue que no pintábamos ya nada juntos.

Dos pares de ojos oscuros e inteligentes me taladraron sin piedad.

—Victoria Olivares, ¿le pusiste los cuernos?

«Si ellas supiesen…, pero lo de Bastian es por ahora muy mío y no lo voy a compartir con ellas».

—No iba por ahí, malpensadas. El tema es que estoy pensando en emprender y tengo una idea que…

No me dejaron terminar, las muy jodidas cloquearon en voz alta y chocaron los cinco. Las miré con ganas de reír y llorar a la vez. Para que dijesen que la edad no era mental.

—¡Lo sabía, tienes ese brillo que hacía años que no te veíamos! ¡Ya era hora, Victoria, con lo que tú eres y puedes llegar a ser!

—¿Y qué pasó, que a Leo eso no le gustó? —espetó mi madre con una voz afilada que nunca le había oído al hablar de él.

—No demasiado.

Mi móvil vibró y, al mirar, vi que era una videollamada grupal con Nora y Marcos. Respondí y se alegraron de verme en la casa familiar, rodeada de las Méndez. Los puse al día con todo detalle, pero sabía que Marcos no dejaría las cosas así; siempre intuía cuando había algo más y era implacable. Aun así, el cariño y el apoyo que percibí de mi familia primigenia mitigaron la tormenta que tenía por dentro y me tranquilicé lo suficiente para poder irme a casa. Conduje los veinte minutos que me separaban de El Sauzal con una sensación extraña de irrealidad, pero no pensé en nada más. Necesitaba descansar, porque al día siguiente empezaba otra vida.

Leo no vino a dormir, tampoco lo esperaba. Apareció al día siguiente por la tarde con los ojos enrojecidos y, por primera vez, sin ese lustre a lo Beckham del que siempre hacía gala. ¿O sería que yo ya lo veía con otros ojos? Los niños tampoco le hicieron mucho caso: David estaba organizando su tenderete del día siguiente con sus amigos más cercanos, Gala se había ido con la madre de una amiga a comprarse unos cuantos vaqueros para el inminente comienzo de las clases, y Mimi estaba viendo vídeos en YouTube, que se apresuró a quitar en cuanto se percató de mi presencia.

—¿Otra vez estás con esos vídeos tontos en internet? —le dije, desesperada—. Ya te he dicho que no me gustan nada esas chicas y las cosas que dicen. Pon otra cosa o si no, apaga la tablet, que ya llevas un rato con eso. Mira a ver si papá quiere jugar a algo fuera, que seguro que le apetece.

Me reí por dentro, ojalá Mimi lo pusiese a jugar a las palas o al bádminton, a algo que le hiciese sudar la resaca que tenía encima. Pero fue listo y la embaucó para meterse con él en el jacuzzi y ver la puesta de sol sobre la salvaje costa norte de la isla.

Hice pizza casera para cenar, que todos devoraron sin dejar una migaja, y fue ya de noche cuando pudimos hablar a solas.

—¿Has pensado en cómo quieres hacerlo todo? —me preguntó sin mirarme a los ojos. Alcé las cejas con frialdad.

—Creo que deberíamos hablar con ellos el domingo. Sé que no es buen día porque David estará reventado de la fiesta de mañana, pero el lunes me voy con él a Madrid y ya no volverá hasta el puente del Pilar.

—¿Y qué les vamos a decir? Me refiero a lo de con quién van a vivir, dónde... Tú y yo no hemos concretado nada.

—Hombre, como para haberlo hecho anoche. No te vi con demasiadas ganas de hablar de los aspectos más específicos del tema.

—Bueno, déjalo estar, Victoria. ¿Tú qué has pensado?

Me crucé de brazos y me apoyé en el filo de la encimera de la cocina.

—Leo, los niños van a querer vivir conmigo. Es con quien están acostumbrados a hacerlo. Y supongo que tú también lo prefieres así, visto lo visto en los últimos años.

Iba a protestar, pero levanté la mano. Que ni se le ocurriese rechistar con respecto a eso.

—Les voy a proponer irnos a vivir a La Laguna. Es mucho más práctico. Lo que me tendrás que decir tú es si prefieres ir al juzgado a hablar de esto o si lo podemos arreglar entre nosotros. El tema de la custodia, digo. Porque no sé si los quieres tener tú una semana y yo otra, o los tengo yo y tú dispones de libertad para estar con ellos, o cuadramos unos días concretos para que paséis el tiempo juntos.

Mi voz era serena y fría, pero en mi interior me estaba matando decirle todo aquello. Esa era nuestra nueva realidad, en la que se rompía esa familia que se vino de un pisito pequeño a la mansión donde creyó que sería feliz hasta el final de los días. Algo parecido le debía de estar sucediendo a él porque se pasó la mano por la cara.

—Joder, no sé.

—Pues piénsatelo ya. Mira a ver cómo te ves en la tesitura de supervisar tareas, hacer de cenar, llevarlos al médico y, sobre todo, escucharlos de verdad.

Se lo dije con mala baba, pero es que no tenía intención de que los niños —o las niñas, en este caso— tuvieran que lidiar con cosas como su padre saliendo hasta las tantas, o verlo entrar borracho en casa, o no acordándose de esas cosas que conforman la seguridad de un hogar. Estaba segura de que Leo no quería meterse en esos berenjenales, no lo había hecho nunca porque siempre me había encargado yo, así que tenía la mitad de la batalla ganada.

—También tenemos que hablar del dinero. La manutención y todas esas cosas.

—Sí, si quieres, podemos consultar a nuestros abogados, aunque solo tendremos que ocuparnos de los niños. Tú y yo estamos en régimen de separación de bienes, las propiedades están claras.

La casa de Famara estaba a mi nombre y no pensaba soltarla. Que la tomase como mi compensación por los años dedicados a la familia. Leo me miraba como si no me conociese y la confianza después de tanto tiempo hizo que lo manifestase sin cortapisas:

—Me parece increíble que puedas hablar de todo esto así, como si no te afectase.

La ira tiñó de rojo mi campo de visión y me dije que menos mal que no había cuchillos a la vista.

—¿Tendrás la poca vergüenza de decirme algo así? ¿No será que he tenido tiempo de procesar todo esto antes de sentarme a hablar contigo? Porque te recuerdo que intenté arreglarlo, y con mucho ahínco, durante estos años. Y, aun así, hemos llegado a este momento.

—No te equivoques. Tú ya tenías algo de esto en mente cuando comenzaste a pensar en proyectos ajenos a nuestro matrimonio, porque si no, jamás te hubieses puesto a amasar dinero para un posible proyecto futuro. Y menos, habiéndomelo ocultado de la forma en la que lo hiciste.

Me reí en su cara.

—Eso es lo que en realidad te molesta, ¿verdad? No que nuestro matrimonio se acabe, sino que haya sido capaz de hacer cosas a tus espaldas. Pues te digo más, querido Leo, me conociste como una tiburona y te comunico que, ahora, lo voy a ser más. Tengo la experiencia vital y la cara más dura que con veinte años. Así que pórtate bien y cuida a nuestros hijos, que es lo que más me importa en todo esto.

Me separé de él y le di un toque en medio del pecho.

—Mañana te quiero aquí como ese padre que David se merece, echándole una mano con la barbacoa y llevándolo y trayéndolo adonde vaya a seguir la fiesta. El domingo almorzamos en casa y luego hablamos con los niños. No te escaquees, que te conozco. Siempre me ha tocado a mí lidiar con este tipo de cosas, pero esta vez te atañe a ti también.

Lo dejé en la cocina y me fui a nuestro dormitorio. O ya podía decir que mi dormitorio, aunque por poco tiempo. Sí, aquella casa tenía las vistas y todo el lujo posible, pero siempre me pareció demasiado. A mí no me hacían falta tanto espacio y esas maderas nobles para ser feliz.

Tenía el cuerpo un poco revuelto después de mi conversación con Leo y me di una ducha tibia para calmarme. Me dejé el pelo húmedo, no tenía ganas de peinarme, y me tiré encima de la cama bocabajo para echar un vistazo a mi móvil.

Y ahí estaba, el mensaje que esperaba no recibir, porque mi mente batallaba en otra cosa muy diferente a lo que me inspiraba el arquitecto, pero no pude evitar que aquellas palabras enviasen una oleada caliente por todo mi cuerpo.

Hola! Ya sé que el lunes te vas a Madrid a instalar a tu hijo, pero quería contarte que hablé con mi amigo y las cosas pintan bien

Si te parece, iré al registro a ver si
está todo correcto y, cuando vuelvas,
nos acercamos al banco

Se la quieren quitar de encima en cuanto
puedan, así que es una gran oportunidad

Qué ilusión! El jueves mismo, que vuelvo
al mediodía, podemos ir a verlo

He hecho números y tengo claro hasta dónde
puedo llegar. Me avisas si a él le viene bien?

Mañana hablo con él, my queen.
Espero poder darte buenas noticias

Y si no, también puedo invitarte a
almorzar, hay un sitio que creo que te gustaría

My queen. Me sentí como Daenerys de la Tormenta y mi cuerpo se acaloró. La mano se me deslizó como con vida propia por el vientre hacia abajo y, mientras le contestaba con un audio —un almuerzo con Bastian Frey era un «sí» sin duda alguna—, solo pude desear que fueran sus dedos los que se introducían en mí y tocaban mis pliegues hasta hacer que me corriese de una forma explosiva, como cuando las expectativas hacen que las llamas quemen más que la realidad.

El domingo, tras un sábado en el que desaparecimos la mayor parte del tiempo para luego controlar un poco el disparate de David y sus amiguetes, me desperté nerviosa. Era el día en el que los niños se enterarían de todo y eso me tenía hablando sola. Por eso, me metí en la cocina desde temprano. Preparé una ensaladilla con un extra de berberechos para acompañar los calamares que serían el plato principal, y me entretuve en dejar lista una ensalada de aguacates, que estaban a precio de oro, y un flan con la calabaza que me había regalado mi madre.

Las niñas desayunaron haciéndome compañía; Mimi, sus Choco Krispies habituales, y Gala, las tostadas con mantequilla y mermelada que le encantaban los fines de semana. David no aparecería hasta el almuerzo, me jugaba lo que fuera, y por eso me fui a dar un baño a la piscina antes de empezar a freír los calamares. Necesitaba esa calma que solo me proporcionaba el agua, pero no pude evitar preguntarme, al otear el mar brillante, si Bastian estaría viendo lo mismo que yo. Sabía que se había mudado a la casa de El Pris que tanto le había gustado y esta daba a la costa norte, igual que la mía.

La sensación era muy rara e incómoda, ¿qué hacía yo pensando en él cuando mi familia se había desmoronado? ¿Estaba siendo infiel a... no sé a qué, quizá al luto que debía guardar a lo que se había roto? Y ni pensar en el placer solitario de la noche anterior, ¿había sido un poco inapropiado?

Pero cuando vi a mis hijos alrededor de la mesa, me recriminé aquellos pensamientos tan tontos. Mi familia seguía existiendo de una forma diferente, y costaría que volviese a estar en equilibrio, pero yo no hacía ningún mal pensando en Bastian Frey. Era otra dimensión de mi vida, jamás influiría en lo que yo sentía por esos cachorros que habían nacido de mí y que siempre serían lo más importante.

Leo había salido por la mañana temprano con la excusa de visitar una obra con un cliente —y seguro que para echarse la cerveza del aperitivo, porque un domingo aquello me sonaba muy raro—, y no llegaba. Los niños me pidieron almorzar, estaban acostumbrados a las ausencias de su padre o a que tuviese cosas de trabajo que le impidiesen estar con ellos. Me tragué el enfado al ver cómo se sometían a esa realidad ya integrada en sus vidas y me prometí que, pasase lo que pasase, a mí siempre me tendrían para cualquier situación. Qué menos que para una comida de domingo en familia.

Las miradas que se llevó Leo cuando llegó no me pasaron desapercibidas; David frunció el ceño, disgustado por su tardanza en la comida de despedida antes de irse a Madrid; Gala le echó un vistazo y luego clavó su mirada en mí con una expresión casi adulta que me hizo preguntarme si se olía algo, y luego Minerva, con su habitual desparpajo, alzó las cejas y meneó la cabeza.

—Te estábamos esperando, papá —le recriminó, empujando hacia él la bandeja donde quedaban algunos calamares casi fríos.

—Ya, lo siento. Es que se me lio la cosa con este cliente, que es muy pejiguero.

David cogió aire para decir algo, pero presentí que optaría por levantarse. Lo hice yo, como señal de que iba a servir el postre, y así lo frené.

—He hecho flan de calabaza con nata montada en honor del niño.

Le di un beso en la coronilla a mi hijo, que rozaba el metro ochenta y cinco y que ya me miraba desde arriba, y noté que sonreía con disimulo. Se me apretó el corazón de tanto amor que lo inundó y temí que se me rompiera en pedazos al ver a mis tres hijos ahí, tan míos y ya tan del mundo.

Serví unos trozos de flan y el silencio se apoderó de la mesa. El ambiente se había vuelto expectante, el aire más cargado, y Gala fue la primera que se atrevió a preguntar.

—¿Qué pasa, mamá? ¿Por qué están tan raros? O más de lo normal, lo que ya es decir.

Vaya, eso le pegaba más a Mimi. Pero, al mirarla, me dije que no, que esa era la Gala que se hacía mayor y que se enfrentaba a las cosas a pecho descubierto. Y como me había pedido la verdad, se la ofrecí con todo el cariño que pude.

—Tienes razón, hija. Papá y yo queremos contarles algo que no es fácil ni agradable, y de ahí que estemos un poco nerviosos. Por eso nos notas extraños.

David puso la cucharilla sobre el plato de postre con ruido y me miró a los ojos.

—Se van a separar, ¿verdad?

Eran los mismos ojos del bebé que me miraba con fijeza cuando mamaba de mi pecho, los del niño que se caía en el parque y no entendía por qué le dolía la rodilla, los del adolescente al que no convocaron al partido más importante del año y, ahora, los de un hombre joven que se enfrentaba a muchas cosas nuevas en poco tiempo. Pero era su esencia, la de mi hijo mayor, tan maravilloso y especial, y lo cogí de la mano, alcanzando con la otra las unidas de las niñas.

—Sí, es así: nos vamos a separar. Pero seguimos siendo una familia al margen de que la relación de pareja de papá y yo no haya funcionado. Nuestra familia somos los cinco a pesar de que nosotros, como tándem, no lo hayamos sabido hacer bien. Papá y yo no estamos enfadados, pero sí nos llevará algo de tiempo acostumbrarnos a dejar de ser pareja. Pero eso quedará entre nosotros, ahora lo más importante son ustedes. Sé que esto significa muchas cosas, entre ellas, unas nuevas rutinas, pero de corazón esperamos que...

—Yo quiero vivir contigo —me interrumpió Gala con rapidez, y David la secundó.

—Y yo. Cuando venga aquí, quiero decir.

No quise mirar a Leo, que permanecía callado, y respondí:

—Era lo que habíamos pensado. Papá estará siempre presente, con libre acceso a ustedes, aunque para ser prácticos intentaremos estipular unos días para organizarnos. Había pensado en buscar algo en La Laguna, donde está el cole y donde viven la mayoría de sus amigos. Si quieren, lo meditan y me dicen, yo creo que es una buena solución...

Mimi echó la silla hacia atrás con ruido y levantó la voz llena de lágrimas.

—¡Yo no quiero irme a ningún lado! ¡Esta es mi casa y ustedes son mis padres! ¡Esto tienen que arreglarlo, yo no quiero vivir sin papi y en un sitio inventado en el que no pinto nada!

Y rompió a sollozar como la niña que todavía era. Gala se levantó para consolarla, yo la imité y al final nos la llevamos a su cuarto sus hermanos y yo, dejando a Leo ante la mesa, sin haber dicho una palabra y totalmente solo.

Tardamos unas cuantas horas en regresar a la planta baja, pero fueron horas entre mis hijos y yo que nos hicieron desnudar nuestros sentimientos de una forma que jamás antes había ocurrido. Lloraron, se enfadaron, me dieron todo su amor y, al final, se resignaron a que eso que ellos intuían desde hacía tiempo se convertía en realidad. Me sentí orgullosa de ellos, de esos casi adultos que tenía en David y Gala y en esa niña guerrera que luchaba por lo que creía que era mi Minerva.

De allí salimos con un pacto: ellos hablarían con su padre en cuanto bajasen las escaleras, y yo me los llevaría a todos a Madrid a ayudar a instalar a David. Entendía a las niñas, se sentían frágiles, me necesitaban, y no quería dejarlas solas tantos días. Así que compré los billetes sobre la marcha y les pedí que hicieran sus maletas cuando terminasen de hablar con Leo.

No sé lo que se dijeron, pero él se marchó justo después de que una cabizbaja Mimi se levantara de su lado en uno de los bancos del jardín, y solo me envió un mensaje por la noche adelantándome que hablaríamos cuando volviese. Ignoro desde dónde me escribía, dónde dormiría ni qué estaba haciendo, pero, por primera vez en muchos años, no sentía culpa por decirme que no me importaba.

Esa noche me acosté llena de mil sensaciones, desde el temor a lo desconocido hasta estar intoxicada de libertad. Me asomé al cielo estrellado que se cernía sobre el océano y una solitaria lágrima cayó por mi mejilla.

Y decidí que, a partir de ese día, solo querría llorar por cosas bonitas, porque ya había agotado el cupo de las malas por un buen tiempo.

12

Bastian

Sabía que algo había ocurrido en la vida de Victoria no hacía falta que me contara nada. Lo intuí en cuanto me comunicó que el jueves necesitaba retrasar la reunión y que no podría almorzar conmigo. No voy a negar que me desilusioné, pero luego me dije que se daría otro momento mejor para seguir acercándome a ella.

Icarus, sin querer, me dio alguna pista. Había ido a verme a la obra y almorzamos juntos en un restaurante de Playa San Juan.

—Tengo la mosca detrás de la oreja con Leo, creo que está durmiendo en la oficina.

Levanté la vista del cherne que estaba degustando e intenté que no se notase mi interés.

—Qué raro, ¿no?

Icarus se rascó la oreja.

—Victoria se ha ido con las niñas a Madrid cuando su idea era acompañar a David ella sola. Leo no me ha dicho nada sobre eso; de hecho, creo que me está evitando porque no quiere que le pregunte.

Puso los cubiertos sobre la mesa y meneó la cabeza preocupado.

—No me está gustando nada lo que estoy viendo, Bas. Es cuestión de tiempo que su trabajo se resienta y no está ocurriendo ahora porque los proyectos ya están empezados y el resto del equipo supervisa.

—Me dijiste lo mismo al principio del verano cuando llegué, pero no ha sucedido nada. ¿Por qué crees que va a pasar ahora?

La boca de Icarus se convirtió en una línea.

—Porque antes creo que no le importaba. Ahora tiene una mirada rara. Como si estuviera perdido. Me huele que ha vuelto a las andadas nocturnas, pero debe de haber algo más.

—¿Crees que tiene que ver con Victoria?

Mi hermano me lanzó una mirada inquisitiva y terminó de masticar el trozo de salmonete.

—No lo sé, dímelo tú.

Noté que se me enrojecían las puntas de las orejas y eso a Ike no se le pasó por alto. Fue a decir algo, pero como conocía a mi hermano, la mejor defensa no era un buen ataque, sino ser honesto con él.

—Yo no sé qué ocurre entre Leo y Victoria, pero sí sé que yo no le soy indiferente y que, si eso es así, su matrimonio hace aguas. Por lo poco que la conozco, Victoria no me parece el tipo de mujer que se mete en una aventura por capricho. Es muy consciente de su familia, de sus hijos y de todo lo que ella quiere.

—Es decir, me estás contando que lo vuestro se está convirtiendo en algo más que un lío...

Me reí.

—Ni siquiera nos hemos liado, Ike. Hemos tenido varios encuentros, todos fortuitos menos uno, y no hemos pasado de unos besos.

La cara de mi hermano fue digna de ver, pero me mantuve tranquilo.

—¿Besos? ¿Con Victoria Beckham? Bas, ¿te das cuenta dónde te estás metiendo?

—No demasiado. Pero me gusta mucho esa mujer, Ike. Si te soy sincero, me gusta como no lo ha hecho nadie nunca.

Icarus parecía estar al borde de una indigestión mezclada con amago de infarto. Por unos segundos, me preocupé, pero el muy desgraciado empezó a reírse a mandíbula batiente.

—Joder, Bas, eso sí que no me lo esperaba. En tres décadas jamás me has hablado de una mujer así. Ni siquiera de aquella, ¿cómo se llamaba? ¿Greta?

Hice un gesto con la mano, como queriendo quitarle importancia, pero él seguía riendo. Luego paró para tomarse un trago largo de agua.

—Ten cuidado, Bas. Como ya te dije una vez, ella es mi amiga. Y su marido es mi socio.

—Por ahora.

No pude evitar meter la punta y mi hermano me miró con interés.

—¿Me estás proponiendo algo, Bas?

Sonreí de lado y él volvió a menear la cabeza.

—Nunca se sabe, *brother*. Dejémoslo ahí.

Pero Ike no era tonto —yo tampoco, por eso se lo había dejado caer— y sabía que le había dado hierba que rumiar para un buen rato.

La reunión con Victoria y mi amigo, el que podía facilitarle la compra de la casa que habíamos visto juntos la semana anterior, se había concertado para el día siguiente del almuerzo con mi hermano. Quedamos en Santa Cruz, cerca de la plaza del Chicharro, junto a la puerta de la oficina de Miguel. La vi de lejos a pesar de que la calle estaba atestada de gente: falda lápiz color crema, blusa negra de manga corta y unos *stilettos* que me hicieron desviar la vista.

Y ese aroma, su voz grave, la femineidad que derrochaba con su forma de moverse y la suavidad de su piel. Todo ello me rodeó cuando se paró frente a mí y pude contemplar sus ojos oscuros, un poco más cansados de lo habitual y con las líneas de expresión más marcadas, pero inundados de un brillo determinado.

—Arquitecto —dijo casi susurrando el final. Y entendí que mi corazonada había sido cierta, algo le había ocurrido, algo que había liberado aún más fiereza en aquella mujer que se asemejaba a una tigresa enjaulada.

Y ese algo fue lo que me empujó a acariciar su mejilla con la mano. Estábamos en el centro de Santa Cruz, a plena luz del día, pero las ganas de infundirle fuerza me sobrepasaron y me dio igual quién nos pudiese ver.

Victoria cerró los ojos durante unos segundos y sentí una ligera presión de su rostro sobre mi mano, como si quisiese descansar en ella, tomarse un respiro de todo lo que cargaba a sus espaldas. Pero enseguida se recompuso, dio un paso atrás y me pidió que entrásemos en la reunión. Asentí, un poco descolocado, pero no quise preguntarle hasta que ella misma me quisiese contar lo que le había ocurrido y dejé que se deslizase en su rol de negociadora, otro más de los que interpretaba, pero que era nuevo para mí.

Observarla cruzarse de piernas y conseguir lo que quería de Miguel y su contacto en el banco fue demasiado estimulante. Perdí el hilo por un momento con la imagen mental de tumbarla en aquella mesa de cristal y arrancarle las bragas, si es que las llevaba, porque en aquella falda no se le marcaba ninguna costura que las delatase, para luego darle un bocado certero que la hiciese gemir muy alto.

—Estupendo, entonces me llamas mañana para concretar la cita en el banco —la escuché decir, y supe que se había llevado el gato al agua.

«Si ha logrado esa rebaja en el precio de la casa, no sé lo que logrará conmigo. Estás muerto, Frey».

Salimos de la oficina y en el ascensor toda su emoción rompió la armadura habitual de fría elegancia. Emitió un pequeño chillido, dio unas palmaditas aceleradas y me cogió las manos, apretándolas con fuerza.

—¡No me lo puedo creer! ¡Van a aceptar! ¡Oh, no sabes cuántas veces ensayé el argumentario de camino, dudaba de si funcionaría, si no verían demasiados riesgos!

—Has estado perfecta —le dije, luchando contra las ganas de besarla, pero se encontraba demasiado cerca, olía demasiado bien y yo me convertía en un adolescente hormonado cada vez que la tenía a mi lado—. Me ha encantado verte poniéndolos contra las cuerdas.

Le hablé a su cuello, a su pelo, recorriendo con mi nariz el contorno de su rostro, sintiendo cómo se le agitaba la respiración y la excitación creaba una bola de fuego que empezaba a quemarnos a ambos. Ella se humedeció los labios, su mano subió a mi pecho y paseó un dedo por mi pezón. Se me erizó la piel y el ascensor se hizo pequeño al albergar tantas ganas de ella, de su cuerpo y de su increíble esencia.

Las puertas se abrieron en silencio, alguien quiso entrar y nosotros rompimos la burbuja, que acabó de hacerse añicos al salir a la calle. Ella cogió aire, se alisó la blusa con gesto mecánico y yo no pude evitar sonreír. Nunca había conocido a una mujer con tanto saber estar a pesar de lo que denotaba el ligero sonrojo de sus mejillas. Me miró, dispuesta a comenzar a caminar, pero la detuve con una mano.

—Me gustaría enseñarte algo para tu negocio.

Al ver su cara sorprendida, reculé nervioso.

—No es que quiera meterme ni decirte cómo tienes que hacer las cosas…

Su voz sonó divertida, con ese humor seco que la caracterizaba.

—Jamás pensaría eso de ti, arquitecto.

Me reí. Éramos incapaces de parar el tonteo, ninguno de los dos.

—Déjame unos días para terminarlo y poder enseñártelo.

Asintió y advertí ilusión en su mirada, de esa que se contagia y que hace sonreír. Pero la señal horaria de la radio de un bar la hizo echar un vistazo a su reloj y supe que, aquel día, el tiempo se había acabado.

—Lo siento, acabo de volver de Madrid y todo está un poco… revuelto.

—No te preocupes. Si quieres, podemos quedar la próxima semana para enseñarte mi idea.

Nuestros ojos volvieron a conectar y, sin pensarlo demasiado, la invité a mi casa el miércoles por la tarde, recordando que el jueves no tenía reuniones y podía tomármelo más *light*.

Desde ese momento, solo pude pensar en que llegase el día. Y, para ello, debía preparar lo que le había prometido. Empleé mis ratos libres en idear la mejor propuesta que se me pudiese ocurrir, teniendo en cuenta todo lo que me había contado —y lo que no, que a veces es más importante—. Deseaba que le gustase, que la ayudase a avanzar más rápido, que en ella encontrase soluciones prácticas y a la vez aparentes.

Y quería que viniese a mi casa para poder besarla de espaldas al atardecer, desnudarla y descubrir todo aquello que llevaba imaginándome semanas y, finalmente, dejar que me hiciese suyo con esa fuerza que notaba bajo su piel.

Para qué me iba a engañar.

Quería hundirme en Victoria Olivares y que ella dejase sus uñas marcadas en mi espalda.

El miércoles llegó puntual, como era habitual en ella. Se había recogido el pelo en la coronilla, con algunos mechones que caían desordenados a los lados del flequillo, y llevaba un vestido blanco atado a la nuca que se ceñía a su cuerpo con suavidad. Esta vez no había *stilettos*, pero sí unos tacones de tiras que no sé si eran incluso peores para mi salud mental.

—Estás preciosa —le dije, y ella me sonrió, halagada, aunque su atención estaba puesta en las escaleras de piedra que llevaban al jardín trasero. Nos encaminamos hacia allí y se detuvo en la baranda de cristal para disfrutar del paisaje.

—Tienes unas vistas maravillosas. Aquí sí que se percibe lo infinito del océano.

—No creo que puedas quejarte de las que disfrutas desde tu casa.

Compuso una mueca extraña.

—No, no puedo. Pero se cierran más hacia la pequeña bahía de piedra que queda debajo y aquí la visión es más abierta.

Asentí, dándole la razón, y la observé mientras se giraba y contemplaba la terraza llena de plantas y las cristaleras que mostraban el interior.

—Me gusta tu casa. Es una mezcla de varios estilos que queda sorprendentemente bien.

Sonreí, ella también lo veía.

—Sí, por eso la elegí. Quería huir de la exagerada modernidad de lo nuevo y me apetecía buscar algo con encanto.

Me miró, sagaz, con toda probabilidad preguntándose si mis palabras llevaban una crítica velada hacia Leo y su estilo ultracontemporáneo. Me encogí de hombros.

—Me gusta ir a contracorriente. O, más bien, me aburro rápido de las tendencias.

Sonrió, iluminando la nublada tarde.

—Confieso que he cotilleado en Google lo que haces y sí, lo que dices es cierto.

Me apoyé en la barandilla, cruzándome de brazos y levantando el mentón para instarla a continuar. Se paseó por la terraza, acariciando las plantas, haciéndose la loca, pero luego lo soltó, como si le quemase la lengua.

—Creo que nunca he visto tal integración de la arquitectura con la naturaleza que la rodea. El *cottage* de la actriz inglesa, el hotel selvático de República Dominicana, las oficinas de Nueva York… Es como si te sentases a hablar con el entorno antes de crear el proyecto y que aguardases a tener su visto bueno.

Me quedé paralizado, con la garganta seca. Jamás habían analizado mi estilo y mi obra así, tan cerca de mi propio propósito como arquitecto. Ella no se dio cuenta de mi reacción, seguía inspeccionando las flores con dedos expertos y juraría que les susurraba algo.

—A estas flores les hace falta un poco más de cariño, Bastian. Les da el sol toda la tarde y lo pasan mal. Te voy a traer un atomizador que puedes instalar tú mismo para proporcionarles un poco de refresco.

Allí, vestida de blanco y rodeada por el verde intenso y turgente de las plantas, compuso una imagen que atesoraría en mi mente durante mucho tiempo. Porque fue la primera vez que Victoria venía a mi casa y ya desde ese día se convirtió en su alma, su esencia. Pero ella todavía no lo sabía y yo no se lo iba a decir.

—Tomo nota. La señora que viene a casa a limpiar las cuida como puede, pero supongo que podría prestarles más atención. Por cierto, ¿quieres tomar algo? He preparado unos margaritas, pero si te apetece otra cosa...

—Un margarita está bien, gracias —repuso, sin hacerme demasiado caso, mientras ya en el interior, seguía observando todo lo que la rodeaba. El gran cuadro de arte moderno en el salón, el sofá color chocolate, las lámparas estrambóticas y los libros y las fotos que salpicaban las superficies. De tanto viajar, eran la única compañía que guardaba de un lugar a otro y la única forma de darle sensación de hogar a la estancia provisional que habitaba.

Había dispuesto la pantalla secundaria para visualizar mejor el proyecto en la mesa de la terraza y la invité a sentarse. El lugar pedía a gritos pasar tiempo en él y me pareció más inofensivo que hacerle la presentación dentro. Tenía más balas en la recámara, pero la terraza era la primera parada, y sabía que era ganadora.

Le serví el vaso de margarita y me senté a su lado.

—¿Preparada? —le pregunté, y su lengua rosada paladeó la sal con deleite.

—En esta fase de mi proyecto, toda ayuda es bien recibida.

Me volví hacia ella, intentando adoptar una pose profesional.

—Lo que vas a ver ahora es solo una interpretación de lo que me contaste y de lo que yo observé en la casa. Te mentiría si no te dijese que es un lugar inspirador, y que esté tan al borde de la montaña, con el océano a sus pies, le profiere un encanto difícil de superar. Por eso me atreví a hacer esto que vas a ver ahora.

La estudié a medida que el montaje avanzaba, lleno de espacios diáfanos y serenos que se combinaban con propuestas traviesas y juguetonas. La vi tragar cuando llegó al cuarto de juegos, decorado como un circo antiguo pero adaptado a todo lo que su cliente ideal pudiese necesitar, y noté un brillo sospechoso en sus ojos tras visualizar lo que podría ser el bar del jardín, la piscina y el diminuto charco lleno de nenúfares.

No solo había modificado la estructura de la casa, añadiendo cristales y derribando muros, sino que también me había atrevido con la creación de ambientes, el diseño de interiores y unas trazas de paisajismo. Secretamente, estaba bastante satisfecho con lo que le estaba enseñando, pero me había lanzado casi a ciegas, sin saber apenas cuál era su idea.

Solo esperaba que pudiese aprovechar algo de lo que le estaba mostrando.

Y cerré los ojos al hecho de que su marido era arquitecto y de que en realidad era él quien debería haber estado ayudándola, no yo.

—¿Puedo verlo otra vez?

Su voz sonó extraña, como gruesa, y me apresuré a darle al *play* de nuevo. Me estaba poniendo nervioso, porque Victoria parecía una jugadora de póquer guardándose la mejor jugada y no dejaba entrever nada de lo que le rondaba la mente. Cuando terminó de verlo por segunda vez, carraspeó y se volvió hacia mí con lentitud.

Sus ojos brillaban como bengalas de cumpleaños, tanto que temí quemarme hasta los huesos.

—Me das miedo, arquitecto —pronunció, dejando nacer una sonrisa enorme—. Es como si hubieses entrado en mi cabeza sin haberme enterado. ¿Cómo puede ser que lo hayas captado todo tan…?

—Me alegro de que te haya gustado, pero eso es gracias a ti y a todo lo que me contaste cuando estuvimos allí. Yo solo tuve que buscarle soluciones de las que uso habitualmente.

—No es solo eso, Bastian —respondió, con sus ojos fijos los míos—. Esto tiene alma, no es una casa sin más. Esa es tu magia, arquitecto. Es lo que intentaba explicarte antes.

Miré hacia un lado, turbado. No me gustaba que me halagasen, pero si lo hacía ella, no podía evitar sentirme el amo del *fucking* mundo.

—Necesito que me digas cuánto te debo por esto, Bastian. Has invertido mucho tiempo para hacerlo, y el tiempo es oro.

—Lo he hecho porque quería, Victoria. No me debes nada por ello.

Meneó la cabeza e hizo un sonido reprobatorio.

—Soy muy Lannister, te lo advierto.*

Sonreí y supe que me lo había puesto en bandeja.

—Entonces, te voy a pedir que, en contrapartida, cenes conmigo esta noche. Odio cocinar para mí solo, y si me acompañas, la noche mejorará seguro. Considéralo un justo pago por el proyecto.

Sonrió, mirando hacia abajo, como si estuviese debatiendo consigo misma.

Era muy fácil olvidarme de que era una mujer casada y con hijos, con una vida que no tenía nada que ver con lo que se creaba cuando estábamos juntos.

—Te vendes barato, Bastian Frey. Tu hermano habría conseguido más de mí y me habría tenido pringando en su oficina un par de semanas.

Me reí.

—Ike siempre ha sido más listo que yo.

—Puede ser, pero creo que tú sabes sacarle más jugo a las oportunidades que se presentan.

Ella lo sabía, y yo lo sabía. Una cena era mucho más peligrosa que cualquier otra cosa mundana.

—Cenaré contigo, Bastian, aunque todo en mí me dice que no debería.

Ahí estaba otra vez; más cerca, con su olor invadiendo mi pituitaria y los labios manchados de sal.

Me aproximé sin pensar en nada más sino en ella, a mi lado, a escasos milímetros de mi cuerpo, como si existiese un imán entre nosotros.

* El lema popular de la familia Lannister en la saga Canción de Hielo y Fuego (George R. R. Martin) es «Un Lannister siempre paga sus deudas».

—Aunque sea por una noche, seamos inevitables, Victoria. Como llevo sintiendo desde el primer momento en el que te vi. Como llevo deseando desde que te toqué, por primera vez, bajo los naranjos.

Suspiró nerviosa.

—A mí también me pasa lo mismo, Bas. Y Dios sabe en qué medida he intentado sofocarlo.

—Pues no lo hagas. Hoy no.

A la mierda con todo. Lamí la sal de sus labios con voracidad, la misma que encontré en su respuesta. Por unos minutos, solo fuimos lenguas, dientes, labios magullados de las ganas que nos teníamos. Sabía a tequila y a mujer, a diosa y a humana; sabía como la puta perdición, lo que Victoria era para mí. Devoré su cuello, ella metió las manos por debajo de mi camiseta y escuché un sonido en su garganta que me hizo endurecerme tanto que pensé que iba a explotar. Tuve que conjurar toda mi experiencia y contención para no darle la vuelta y romper sus bragas, pero no quería hacerlo así, no aquella vez.

Había esperado mucho para probarla y no iba a desperdiciar la oportunidad por querer correr.

Desabroché el botón que sostenía su vestido tras la nuca, intentando no perder la concentración al sentirla morderme el cuello y lamerlo como si quisiera alimentarse de mí, vampírica y carnívora. Su escote moreno dio paso a un sujetador rosado con hojas verdes que me dejaba sus pechos en bandeja, tan redondos y apetecibles que se me hizo la boca agua. Pero, en cambio, deslicé un dedo por encima de las curvas y luego, con suavidad, pellizqué un pezón. Victoria se contrajo, dejó de besarme y su boca formó una «o» perfecta y jadeante. Volví a pellizcar y apretó los muslos, como si un latigazo la recorriese de arriba abajo. Entonces no pude más y le bajé las copas del sujetador, revelándome unos pechos majestuosos que amasé con una mano mientras posaba mi boca hasta engullir una de las turgentes cimas. Ella se agarró a la cristalera, agitada, pero con una de las manos incrustó mi cabeza en sus pechos, arqueándose de placer y gimiendo con gravedad.

Intenté bajarle el vestido por las caderas, pero no pude. Aquellos pechos exuberantes no me dejaban pensar en otra cosa. Así que fue ella la que hizo que el vestido se deslizase hasta sus pies, pero no lo noté hasta que una de sus piernas se enganchó a mi muslo. Retrocedí y contemplé su belleza con unas ansias que me daban miedo hasta a mí: Victoria Olivares, con el pecho al descubierto y unas bragas verdes minúsculas, que más que bragas parecían una tela de araña, y subida a sus tacones de tiras. Levantó la barbilla, poderosa, y ahí lo supe.

Estaba perdido.

Ya no habría más mujeres que ella.

«You are my queen, and I am your humble servant».

—Quiero verte, arquitecto.

Su voz era humo aromático, y sus ojos, lagunas oscuras donde incluso los navegantes más intrépidos se perderían. Levanté los brazos y me quité la camiseta, notando sus ojos ávidos en mi piel. Se acercó, con ese contoneo que era parte de ella, y pasó las uñas por mi pecho.

—Te voy a comer, Bastian Frey, y no voy a dejar nada de ti cuando acabe. Estás demasiado…

Se pasó la lengua por los labios y atacó mis pectorales, las protuberancias de las costillas, y tras bajar por los abdominales, metió las manos por dentro de mis bermudas con dedos cálidos y exploradores. Cogí aire y la acerqué a mí mientras desplazaba las bragas para encontrar su ardiente centro. Mis dedos se encharcaron deslizándose por sus pliegues grandes y turgentes, y fui directo a mi objetivo, el haz de nervios que se hinchaba desesperado entre sus carnes, justo en el momento en el que ella encontraba mi polla y la aprisionaba con toda la mano.

Gemimos fuerte.

Tanto que fue como un pistoletazo de salida para las ganas tan dolorosas que teníamos el uno del otro. Nos buscamos la boca para bebernos los gemidos y no dejar que invadiesen la serena tarde, a la vez que nos masturbábamos con dedos sabios y duros, como si tocáramos la misma partitura desde el principio de los tiempos.

«Joder, Victoria».

Se apartó y separó nuestros cuerpos, solo dejando sus labios pegados a los míos.

—Necesito que me lo hagas ya. Fuerte, Bas, lo quiero fuerte. Quiero que me rompas por la mitad.

«*Can't wait, babe*».

La enganché a mi cintura para llevarla dentro. Me arrodillé frente a la alfombra de pelo largo, no me daba la paciencia para llegar hasta mi cama. Victoria se echó hacia detrás, con las piernas bien abiertas, y me sonrió de una forma tan provocadora que conjuró todos mis instintos animales. Gruñí y en un santiamén estaba entre sus piernas, levantándolas sobre mis hombros para salivar ante el espectáculo de su vulva hinchada y brillante. Se retorció y me pidió que no lo hiciese, que parase.

—Si sigues, no voy a poder aguantar —jadeó ante la primera pasada de mi lengua.

—No quiero que aguantes —murmuré contra sus pliegues, y le di un bocado con dientes y lengua que la hizo gritar. Noté como se rendía, convulsionaba y como sus jugos inundaban mi boca. Me relamí satisfecho, y le sonreí.

—Eres mi nuevo sabor favorito, Victoria Olivares.

Empujó mi pecho con uno de sus esbeltos pies y se puso de rodillas frente a mí, apoyando las manos en el suelo como una gata satisfecha.

—Y tú eres muy desobediente, arquitecto. Vas a tener que pagar y, como no tienes prendas que darme, voy a tener que cobrármelo como mejor pueda.

Y bajó la cabeza hasta mi entrepierna, entreabriendo sus jugosos labios para engullirme hasta el fondo de su garganta. El espasmo fue instantáneo, un rayo me recorrió la espina dorsal y tuve que apoyarme en el asiento del sofá. Vaya boca tenía, era para morirse del gusto y regodearse en esa sublime muerte. Noté que me apretaba la base de los huevos y me doblé del placer. No sabía cuánto tiempo iba a poder aguantar aquellas deliciosas succiones, la visión de su trasero en pompa y las uñas rojas rodeándome la polla. Alargué la mano para rozar sus pliegues y la noté inmensamente húmeda y palpitante. Aquello pudo conmigo y la cogí del pelo para obligarla a mirarme.

—Quiero hacértelo fuerte, Victoria, y que me mires mientras lo hago.

Su respuesta fue un beso profundo que no se interrumpió mientras me levantaba para coger el condón. Rasgué el envoltorio y me lo puse a trompicones, ayudado por ella, que me cogió de la mano y me llevó hasta el sofá. Levantó una pierna y la puso sobre el reposabrazos, y se apoyó contra el final del respaldo. Verla ahí, como un ama que espera a su súbdito, con aquellos zapatos y la mirada desafiante bajo el flequillo negro, me hizo morderme los labios y llegar a ella para cogerle la otra pierna y entrar en su calor ardiente. Ella se arqueó hacia atrás, apoyando las dos manos en el respaldo del sofá y totalmente abierta a mí. Gemimos con la primera embestida, dura y certera; jadeamos con la segunda, más honda todavía; nos quedamos sin respiración cuando subió más la pierna y encontramos un ángulo diferente, de deliciosa fricción; y gritamos cuando, tras una espiral ascendente de placer, nos derrumbamos el uno en el otro, bebiéndonos la respiración con las frentes juntas y con las manos y la piel cantando una misma canción.

Había sido sublime.

Y quería más. Mucho más.

No iba a poder saciarme nunca.

Me retiré de ella, maldiciendo el tener que separarme, y tiré el condón hacia un lado. Cuando me volví de nuevo hacia Victoria, se había bajado del respaldo del sofá y se acercaba a mí con una sonrisa nueva, una que jamás le había visto antes.

Era como si, por fin, se mostrara tal y como era.

Como si se hubiese rendido a la evidencia y hubiese dejado de luchar contra lo que había entre nosotros.

Pegó su cuerpo al mío, encontrando el hueco que ya le pertenecía, y escondió el rostro en mi cuello. Mi interior se estremeció y la rodeé con mis brazos, deslizando las manos por su estrecha espalda.

—Tengo miedo, Bastian.

Ella siempre tan directa y sin pelos en la lengua. Sonreí a pesar de que sus palabras me habían inquietado, pero luego siguió hablando y levantó el rostro hacia mí. Tenía los labios hinchados, el pelo desordenado y la piel radiante, y la vi más guapa que nunca.

—Estoy aterrada porque esto… esto que está ocurriendo, algo en mi interior me dice que es lo correcto. Que no presente batalla contra lo que hay porque es de verdad.

La besé con labios lentos y tranquilizadores a la vez que intentaba disimular la felicidad que me inundaba el cuerpo.

—¿Y qué piensas hacer al respecto, *my queen*?

Hizo un mohín y tuve que sonreír.

—Después de muchos años, he entendido que escuchamos muy poco a nuestras entrañas. Y quiero explorar si lo que me susurran contigo es tan bueno como parece.

Volví a besarla con el pecho lleno de burbujas cálidas y en ese instante mis tripas sonaron con fuerza, tan poco románticas como siempre. Victoria se echó a reír con su carcajada característica y reconoció que ella también tenía hambre. Miré hacia fuera, la tarde se había convertido en noche temprana y las luces de El Pris comenzaban a encenderse.

—Ven, te daré una bata o una camiseta, lo que prefieras.

La cogí de la mano y la llevé hasta mi dormitorio, donde le tendí una camisa de pijama y yo me puse una camiseta y un pantalón ligero. Le mostré dónde estaba el baño para que se refrescara y, mientras tanto, yo me fui a la cocina, sin que se me borrara la sonrisa de la cara.

Saqué los ingredientes de las tostas —la cocina no era mi fuerte, pero sabía hacer alguna que otra cosa sencilla— y corté un poco de queso majorero. Abrí una cerveza y le ofrecí otra a ella cuando apareció a mi lado. Se había peinado y parecía una muchacha de veinte años. Mis manos hormiguearon de las ganas de tocarla y no me pude resistir; fui hasta ella y la envolví en una larga caricia.

Victoria ronroneó y depositó un húmedo beso en mi cuello, sin perder la sonrisa.

—Mmm, me encanta este queso —dijo, olfateando el aire y pellizcando un trozo—. ¿Qué estás preparando?

—Unas tostas. La clásica, con solomillo, foie y cebolla caramelizada, y otra más picante, con pico de gallo, provolone y hojas verdes. ¿Te apetece que abra un vino?

—Creo que seguiré con la cerveza, que luego tengo que conducir a casa.

La mención de que, después de lo que habíamos vivido, se iría a casa con Leo, podría haber enrarecido el ambiente, pero ninguno de los dos permitió que así fuese. Quizá porque, de alguna forma, sabíamos que lo que estaba ocurriendo no era malo. ¿Cómo lo definió ella? Correcto, eso era. Sentir lo que estaba comenzando a sentir por aquella mujer no podía ser erróneo, de ninguna de las maneras.

Así que no le pregunté nada sobre Leo, ni ella entró al trapo. Al contrario, hablamos de cosas que nada tenían que ver con él y con que, ahora mismo, era la parte engañada de todo aquel asunto.

—Me tienes que explicar cómo es que te expresas tan bien en castellano y, además, con acento tinerfeño. Sé que viviste aquí un tiempo, pero eso no justifica que hables así.

—Soy un hombre de muchos secretos inconfesables —repuse entre fogones, y ella sonrió.

—Cuéntame alguno. Como, por ejemplo, ese.

—Mi padre era importador de coches ingleses, al igual que mi abuelo, por eso viajaba bastante a las casas matrices de Inglaterra y hablaba muy bien el idioma. Le fascinaba todo lo británico y también las mujeres, no te voy a engañar. A la madre de Icarus la conoció aquí, era guía turística, una escocesa muy guapa de pelo rojo como el fuego. Se casaron, tuvieron a Icarus y, según parece, fueron muy felices. Pero Alice falleció por una enfermedad cuando mi hermano tenía ocho años y papá y él se quedaron solos. Entonces apareció mi madre, Eve. No fue una gran historia de amor, siento si esperabas algo así. Más bien fue una relación tórrida cuya gran consecuencia fui yo. Mi madre intentó vivir aquí con mi padre, pero no funcionó, así que volvió conmigo a Londres. Papá nos visitaba con frecuencia, yo venía todos los veranos y mi madre me buscó unas clases de español con un chico que vivía en el edificio de al lado.

Dispuse las primeras dos tostas, las de solomillo, en los platos verde jade que había colocado ante nosotros. También acerqué un bol bajo con aguacate aliñado con aceite y lima, y unos cubiertos para cada uno. Victoria hundió el tenedor en el aguacate, sepultando las escamas de sal, y se lo llevó a la boca con placer. Nina Simone cantaba con suavidad a nuestro alrededor y tomé un sorbo de cerveza, disfrutando de la vista que tenía ante mí.

—Entonces tuviste una relación cercana con Icarus desde siempre, por lo que veo —apostilló, animándome a seguir.

Mordí un trozo de la tosta y continué hablando:

—A pesar de nuestra diferencia de edad y la distancia que nos separaba la mayor parte del año, Ike me acogió como el hermano que era para él. Siempre dejaba que me acoplase a los planes de sus amigos, me enseñó a surfear, me inició en el uso y disfrute de las verbenas veraniegas… Pero luego mi madre murió y me enfadé mucho con el mundo. Se las hice pasar canutas a mi padre y a Ike, y cuando pude, me fui a estudiar a Londres.

—Fuiste un adolescente tardío —sonrió ella con tiento, consciente de que ahí había mucho más de lo que parecía en un inicio. Me encogí de hombros, quitándole importancia.

—La muerte de mi madre fue dura de asimilar. Pero con el tiempo, me fui reconciliando con lo que me quedaba de familia y con la idea de, algún día, volver aquí.

—¿Ah, sí? Pensé que tu vuelta era puramente circunstancial, provocada por tu proyecto en el sur.

Terminé de zamparme la tosta y sonreí al verla engullir al mismo ritmo que yo.

—Ha sido la excusa perfecta para querer volver. Por ahora, donde me apetece quedarme es aquí. Tengo muchos buenos recuerdos que deseo revivir y otros tantos nuevos que me muero por crear.

Alargué el brazo y jugueteé con su pelo alborotado. Sus labios se curvaron, sin perder su generosidad, y un ramalazo de deseo reverberó en el aire. Ella también lo notó y un sutil rubor trepó por sus pómulos. No pude resistirme, me levanté y me adueñé de su boca, de esa sensual turgencia que respondió con fiereza ante mis caricias.

—Si seguimos con esto, no nos comeremos la tosta de provolone —murmuró contra mis labios, y reímos. Metí la mano bajo su camisa y me regodeé en la gravedad de sus pechos. Ella gimió y se abrió de piernas, dispuesta y húmeda, buscando un sexo duro y rápido, de urgente y sensual necesidad.

Y mientras volvía a enterrarme en ella y contemplar el espectáculo de sus facciones inundadas de placer, me dije que, después de aquella mujer, ya no cabía nada más. Solo intentar, muy poco a poco, hacerla entender que éramos inevitables, como dos planetas dispuestos a colisionar el uno con el otro desde el origen de los tiempos. Necesitaría volver a hacer gala de una de las virtudes que más me definía: la paciencia. Una de las pocas, sí, pero perfecta para lo que vislumbraba que iba a ser mi vida con Victoria Olivares en ella.

13

Victoria

Es curioso cómo una existencia pausada, previsible y sin brillo puede convertirse en una mezcla de montaña rusa y película romántica llena de grandes actores ingleses, a lo *Love Actually*. Había momentos en los que me sentía la Victoria de siempre, la que llevaba a Gala a los clubs de lectura y a Mimi a clases de baile, y se preocupaba por el comienzo inminente de las clases y por tener los uniformes a punto. La única nota discordante era que no estaba David y eso me entristecía, aunque no echaba de menos a nadie más.

Pero resto de mi vida era un maremágnum de emociones, de nervios y burbujeos. Había tantas cosas que estaban cambiando que me daba un poco de vértigo, o más bien, mucho; no era moco de pavo estar siempre en el punto más alto del *looping* de la montaña rusa. El bienestar de mis hijos tiraba de mí hacia abajo, pero el resto... Todo lo demás me tenía nerviosa e ilusionada a partes iguales.

En aquellos días pasaron muchas cosas, que de tantas que fueron se fusionaron en un recuerdo lleno de electricidad estática. No sabía cómo sentirme, cómo seguir hacia delante, pero, al final, no había otro remedio que hacerlo. Yo siempre había tenido la capacidad de observar mis propios problemas con cierta distancia y frialdad, lo que me había ayudado a tomar decisiones con mayor facilidad que una persona que vive el drama a pecho descubierto. Ahora sentía que había perdido ese don y que bajaba al suelo con el común de los mortales para dejarme arrastrar cada cinco minutos por una emoción contradictoria a la anterior.

Intenté serenarme y ser cabal por los niños. Estaban viviendo una situación complicada, de ruptura con su anterior existencia, y no quería cargarlos con más cosas. Pero ellos no eran tontos, al contrario, sabían lo que ocurría entre Leo y yo, y el que él no estuviese en casa formaba parte de su vida familiar habitual. Los extrañaba más verme con tanta actividad y nervios que el hecho de que me separase de su padre. David no se enteraba tanto, porque ya estaba metido de lleno en su nueva etapa y sí, se mantenía pendiente, pero era el momento de vivir su experiencia fuera de casa y yo tampoco quería aguársela. En cambio, Mimi y Gala se compincharon —después de largas temporadas de peleas ahora eran uña y carne— e hicieron frente común para enterarse de todo lo que estaba pasando.

Habíamos ido a ver una casa por la zona del Parque de La Vega —Gala, ilusionada; Mimi, no tanto porque no quería dejar El Sauzal— y a la vuelta dimos un paseo por las calles laguneras hasta llegar a San Agustín. A ellas les dio hambre y nos comimos un perrito caliente en Casa Peter —un clásico en la ciudad—. Yo también engullí uno y ellas me miraron con sorpresa.

—Vaya, mamá, hacía años que no te veía comerte un perrito caliente. Estás recuperando el apetito.

Vaya dardo más bien lanzado desde la inocencia de una niña de trece años.

—Sí, últimamente tengo ganas de recordar sabores que hacía tiempo que no probaba. Y este perrito está de vicio, la verdad.

—¿Te gustó la casa que vimos? —me preguntó Gala, que ya se había manchado la camiseta de Stranger Things con mostaza.

—A mí me gustó bastante. No está en el centro de la ciudad, pero no se encuentra demasiado alejada, y por dentro es espaciosa. Me gustó también el pequeño jardín, y en cuanto plante unos cuantos arriates de flores de temporada, quedará precioso.

—Pero, mamá —interrumpió Minerva, y me dispuse a escuchar sus probables quejas—, ¿cómo vas a pagar ese alquiler si no tienes trabajo? ¿O es papá quien va a pagarlo?

Qué práctica era mi hija menor, y qué perspicaz.

—No, papá no va a pagar nada de eso. En todo caso, colaborará en los gastos de ustedes, los niños, como se suele hacer. Del alquiler me haré cargo yo, tengo dinero ahorrado y, en breve, les contaré algo que estoy preparando y que espero que sea mi fuente de ingresos.

Gala me miró, calibrando si creerme o no, pero Mimi no se calló.

—Ay, mami, ¡cuéntanoslo ya! Ahora no nos vas a dejar con la intriga, eso no se hace, es de madres crueles.

Me reí con ganas y le alboroté la melena de leona.

—No, cuando lo tenga todo encaminado, se lo contaré a los tres. Que el que David no esté no significa que lo dejemos fuera de las cosas importantes. Además, la idea todavía está en pañales, así que denme un voto de confianza para poder avanzar un poco.

—¿Y no nos puedes dar ni una pistita?

Mimi me miraba como el Gato con Botas cuando quería conmover a alguien, solo le faltaba el destello de luz en los ojos en plan personaje de anime.

—Que no, pesada. No te preocupes, te gustará. Y te prometo que ustedes dos serán las primeras en probarlo.

Les dije que iba a comprar pan de molde a un súper cercano y las dejé elucubrando con aspavientos. Sonreí para mí misma y reconocí que lo que Marcos me había dicho con respecto a mis hijos había dado en el clavo.

Mi hermano nos había hecho una visita sorpresa en Madrid. Sin decirnos nada, y alarmado por las noticias de mi separación, apareció una tarde por casa de David —no me preguntes cómo supo la dirección, con Marcos era mejor no cuestionarse nada— y, tras la fiesta de mis hijos, que adoraban al tío Marcos, los despachó a un cine de Gran Vía y me llevó a una de esas terrazas que lucían maravillosas bajo el cielo de la capital. Allí nos tomamos un vino, él tan guapo como siempre, como si formase parte del decorado del glamuroso lugar, y yo sin creerme aún que lo tenía frente a mí.

—Haces cualquier cosa para alimentar la leyenda de que tienes en la familia, ¿no? —pronuncié con diversión—. Me has dado la sorpresa de mi vida.

—Necesitaba verte, Vic, ya lo sabes.

—Sí, lo tenía claro desde la videollamada del otro día. Conozco tu cara y sabía que te dejarías caer en cualquier momento. Pero no aquí, leches, que me das hasta miedo por tu control de lo que hacemos y lo que no.

Se rio con suavidad e hizo sonar sus nudillos, una costumbre que odiaba en él y que sabía que repetía para fastidiarme.

—¿Cómo están los chicos con todo esto?

Fue al grano, no disponíamos de demasiado tiempo y era mucho de lo que queríamos hablar.

—Depende de a quien le preguntes. David es el que más asumido lo tiene, pienso que lo que le ocurrió con Leo en la fiesta le hizo ver las cosas de otra manera. Gala vive en su mundo, pero creo que lo intuía y por eso quizá sea más fácil para ella. La que peor lo lleva es Mimi, siempre ha sido muy padrera a pesar de que Leo... Ya sabes, tampoco paraba demasiado por casa. Aun así, ella es la que más se aferra con uñas y dientes a que su equilibrio familiar, su presente conocido y sin sobresaltos, no se venga abajo.

Suspiré y me apoyé en la mesa con los antebrazos.

—Para ella no existe un problema que nos obligue a separarnos. ¿Y sabes por qué, Marcos? Porque Leo y yo en realidad nunca discutimos, no teníamos por costumbre pelearnos ni alzar la voz porque tampoco es que coincidiésemos mucho. Él estaba siempre por ahí y yo ya me había hecho mi vida paralela a la suya. Y aunque lo intenté, creo que dejamos de querer lo mismo hace tiempo. Pero ya sabes que la inercia es muy embaucadora y, al final, no te atreves a dar ningún paso porque es más fácil quedarte en esa cómoda neutralidad.

—¿Y cómo lo vas a enfocar con ellos? ¿Qué vas a hacer?

—Estoy intentando que Mimi entre por el aro y nos vayamos a vivir a La Laguna. Me apetece estar más cerca de mamá, del cole de las niñas, y salir de la casa de El Sauzal. Sí, viví cosas preciosas allí, pero si tengo que comenzar una nueva vida, no quiero que sea en ese lugar. Además, es de Leo, y ya le he dicho a Mimi que cuando esté con su padre, podrá vivir en la casa tal y como hacía antes.

Marcos paladeó su vino y dejó vagar la vista por los tejados de Madrid, dorados por el sol tardío. Luego, fijó en mí sus ojos claros con cierta pesadumbre.

—La verdad es que jamás pensé que el barco de los Beckham naufragara. Ustedes eran la pareja de oro, esos que seguirían juntos hasta el final de los días.

Bajé la mirada con tristeza.

—Eso fue lo que pensé durante mucho tiempo, Marcos, y por eso luché tanto.

—Lo sé.

—Sin embargo, hubo un instante en el que entendí que necesitaba salir del pozo de mierda perfumada en el que vivía. Por eso comenzó todo esto que ya sabes: la idea del negocio, de ponerme un ultimátum con Leo, imaginarme una vida nueva...

Su mano tomó la mía y la acarició con amor.

—No sabes lo orgulloso que estoy de ti, Vic, aunque suene prepotente. Recuerdo cómo eras con veinticinco años, llena de ganas de comerte el mundo, y aunque tu vida luego la dirigiste como te apeteció, tenía ganas de ver aparecer de nuevo a la pantera, ahora con la sutileza de los años y de la experiencia. Estoy seguro de que las cosas van a salir bien.

Nos sonreímos y, al notar que se me humedecían los ojos, decidí cambiar el curso de la conversación, bastante había llorado en aquellos días. Y no me gustaban nada esos momentos.

—Te voy a contar mi superidea, te va a encantar. Y quiero que me traigas a todas tus compañeras y amiguitas para la inauguración, que...

Marcos me interrumpió con una sonrisilla.

—Lo que quiero que me cuentes es lo otro.

—¿Qué otro?

«Será cabrón. O mentalista, como poco».

—Conmigo no te hagas la tonta, que no te pega. El día del cumpleaños de Leo vi que desapareciste con Bastian Frey en el jardín, y después de eso te noto diferente. Tienes ese brillo de quien guarda un secreto y lo está disfrutando muchísimo. Y no, no es lo de tu negocio. Esto es por un hombre, te conozco, y esa cara es de haber quitado ya las telarañas acumuladas durante tanto tiempo.

Lo miré con ganas de fulminarlo, pero luego me dio la risa. Y fueron mis carcajadas, esas escandalosas de cuando salen de dentro, las que acabaron de confirmar a mi hermano lo que él ya intuía.

—Vale, está claro, entonces. Pero ¿estás con él? ¿Leo lo sabe?

Me callé consternada.

—Claro que no lo sabe, si apenas nos hemos visto tres o cuatro veces.

—Pero han bastado, ¿no?

Tuve que doblegarme ante la transparencia de sus ojos.

—Sí, joder. Han bastado. Me gusta más de lo que puede ser recomendable.

Marcos sonrió de esa forma tan bonita suya y volvió a apretarme los dedos.

—Eso es maravilloso, Vic. No te voy a dar la chapa con que tengas cuidado, porque todo eso ya lo llevas tú de fábrica. Al contrario, te pido que lo disfrutes y que lo vivas, porque te lo mereces después de tantos años de indiferencia. Es tu momento, y si sale bien, todo encajará. Seguro. Incluso tus hijos. David ya está fuera de casa, a las niñas les queda poco. Les has entregado tus mejores años y no creo que pueda haber mejor madre de lo que lo has sido tú. Así que piensa un poco en ti misma, que ya va siendo hora.

Marcos siempre daba en la tecla y sus palabras tenían el don de quedarse rebotando en las paredes de mi mente días después, impidiendo que cualquier duda plantase sus raíces. Con ese impulso, tomé varias decisiones aquellos días: le conté a los niños la idea de mi negocio, cosa que los emocionó e ilusionó a partes iguales, quizá porque llevaban toda la vida viéndome organizar eventos y sabían lo mucho que me gustaba; firmé el contrato de alquiler de la casa lagunera cercana al Parque de La Vega, después de mil papeles que tuve que aportar a pesar de que la de la inmobiliaria era conocida mía; hice la mudanza de forma silenciosa y eficiente y luego puse a Arume al tanto de todo lo que había avanzado con el que sería nuestro negocio.

Esa mañana había formalizado la compra de la casa, intentando no agobiarme por la hipoteca que acababa de anclarme al cuello, y estaba deseosa de seguir dando pasos. Tenía liquidez suficiente para acometer las reformas y poner en marcha todo con holgura, pero precisaba que Arume se metiese ya de lleno en el proyecto. Y para ello, para disipar sus dudas, necesitaba enseñarle lo que había hecho Bastian.

No nos habíamos visto desde la noche en su casa y no podía negar que me moría por volver a reunirnos. La culpa de ello la tenía yo, había estado esa semana liada con mil cosas y las niñas se me habían pegado como lapas, aprovechando los pocos días que quedaban antes de que empezasen las clases. A pesar de todas las distracciones, no me lo había podido quitar de la cabeza. Era mi secreto, ese al que volvía para sentir las mariposas estamparse contra mis prejuicios; un secreto que no podría mantener demasiado tiempo oculto si lo que ocurría entre Bastian y yo crecía aún más.

«No quiero pensar en eso, es demasiado complicado ahora mismo. Ya veré cómo lo hago».

Pero, al volver a verlo en la puerta de entrada de mi nueva inversión, reconocí que la estrategia del avestruz no funcionaría durante mucho tiempo. La conmoción que me causó el encontrarlo apoyado en el muro, con esa sonrisa canalla que sabía que era para mí —para buscarme las cosquillas, para retarme o para lo que fuese—, me reveló que ya estaba hundida hasta el cuello en lo que fuese que sustituía a la mierda en esto del amor. Comencé a sonreír, intentando camuflar el dolor del puntiagudo codazo de Arume.

—Disimula, que se te han caído las bragas al suelo —la escuché musitar junto a mi oreja justo antes de llegar hasta él. No le hice caso, la conocía desde hacía demasiado tiempo, y si entraba al trapo, llevaba las de perder. Me quedaba con nuestra reunión anterior, donde pusimos las bases numéricas de nuestro negocio y hablamos de él por primera vez en serio. Arume estaba dentro, lo que comenzó como una opción se estaba convirtiendo en una realidad. Y, por eso, necesitaba que viese lo que podíamos llegar a ser.

Mi futura socia saludó con amabilidad a Bastian, algo que no me cuadraba demasiado con su habitual frialdad frente a los desconocidos. Intercambiaron las cortesías habituales mientras yo abría la puerta, por primera vez con llaves de propietaria, y ponía un pie en el sendero que cruzaba el jardín delantero. No dije nada, preferí que Arume fuese absorbiendo el encanto de la casa, y tampoco rompí mi silencio al acompañarla por las diferentes estancias. Cuando llegamos al jardín, dejé que deambulase hasta la barandilla, que acariciase con dedos suaves los columpios y, solo entonces, me acerqué a ella.

—Ahora que lo has visto en bruto, me encantaría enseñarte lo que ha diseñado Bastian.

El arquitecto había abierto su portátil en una de las mesas del porche y nos sentamos junto a él para disfrutar de ese paseo virtual por una casa llena de colores serenos y equilibrados, con una finura que jamás se podría confundir con lo ostentoso y que sugería calma e intimidad. Las manos de Arume estaban inmóviles sobre su regazo, como en shock, y solo se movieron cuando en la pantalla aparecieron el bar del jardín y la piscina. Luego, esas mismas manos subieron a taparse la boca y sus ojos se llenaron de estrellas para mirarme. La emoción de mi amiga explotó como un géiser multicolor y me abrazó con toda la fuerza de su cuerpo.

—¡Es maravilloso, Vic! Nos veo allí, ¿tú no? Hasta los colores y la disposición de la clínica son perfectos.

Y entonces se volvió a Bastian, que parecía más relajado tras la reacción de Arume.

—Eres un genio, Bastian Frey. Y me das un poco de miedo, ¿cómo has podido saber con exactitud lo que llevo imaginando en mi cabeza durante muchos años?

Bastian se rio y tuve que mirar hacia otro lado. Me gustaba demasiado, tanto que era un suplicio verlo y no poder acercarme a aspirar su olor y a sentir la calidez de su piel dorada.

—Dale las gracias a tu amiga Victoria. Fue ella la que me puso en contexto, lo demás resultó relativamente fácil.

Arume aplaudió como una adolescente emocionada y se giró hacia mí, apremiante.

—Vamos adelante con esto, ¿verdad? ¿Cómo has pensado...?

Supe lo que le rondaba la mente, cómo hacerlo sin que Leo se enterase. Es decir, cómo ocultarle que no iba a ser quien diseñase y ejecutase la imagen de mi negocio.

—Me gustaría hablar de esto con Icarus para ver si él puede encargarse. No sé cómo está de trabajo. Si no puede, seguro que nos recomendará otras contratas de confianza.

Bastian asintió.

—Apuesto a que Ike nos echa una mano.

Hice un mohín dubitativo.

—No lo sé, porque sería algo fuera de su acuerdo con Leo. Y creo que, hasta ahora, no lo ha incumplido. Por eso quiero hablar con él, por si lo ponemos en un aprieto al pedirle que sea el que lo ejecute.

—Me parece correcto. ¿Quieres que le pregunte yo o prefieres hacerlo tú?

Le sonreí con cierto aviso en mis labios.

—Yo lo haré, Bas. Así aprovecho y también veo a Marie.

Él reculó. Entendí sus buenas intenciones, pero aquel era mi negocio, Leo era mi marido —o futuro exmarido— y debía ser yo, que, además, gozaba de la amistad de Icarus, la que hablase con él.

—¿Cuánto tiempo crees que tardaría la obra? —quiso saber Arume, que ya tenía todos los engranajes funcionando a mil por hora en su cabeza. Para ella era también un gran cambio de vida, renunciar a una estabilidad ganada durante años y lanzarse a la aventura. Pero, según me había dicho, era ahora o nunca.

—Con una contrata decente, de tres a cuatro meses.

—Necesito abrir en diciembre, Bastian. No puedo perder la temporada —le dije, pero él meneó la cabeza.

—Por mucho que la contrata corra, piensa en todo lo que tienes que pedir para vestir los diferentes espacios. No has hablado con proveedores y no tienes idea de los tiempos. ¿Crees que, por ejemplo, todas las máquinas de la sala de juegos están disponibles y en stock así, sin más? Yo sería realista, Victoria, y me plantearía una apertura en marzo, después de carnaval.

—Ya veremos. No quiero renunciar a las fechas que tenía en mente, pero es cierto que no he empezado a mover ficha.

Bastian abrió un excel y trazamos un plan de reuniones, fechas y tareas para intentar llegar a diciembre, pero hasta yo me di cuenta de que era bastante improbable.

—Veámonos la semana que viene para hacer seguimiento de los avances —propuso Arume, y asentimos. Se despidió de nosotros con una sonrisa de oreja a oreja y dejó el eco de su taconeo por la silenciosa calle mientras Bastian y yo volvíamos a entrar en la casa.

Creo que a Arume no le había dado tiempo ni de abrir el coche cuando Bastian me acorraló contra la puerta de la entrada y me inmovilizó con su alto cuerpo. Sus manos cogieron las mías, las pegaron a la pared y su sexy boca bajó a torturar mis orejas y mi cuello, susurrándome las ganas de tenerme así desde el momento en el que me vio entrar.

—Vamos a tener que quedar una hora antes de reunirnos con Arume, porque yo no vuelvo a pasar por lo de hoy…

Me reí con una risa grave llena de ganas ahumadas.

—Arquitecto, tienes que aprender a concentrarte, no puedes distraerte tan fácil…

Su lengua ya estaba dejando huellas ardientes en mi cuello y me quedé sin respiración.

—Ha sido verte aparecer con ese vaquero apretado y los tacones y perderme. Solo podía pensar en esto… —E introdujo la mano por dentro de mi vaquero, rozando la turgencia mojada de mi entrepierna y arrancándome un gemido.

Mi pecho se volvió pesado y se moría de ganas de rozarse contra él. Bastian apartó mis bragas con dedos hábiles y pellizcó mis labios con dureza, haciendo que de mi garganta brotase un gruñido animal. Eso lo llevó a besarme, fiero, y a que sus dedos se enganchasen en la cinturilla de mis vaqueros para bajármelos mientras sus labios me devoraban sucios y provocadores. Serpenteé para quitarme una pernera del pantalón y cuando tuve la pierna libre, desabroché el botón de sus bermudas anhelando tocarlo. Metió la mano en el bolsillo y sacó un condón, aquel día no estábamos para florituras. Me apoderé de su poderosa erección y él me bajó un tirante de la camiseta, buscando con ansiedad la calidez de mi pecho. Eché la cabeza hacia atrás cuando comenzó a succionar y creí que me fallarían las piernas de un momento a otro. No teníamos manos ni bocas suficientes para abarcarnos, la piel nos quemaba y la excitación nos envolvía como una bruma narcotizante. Escuché que sacaba el condón y sus manos bajaron a ponérselo a la vez que yo levantaba una pierna y se la enganchaba en la cintura, ansiando sentir la fricción de mis pezones contra su pecho bien formado. Me penetró de golpe, deslizándose con facilidad en mi interior, y boqueamos. Era demasiado perfecto, brutal, nuestro.

Sí, nuestro. No sé por qué, pero incluso en medio de toda aquella incertidumbre, yo ya vislumbraba que lo que existía entre aquel hombre y yo iba a ser inevitable.

Nos corrimos como animales salvajes, aullando y gritando cuando el éxtasis nos envolvió en su generosa magia. Con él yo me convertía en esa Victoria que vibraba, a la que no le hacía falta tener secretos porque su vida era plena y apoteósica.

La Victoria que fui algún día y que quería recuperar.

Y eso ya no me daba miedo.

Bas apoyó su frente en la mía y nos contagiamos una sonrisa espléndida.

—Me moría de ganas de verte. Estaba a punto de apostarme fuera de tu casa a cantarte una serenata o algo por el estilo. Aunque luego lo pensé bien y no creí que fuese una buena idea.

Sonreí complacida y con algo de tristeza. Bas no tenía ni idea de lo que ocurría en mi vida y eso me hacía sentirme mal. No sabía lo que él pensaba acerca de la situación, pero se merecía estar al tanto de lo que pasaba.

Lo besé como respuesta y repuse que quizá, si iba a mi casa de El Sauzal, no me encontraría. Él frunció el ceño, inquisitivo, y aproveché para separarme de él. Comencé a vestirme y, entre que me ponía las bragas color vino y el sujetador de encaje, le dije que me había mudado.

—Ahora vivo en La Laguna, cerca del Parque de La Vega. Las niñas van al cole relativamente cerca y...

Bastian se quedó con el pantalón a medio abrochar y fijó la vista en mí. En su mirada solo vi entendimiento, cierto pesar y algo que no conseguí entender. Eso me descolocó por completo y no supe cómo seguir.

—Quiero decir, ya no comparto casa con Leo. Las cosas...

Mi móvil sonó impertinente, y me interrumpí porque era la melodía que tenía para los niños. Cogí mi bolso y alcancé a descolgar antes de que se silenciase.

—Mamá, Mimi no aparece. Había quedado con ella a las siete y media y no ha venido. Y no quiero moverme de aquí por si acaso.

Miré el reloj, nerviosa. Ya eran las ocho y no era propio de Mimi retrasarse.

—¿Dónde estás? ¿Y papá? ¿No tenía que ir a buscarlas?

Gala resopló, pero su voz temblaba un poco.

—Estoy en la plaza de la Concepción, al lado del quiosco, donde habíamos quedado. Papá nos iba a llevar a cenar a una tasca cercana, pero no me coge el teléfono. Y Mimi tiene el suyo apagado.

—Espérame allí, ya voy.

Entré en modo autómata, ese que necesitaba cuando había que resolver algo con urgencia. Miré a Bas, que se contagió de mi celeridad y buscó mis zapatos, recogió mis gafas de sol del suelo y se aproximó a darme un beso consolador.

—Corre, ya hablaremos. Ahora lo importante son tus hijas.

—Gracias —le lancé al vuelo, porque ya salía corriendo hacia el coche.

En mi cabeza intentaba descifrar dónde podía haber ido Mimi, dónde debía ir a buscarla en primera instancia. Llamé a las madres de sus amigas más allegadas, pero no estaba con ellas. También miré las cámaras de casa, por si se encontraba por fuera, y nada. Volví a contactar con Gala, para ver si sabía algo, pero todo seguía igual.

—Ve a casa de la abuela, allí estarás mejor.

—Pero ¿y si aparece por aquí?

—Si no te ve y no tiene adónde ir, ten por seguro que irá a casa de la abuela. No te preocupes, yo la encontraré.

—Vale, pero llámame si necesitas que salga a ayudarte.

Estacioné en un aparcamiento del centro de la ciudad y fui hasta el lugar donde habían quedado mis hijas. Por allí ni rastro de la melena de Mimi. Caminé por las calles aledañas, por si la veía, pero no tuve mejor suerte. Volví a mirar las cámaras de casa y experimenté de nuevo la sensación de que allí algo no cuadraba, pero no era capaz de verlo porque la ansiedad y el miedo de no encontrar a mi gata salvaje me ahogaban la respiración y me nublaban la mente.

«A ver, Victoria, piensa. Para un momento y usa las neuronas. La vas a encontrar, eres su madre, y ese es un superpoder que viene de serie para este tipo de situaciones».

Llamé de nuevo a Leo, y nada. El muy imbécil no daba señales de vida, a saber en qué estaría metido. Joder, cuando más lo necesitaba.

«¿Y en cuántas ocasiones ha estado él en los últimos años para ejercer de padre? No deberías sorprenderte».

Justo cuando estaba pensando en coger el coche y ponerme a dar vueltas por la ciudad, lo vi. La niebla se disipó en mi cerebro y me faltó tiempo para volver a revisar las cámaras.

Ahí estaba, eso que no había visto porque había desaparecido del jardín trasero.

El monopatín de Mimi.

A saber cómo había entrado en la casa sin que saltasen las cámaras, aunque de Mimi podía esperar cualquier cosa.

Me subí al coche temblando y con los nervios a flor de piel. Conduje como una loca por las rectas calles hasta el Parque de La Vega, donde sabía que había un *skate park* que Mimi, de vez en cuando y con permiso, frecuentaba. Me faltó tiempo para saltar del coche, con el cuerpo en tensión y ya olvidado el delicioso rato con Bastian, y mi corazón se estremeció con violencia al atisbar, desde lejos, los rizos leoninos de mi hija menor. El enfado bulló por todo mi cuerpo, como una olla a presión a punto de explotar, y me hizo llegar hasta la rampa con la furia impregnada en mis talones. Mimi estaba riéndose con un chico, de esos de gorrita hacia atrás y bigotillo de adolescente, pero debí de impresionarlo porque, al verme, se bajó del monopatín como si estuviese en el ejército.

Mimi se quedó blanca cuando se percató de mi presencia, pero intentó salirse por la tangente.

—¡Hola, mamá! ¿Hoy no habíamos quedado con papá?

Pisé el monopatín y me apropié de él.

—Ni una palabra más, Minerva. No me hagas tonta porque sabes que de eso no tengo ni un pelo.

Algo parecido al desdén apareció en los todavía infantiles labios de Mimi y apreté los míos. La cogí del brazo y la empujé hacia delante.

—Camina si no quieres que te lleve a rastras.

Guardó silencio hasta que llegamos a la acera de casa y ahí me miró con el ceño fruncido.

—¡Qué vergüenza, mamá! ¡A ver qué van a pensar ahora mis amigos!

—¿Cómo?

Se calló al escuchar el tono de advertencia en mi voz y no dijo nada mientras llamaba a Gala y la informaba que había encontrado a su hermana. Entramos en casa y calculé que tenía quince minutos antes de que llegase Gala y le diera la caña que Mimi necesitaba y se merecía.

—¿Tú eres consciente del susto que nos hemos llevado todos? ¡No puedes desaparecer así como así, Mimi, tienes trece años! ¡Sabes que debes avisar de tus movimientos, sobre todo, si has quedado con tu hermana! Todavía estás lejos de ser adulta y tienes una familia ante la que rendir cuentas, no te olvides jamás de eso.

—¿Familia? ¡Eso ya no existe! —gritó en voz alta, sobresaltándome. Su melena se engrifó como si fuera una gata furiosa, y me dio la sensación de que crecía unos cuantos centímetros—. Papá y tú han tomado decisiones sin contar con nosotros, y ¿qué pasa? ¿Que no podemos decir nada al respecto? ¿Tú me has preguntado si quería venir a vivir a esta casa contigo? ¿Te has preocupado por saber cómo estoy?

El ataque me rasgó por dentro, pero intenté calmarme y ser la adulta de las dos.

—Hemos hablado mucho estos días, Mimi, no me negarás eso. Estoy intentando gestionarlo de la mejor forma que sé, que es escuchándolos y haciéndolos partícipes de todo lo que va a pasar. Para papá y para mí esta situación es totalmente nueva y por eso cometemos y cometeremos fallos. Te pido disculpas por eso, y por todo lo que pueda pasar, pero eso no justifica que desaparezcas y no nos digas nada. ¿Tú sabes lo preocupadas que hemos estado? Pensaba que te había podido pasar cualquier cosa.

Las lágrimas comenzaron a bajar por las mejillas de Mimi.

—No me gusta esto, mamá. No quiero esta vida. Yo solo deseo volver a casa y que sea de nuevo como antes.

Vi que bajaba las defensas y me acerqué a abrazarla con todo el consuelo que pude transmitirle.

—Ojalá eso fuese posible. Pero las cosas han ido cambiando desde hace mucho tiempo, más del que puedas imaginar. Depende de nosotras que esta nueva realidad, este presente, sea lo que deseamos y lo que nos haga felices.

—¿Y por qué papá no está aquí también? ¿Por qué nunca está? ¿Es que no le importa lo que ha pasado?

Luego, bajó la voz unos cuantos decibelios y la escuché sorber entre lágrimas:

—¿Eso es que no nos quiere? ¿No somos los hijos que hubiese deseado?

«Oh, Dios mío, manda a todos los demonios del infierno para que se lleven a Leo y que hagan desaparecer estas ideas de la mente de mi pequeña».

La mecí en mis brazos, buscando las palabras perfectas.

—Papá los quiere, Mimi, jamás dudes de eso. Y vendrá, en algún momento encontrará el camino a casa. Mientras tanto, debemos ser fuertes y apoyarnos entre nosotras. Tenemos a muchísima gente que nos ama con locura: tus hermanos, los tíos, las abuelas, los primos Frey...

—Entonces ¿por qué me siento tan sola muchas veces?

Aquello me rompió por dentro, aunque intenté recordarme la tendencia al dramatismo de Mimi y el cóctel hormonal de la adolescencia.

—Todos nos sentimos a la deriva a veces, y es normal. Lo importante es pensar que jamás estarás sola porque te tienes a ti misma. Y, en tu caso, a mucha gente más.

«Se me está agotando el manual de cómo entender a los adolescentes, los otros dos fueron peritas en dulce comparados con esta».

Escuché entrar a Gala por la puerta y cerré los ojos.

Demasiadas emociones aquel día, tantas que temí desmoronarme. Pero levanté la cabeza y sonreí a mi otra hija para intentar reducir la fea expresión de su cara al mirar a Mimi.

«Vamos, Vic, media entre ellas, que Mimi comprenda lo mal que lo ha hecho, y luego pídeles que te ayuden a preparar la cena. No pienses en Leo, ni en lo que les había prometido a las niñas. Algún día pagará por todo lo que les está haciendo, y si no ocurre, ya te encargarás tú de que así sea. O el karma, que seguro que funciona mejor».

Y tras escuchar la bronca de Gala a Mimi y cómo terminaron las dos hechas un ovillo en mi nuevo y mullido sofá, las invité a preparar una sartenada de papas y huevos fritos que era mano de santo para las penas y las tristezas, cualesquiera que fueran.

14

Bastian

No puedo negar que me preocupé por Victoria y lo que fuese que había pasado con su hija esa tarde. La feliz languidez postcoital se me diluyó enseguida, y cuando se fue, un cierto pesar se instaló en mí. Nos faltaba bastante confianza todavía, apenas habíamos tenido ocasión de hablar, de construir historias juntos, de tener una cita como tal. Aparte de las increíbles horas que pasamos en mi casa, Victoria y yo no habíamos compartido mucho más.

Antes de aquel día, me había contenido por su matrimonio y porque, en el fondo, no me sentía cómodo haciendo las cosas de esa forma. Ahora, Victoria había abierto una pequeña rendija por la cual se había deslizado la información de que ya no vivía con Leo, y me obligué a no pensar en lo que eso podía significar, porque no quería ilusionarme.

No achacaba esa decisión a lo que había ocurrido entre nosotros, ni me lo había planteado: Victoria cargaba con una historia complicada muy anterior a los pocos momentos que habíamos compartido. Yo solo sabía pinceladas de ella, pero lo suficiente para entender que, quizá, fuera el detonante de que ahora viviese en otro lugar y de que no lo hiciera con su marido.

También comprendía que seguía siendo una situación difícil para ella. Tenía tres hijos, a los que no les agradaría descubrir que su madre estaba con otro hombre, y, más aún, recién separada de su padre. Vale, quizá me estaba precipitando con esos pensamientos, pero no podía evitarlo.

Con Victoria solo sabía que quería más.

Que ella no era una mujer que pasaba por la vida de un hombre sin dejar huella.

Me moría de ganas de conocerla de verdad, de escucharla reír, de disfrutar de cómo su inteligencia y perspicacia coloreaban cualquier conversación en la que estuviese implicada.

Di una vuelta por la casa y me dije que ese proyecto, el de su negocio, sería perfecto para conocernos. Había muchas decisiones que tomar, detalles que supervisar, y me iba a encargar de que ella estuviese muy presente. De algo me tenía que servir mi profesión. Luego suspiré, debía convencer a Ike para que aceptase la obra, era crucial. Necesitaba contar con su discreción en todo esto. Decidí preguntarle qué planes tenía al día siguiente, ya que era sábado y quizá podía pillarlo desprevenido.

Lo llamé sobre la marcha y tuve suerte, iban a quedarse en casa, preparar una barbacoa y pasar el día en la piscina. Los niños comenzaban las clases el lunes y querían aprovechar el último fin de semana de vacaciones para estar con ellos.

—¿Y, exactamente, para qué quieres verme, aparte de para saquearme las cervezas?

Mi hermano no tenía un pelo de tonto. Carraspeé e intenté disimular.

—Quiero hablarte de un proyecto que me gustaría que consideraras.

Lo escuché resoplar con cierta resignación.

—Entonces ¿voy a tener que invitar a Victoria también?

Me quedé mudo y lo escuché reír.

—Olvidas que tengo amigos hasta debajo de las piedras, y no te digo ya en el registro o en los bancos. El que mi hermano haya acompañado a Victoria Olivares en determinadas gestiones me llegó por varios lados. No de forma malintencionada, no te preocupes, solo mencionaron que te habían visto.

—¿Ella te ha contado algo?

—No, pero le dijo a Marie que quería emprender. Supongo que por ahí van los tiros. No sé nada más, aunque espero que tú me completes la información.

—Déjame preguntarle si tiene el día disponible mañana. Hoy la hija menor le ha pegado un pequeño susto. Leo debería haber estado con las niñas, pero no apareció.

—Dile que venga con las chiquillas, se lo pasarán bien con mi tropa.

Esperé a que se pusiera el sol, dando paso a una de esas noches cálidas de septiembre que envolvían mi terraza con una brisa fragante. Había cenado ligero, de mala gana, porque el efecto de Victoria ya se comenzaba a notar; deseaba estar con ella más tiempo del que disponíamos y el cenar solo se me había hecho cuesta arriba. No la llamé, no quería importunarla si estaba con sus hijos, ni meterla en explicaciones innecesarias con ellos, pero los dioses de WhatsApp estaban de mi lado porque, en cuanto le escribí, me devolvió el mensaje.

Es una buena oportunidad para coger a Ike por banda. Dile que sí, que iremos. A las niñas les apetece también, aunque luego acabarán a la greña con los Frey júnior.

Hice un par de eufóricos pasos de baile a lo Tony Manero y me centré en contestarle. Quería tirar del hilo para que la conversación no se quedase en solo eso, en una quedada para el día siguiente, y por suerte lo conseguí. Había cenado con sus hijas, que estaban viendo una película en Netflix, y ella miraba páginas de mobiliario para la zona de la recepción. Le sugerí que había piezas que las podía hacer un carpintero local, eran sencillas y nos aseguraríamos el controlar los tiempos. Y con esto, nos entretuvimos casi una hora hablando, transitando por diferentes temas que me hicieron vislumbrar partes que no conocía de Victoria Olivares y que me gustaron todavía más.

Verla al día siguiente con un biquini rojo de lacitos a la cadera y triángulos muy reveladores no ayudó a mi propósito de disimular ante la familia de Icarus y las hijas de Victoria. Sus labios se curvaron al percibir mi mirada y disimuló con maestría comentando con Marie el buen tiempo que hacía aquel día en Tegueste. Los jóvenes se metieron en la piscina con alboroto a pesar de que la hija menor de Victoria no traía muy buena cara, y con rapidez los adultos nos olvidamos de ellos. Mi hermano y yo nos ocupamos de preparar la barbacoa y las diferentes piezas de carne, y Marie y Victoria se sentaron a tomarse unas cervezas, porque ya la anfitriona había dejado todo organizado antes de que llegásemos.

—La verdad, no sé cómo lo haces —le confesó Victoria a mi cuñada—. Siempre lo tienes todo perfecto, eres algo así como una diosa del hogar.

—Mira quién vino a hablar, la Bree van de Kamp de Tenerife —se pitorreó Marie—. Si hasta guardas las servilletas de tela ordenadas por colores.

Victoria se rio con cierta vergüenza.

—Ya lo sé, pero contaba con la ayuda de Rosario. Ahora le he dicho que venga a limpiar una vez entre semana y que, si puede, nos deje alguna comida preparada, pero por lo demás me voy a ocupar yo de la casa. Hay que apretarse el cinturón, Marie, son mis nuevos gastos y hasta que no comience a ingresar de forma periódica, tengo que mantener el perfil bajo porque se me viene encima una inversión grande.

Ike me miró de reojo y frunció el morro hacia las mujeres. Me encogí de hombros con cierto disimulo, pero sabía que o él o Marie harían la pregunta clave.

Fue ella, con la confianza de años que tenía con Victoria.

—Entonces, te has ido de casa de forma definitiva.

No fue una pregunta, sino una afirmación, y asintió con seguridad.

—Sí. Esto se llevaba fraguando tiempo y ahora que Leo está como está... No quiero que las niñas vean cosas que no deben. Bastante me ha costado mantener a la familia a flote como para que ahora se venga abajo por su egoísmo.

No hablaban demasiado alto y con el alboroto de la chiquillada me estaba costando escucharlas.

—¿Y lo de tu negocio? ¿Él lo sabe?

Victoria resopló.

—Y no sabes lo mal que le sentó. Se lo tomó como una traición.

—Bueno, amiga, que hayas ido amasando dinero sin que él lo supiese casi desde el principio y que te hayas comprado una casa sin decirle nada, no sé... A mí también me mosquearía.

—Eso lo entiendo, Marie, pero ¿no crees que la pregunta es por qué no se lo dije en su momento? Joder, algo fallaba desde el principio, pero yo estaba tan metida en nuestro proyecto en común que no quise verlo. Para mí era mi reencuentro con Victoria la profesional, la que era algo más que todo lo que mostraba al mundo.

—¿Y por qué no lo mostraste?

—Porque asumí y acepté el rol de acompañante, de esposa, de organizadora de saraos y arma secreta para encandilar al inversor que hiciese falta. Hasta que dejé de ser incluso eso y me dediqué a los niños, a ser una madre presente. Tú debes entenderme, también hiciste lo mismo.

Marie se inclinó hacia delante pensativa.

—Y no me arrepiento. Pero es cierto que ahora que ya están mayores tengo más tiempo y estoy harta de hacer cursos de cerámica y de chino mandarín.

Marie había trabajado en el sector hotelero, en establecimientos de cinco estrellas gran lujo como mayordoma de las suites presidenciales. Era una experta del servicio, el protocolo y la discreción.

«Alguien perfecto para que gestione la parte social del negocio de Victoria».

—¿Te plantearías el volver a trabajar?

Sonrió absorta.

—No lo sé. Quizá por unas horas. Yo no soy tan hiperactiva como tú, no me hace falta estar como el demonio de Tasmania todo el día. Pero si fuese algo que me llenase, podría pensarlo.

Observé que Vic sonreía con la cara que se le ponía cuando quería hacer negocios, pero no dijo nada más. Marie no era tonta y seguro que presentía que la estaba sondeando. Entonces giró la cabeza hacia nosotros y se lanzó, como era ella, directa y sin nada que la limitase.

—¿Has visto el proyecto que ha diseñado tu hermano para mi negocio, Ike?

Icarus me miró con fijeza y se rascó el pelo con fingida desesperación.

—Joder, Victoria, eres única para meterme en problemas con mi socio. ¿En serio ha sido Bastian quien te ha hecho el proyecto?

Me apresuré a explicar cómo había sido todo, pero Icarus no me dejó.

—Y ahora me pedirás que te haga la obra yo, ¿no?

En vez de amilanarse por el tono de voz de mi hermano, le sonrió de oreja a oreja y apoyó la cara en las manos.

—Por supuesto. No podría confiar en nadie mejor. ¿Estás disponible, Ike?

Marie se echó a reír y no pude sino secundarla.

—Esto me huele a encerrona —se quejó Icarus, y se sentó pesadamente ante su cerveza—. Sabes que esto puede ser muy complicado de gestionar con Leo, ¿no?

—Lo sé. Pero va a ser peor la parte de que otro arquitecto sea el responsable del proyecto que el hecho de que tú la ejecutes. A fin de cuentas, yo soy tu amiga y Bastian es tu hermano, las excusas te sobran por todos lados.

—Ya, si tienes razón. Pero, aun así… ¿Estás segura de todo esto, Vic?

Ella le cogió las dos manos y se las apretó, mirándolo a los ojos.

—No tengo miedo. Si este negocio no sale bien, ya tengo planes B, C, D y E para ese inmueble. Y liquidez para poder afrontar lo que haga falta. No te preocupes por eso.

—Lo digo por lo otro, no te hagas la tonta.

—Me conoces y sabes que, si he dado el paso, no ha sido en vano. Nunca rompería mi familia si no fuera porque ya estaba rota, y mejor por separado que juntos.

Icarus le dio un beso en las manos y vi cómo su cuerpo se relajaba, llenándose de confianza.

—De acuerdo. Tendré que ver ese proyecto para valorar si puedo destinarle gente.

—Está en Drive. Si quieres, te lo puedo mostrar luego —repuso ella con rapidez, y él rio.

—Veo que tenías muy claro lo que querías conseguir de este día, ¿no?

Victoria soltó la carcajada característica que hacía que algo picante se me instalase en la boca del estómago. Y en otras partes que mejor que no se despertasen en casa de mi hermano.

—Solo queda que me prometas que voy a tenerlo todo a punto para la campaña de diciembre.

Icarus la miró, entre incrédulo y muerto de risa.

—Eres insaciable, Victoria Olivares. No me tires de la lengua, que hasta ver lo que hay que hacer, no me comprometo a nada.

Luego me miró con gesto acusador.

—Y tú, que no dices nada, eres el peor de todos.

Previendo que después de Victoria el siguiente mal parado iba a ser yo, le tendí una cerveza perfectamente servida con una sonrisa zalamera.

—Ya me conoces, Ike. Tengo el don de la oportunidad.

Aunque con Victoria ese don no resultaba tan efectivo. O, al menos, la situación con ella, todo lo que nos rodeaba, no era como con otras mujeres. Siempre había estado con solteras sin familia, con trabajos en los que eran felices, pero no ambicionaban más, por lo que era fácil hacer planes e improvisar. Con Victoria, todo esto era distinto, pero lejos de molestarme, me encantaba. Todo era más real, claro y directo, y el tiempo que pasábamos juntos lo aprovechábamos mejor.

Después de la barbacoa y tras ver el proyecto, Ike asignó un equipo de su empresa para la obra. Victoria movió hilos para las licencias del Ayuntamiento y en un tiempo récord pudimos meterle mano a la casa. Aun así, no fueron dos días y Victoria se impacientó. Yo, por mi lado, me encontraba a tope con la obra del hotel del sur e intentando adelantar muchas cosas para que cuando tuviese que estar pendiente de la de Victoria, poder dedicarle tiempo de calidad.

Casi sin darnos cuenta, establecimos los miércoles como nuestro día de vernos fuera de la obra. No sé cómo estaba gestionando ella las cosas con Leo, pero de alguna forma ese día se convirtió en nuestro respiradero. Normalmente, Victoria venía a casa, cenábamos, echábamos polvos gloriosos, e incluso una noche fuimos a bañarnos a la playa a oscuras, pero se me hacía poco. Muy poco.

Necesitaba más de Victoria Olivares, su piel y su magia.

Por eso, a finales de mes y con las rutinas familiares más asentadas, la invité a una villa en la punta más occidental de la isla, Teno, a pasar el fin de semana. No había sido fácil conseguirla, porque era un lugar muy utilizado para producciones cinematográficas dado el entorno en el que se encontraba. Pero en una cena en el sur, tras una larga jornada de trabajo en el hotel, me presentaron a alguien que tenía contacto directo con los dueños y que sabía que, tras la cancelación del rodaje de una serie, ese fin de semana la casa estaba libre.

No me lo pensé. Aquel lugar era perfecto para disfrutarlo con ella.

El fin de semana estuvo peligrando hasta el último momento, porque Leo había decidido ponérselo difícil. Ella no me contaba demasiado, pero yo sabía por los mentideros del gremio que Leo había vuelto a las andadas. Así que renunció a apoyarse en él y le pidió el favor a su madre. Según me dijo, las niñas estaban muy unidas a su abuela y a su bisabuela y les encantaba quedarse con ellas. Me lo creí; por lo que pude ver de aquellas dos señoras en el cumpleaños de Leo, eran de armas tomar y mucho más vitales y divertidas de lo que solía ser la gente de su edad. Sobre todo, la abuela, que picaba en los noventa y vaya marcha que tenía en el cuerpo.

Nos vimos el viernes por la tarde en mi casa, donde ella me recogió alegando que le apetecía mucho conducir hasta Teno. Se había informado y, según parecía, después de cierta hora, ya podían circular coches particulares por la carretera que llevaba hasta el faro. Era una calzada peligrosa, con mucho riesgo de desprendimientos y con una pista estrechísima que serpenteaba al filo del acantilado, y por eso tenía restricciones de tráfico. Hacía décadas que no iba por ahí y estaba emocionado. Si no recordaba mal, toda aquella zona —la isla baja, la llamaban— era un lugar con una serenidad y quietud especiales, coronada por el macizo de montañas que daba nombre a la punta más occidental de la isla.

Llegamos al pueblo de Buenavista con la puesta de sol y condujimos hasta Teno —un poco acojonado por la carretera, debo reconocerlo— con tranquilidad.

—Fíjate ahora cuando salgamos del túnel de piedra —me dijo ella con una sonrisa luminosa que no se le había quitado de la cara desde que nos vimos—. Siempre hace sol, es un túnel mágico. En Buenavista puede estar diluviando, pero en Teno siempre hace sol.

Me metí con ella.

—Eso es que todas las veces que has venido te ha coincidido así. No me vendas la moto, ¿cómo no va a estar el tiempo malo también en Teno?

Sonrió, misteriosa, a medida que la carretera iba bajando entre los invernaderos y el sol teñía de naranja el inmenso océano que se abría tras el faro.

—Tú ríete, pero Teno tiene una energía especial. Ya lo notarás.

Llegamos a la única casa que existía en todo el parque rural, una preciosa edificación blanca con balcones de madera oscura y todo lo necesario para pasar unos días de lujo, y con unas vistas sobrecogedoras que se extendían hasta donde alcanzaban nuestros ojos. La decoración era exquisita, la nevera estaba llena de viandas y nos habían dejado la cena preparada como parte del trato, pero lo más especial de todo era la luz.

Una luz clara y transparente, como lavada, que a esa hora reflejaba todos los colores que la puesta de sol nos estaba regalando, y que hacía que la piel de Victoria resplandeciera como si le hubiesen prendido un fuego cálido e invitador. La escuché decirme que no se habituaba a un fin de semana sin cincuenta maletas y cuarenta bolsas del supermercado, que se sentía rara solo portando su equipaje minúsculo comparado con lo que solía tener que preparar. Me acerqué a ella sonriendo y la cogí por la cintura.

—Este es un fin de semana para ti, *my queen*. Para que cojas fuerza para todo lo que se te viene en los próximos meses.

—Y yo que pensaba que eran unos días para matarme a polvos y tenerme encadenada a esa cama que seguro que tienes preparada en algún lugar —ronroneó, rozando su cuerpo con el mío y haciendo que me pusiera en tensión de forma deliciosa.

Nuestras bocas se encontraron, sedientas después de varios días de echarse de menos, y no hubo tiempo para demasiados prolegómenos. Necesitaba embestirla ahí mismo, en el salón de la casa, con nuestros bártulos desperdigados por el suelo y la luz del sol menguante. Ella se subió la falda vaquera con un movimiento rápido y yo me bajé los pantalones cortos unos centímetros, lo justo para poder liberar mi miembro y ponerle un condón. Victoria me dio la espalda, recostándose sobre la isla de la cocina, a la que se agarró con ansias. Verla ahí, con su precioso culo abierto para mí, las bragas mínimas empapadas y sus largas piernas equilibrándose sobre unos soberbios tacones, me puso tan cerdo que desgarré la prenda interior y me abalancé a paladearla, a degustar aquella flor de carne hinchada, presa de nuestros instintos más primitivos. Ella gimió con fuerza y se sacudió, pidiéndome que parara. Que no aguantaba, que ya habría tiempo para florituras. Entré en ella como un animal desbocado, algo que esperaba porque en cuanto sintió la estocada, arqueó la espalda y un siseo de placer emergió de sus labios.

—Fuerte, Bastian. Ya.

Y yo obedecí, sintiendo como el orgasmo comenzaba a aflorar en mis pelotas duras e hinchadas, como su humedad se volvía cada vez más ardiente y líquida y, lo que ya sabía de ella, esas contracciones brutales que me decían que ya ella estaba entrando en la ola que, unos segundos más tarde, me barrió a mí también.

Durante un rato, solo se escucharon nuestras respiraciones aceleradas, que fueron bajando de ritmo y aproveché para salirme de ella y abrazarla contra mí.

—Me encanta esto de inaugurar los lugares antes de casi ni pisarlos —murmuré contra su pelo oscuro, y esa risa grave que tanto me gustaba borboteó en su pecho.

—Más bien somos unos salvajes, arquitecto. Que parece que tengamos quince años.

—Ah, no, *dear.* Esto es muchísimo mejor que cuando teníamos quince años. Aquí se juntan las ganas desmedidas con la experiencia, y eso no hay quien lo gane.

Recostó su cabeza contra mi pecho.

—Es verdad.

Se dio la vuelta y nos miramos a los ojos. Los suyos brillaban de una manera tan especial que me estremeció, tanto que apenas fui capaz de pronunciar palabra.

—No pensé que sentiría algo así en mi vida —susurró, casi entre dientes, como si le costase admitirlo—. Siempre supuse que estas cosas solo ocurren cuando eres joven, como en las novelas románticas donde parece que todo lo increíble les sucede a las menores de treinta años. Y no a mí, que estoy a meses de cumplir cuarenta y cinco, y con tres hijos, arrugas y una flacidez acechante.

La besé con el corazón latiéndome a mil por hora.

—Yo nunca he sido capaz de sentir tanto por alguien como ahora por ti. Creía que era incapaz de algo así, que me había convertido en una especie de impotente sentimental.

Lo que no nos dijimos reverberó en el aire, tan poderoso como si lo estuviésemos escuchando. Y ella me sonrió, llena de ilusión, miedo y fragilidad.

—Ya sabes lo complicado que es todo ahora mismo en mi vida.

Le puse un dedo encima de los labios, impidiendo que siguiese hablando.

—Nada es complicado. Dejemos que esto se haga grande, si ha de hacerse, porque solo así las dificultades ya no parecerán tales.

Ella rio, intentando romper la seriedad del momento.

—Te pones muy sexy cuando te vuelves Paulo Coelho.

Me entró la risa y volví a besarla, esta vez de forma juguetona, dando por terminado aquel interludio íntimo en el que nos dijimos mucho con pocas palabras.

—¿Te apetece algo de beber o quieres ver la casa?

Ella sonrió y se separó de mí, bajándose la falda y recolocándose la camiseta.

—Ver la casa con una cerveza en la mano.

Abrí unos botellines y recorrimos la enorme vivienda, pensada para mucha más gente que nosotros dos, y llena de un encanto particular. La salvaje naturaleza del exterior, con las montañas, los acantilados escarpados y el batir del mar cercano, conseguía un contraste armonioso con la decoración serena y moderna, pensada para descansar la mente.

—Estuve en esta casa hace años —me dijo Victoria

mientras paseábamos por las diferentes estancias—. Fue para el rodaje de un anuncio de una marca local. Estaba distinta, no tan bonita como ahora. O quizá ahora la aprecie mejor.

Salimos a la terraza, desde donde veíamos el faro y el mar del norte a su derecha, lleno de olas espumosas, y el del sur a su izquierda, plácido y quieto. Se volvió hacia mí excitada.

—Mañana podríamos dar un paseo en kayak por la costa. ¿Lo has hecho alguna vez? Es un recorrido precioso.

—Espera, que te enseño algo.

Entré en el salón y volví a la temprana noche con una tablet en la mano.

—Aquí tenemos toda la oferta de lo que podemos hacer, solo hay que reservarlo desde este dispositivo. Hay un paseo en lancha hasta Los Gigantes, lo de los kayaks, excursión a Teno Alto... Lo que te apetezca.

—Me llama más lo de los kayaks. Si vamos en lancha, tendremos que navegar con el piloto, y no me apetece compartirte este fin de semana con nadie.

Se enroscó a mi alrededor para darme un beso jugoso y permanecimos abrazados hasta que la oscuridad nos envolvió como un manto cálido y misterioso. Las estrellas se encendieron en un firmamento limpio, tanto que parecía un planetario, y decidimos cenar fuera con la sensación de estar en cualquier lugar del mundo y, a la vez, estar en el correcto.

Me quedaría corto si calificase ese fin de semana de perfecto. Más bien, fue irrepetible. Hicimos la excursión en kayak, tomamos el sol en una cala de piedras para luego bañarnos en las aguas turquesas, exploramos las pequeñas cuevas que salpicaban la costa e hicimos de la solitaria casa nuestro pequeño hogar lleno de sexo sublime y muchas confidencias.

Allí fue donde terminé de enamorarme de Victoria Olivares con una fuerza que no sabía de dónde venía, quizá del cosmos, del destino o de cualquier energía esotérica en la que antes no hubiese creído. Quizá fuese como ella decía: Teno estaba lleno de magia ancestral, de esa que solo se respira en lugares muy antiguos, y aquella zona de la isla lo era. Pero yo tenía la certeza de que no era solo eso, claro que no. Era toda ella, su luz, su sentido común, la ironía velada de sus argumentos, la fuerza arrolladora que la hacía caminar hacia delante en vez de estancarse, su amor de leona hacia quienes quería, la inteligencia elegante que me hacía callarme ante sus deducciones lógicas.

Era una mujer de verdad, con sus luces y sombras, con lágrimas y risas en su bagaje que la hacían ser quien era.

Por eso, no me extrañó que el domingo por la mañana, mientras disfrutábamos del sol y la brisa salada en las hamacas de la piscina, hablase directamente de la patata caliente, de esa que sabíamos que existía y que no habíamos mencionado en todo el fin de semana.

—La situación con Leo no es la mejor, Bastian. No es que esté enfadado y la pague conmigo, porque en realidad no hemos tenido enfrentamientos, sino que está como perdido, a la deriva. Y todavía me duele verlo así y no poder ayudarlo. Se le dieron todas las herramientas, estuvo un tiempo centrado, pero ahora está de farra todas las noches otra vez.

Suspiró con pesadumbre y siguió hablando:

—Si no tuviésemos hijos, me sería mucho más fácil seguir adelante. Pero el que él esté así influye en los niños. En las últimas semanas, no ha aparecido en varias de las ocasiones en que ha quedado con las chicas. Y con las cosas así, no me apetece que pasen la noche con él en El Sauzal. Imagínate que las deja solas o se presenta a las tantas puesto de todo. He protegido mucho a mis hijas durante estos años para que ahora rompa lo que tanto me ha costado construir.

—¿Y cuál crees que es la solución? Si la hay, claro.

Victoria meneó la cabeza.

—Por la parte legal, está claro que presentaré el divorcio y pediré la custodia de las niñas. Es duro decirlo, pero creo que no le importará. Nunca fue un padre... presente o involucrado.

Su voz se quebró en las últimas palabras y alargué una mano para estrechar la suya.

—En algún momento, se enterará de lo de la obra, que tú eres el arquitecto, y también lo nuestro saldrá a la luz tarde o temprano.

Se volvió hacia mí con toda la franqueza del mundo en sus ojos.

—Sé que estamos a la sombra, como si fueras mi amante bandido, pero quiero que sepas que no es así como lo siento. Me gustaría poder tener esta relación a la luz del día y no es por Leo por lo que no lo hago. Es por los niños. Tengo miedo de decepcionarlos, de ser esa madre que no sabe estar sola y que sustituye al padre ausente con un novio casi al instante, cuando, según el manual de un hijo de padres recién separados, debería estar todavía de luto.

—Es algo que sé y que entiendo, Victoria. A ellos se les han roto los esquemas que sustentaban su vida y no es el momento todavía de meter a alguien nuevo, tienen que sanar primero sus heridas.

—Es una situación complicada, Bas. —Me miró de soslayo con los ojos un poco húmedos—. No quiero sentir que tengo que esconderme contigo, pero mis hijos...

—Lo sé, y tranquila —la interrumpí sonriendo—. He aguardado décadas para conocerte, ¿qué más da un poco más?

Se levantó en un santiamén y se puso a horcajadas sobre mí, presa de la emoción.

—Has estado esperando todo el finde para soltar esa frase, ¿no? ¡Acabas de quedar como el maldito hombre ideal que solo sale en las películas!

Empecé a reír con ganas, pero sofocó mis carcajadas con unos besos profundos, de esos que hablan de amor, de confianza, de felicidad desbordante.

Como todo lo que sentía por aquella mujer morena y llena de fuego, esa que me quemaba incluso cuando no estaba a mi lado.

Bastian Frey, KO desde el primer asalto, desde la noche a la sombra de los naranjos.

15

Leo

Vivir en una isla tiene muchas ventajas, pero no las voy a enumerar para no parecer un agente inmobiliario de los que buscan ricos para invertir en casas de lujo. La mayoría son ventajas reales, pero hay una que también se puede volver un inconveniente si lo que quieres es esconderte, y es que, en una sociedad tan pequeña y cerrada como esta, todo se sabe.

Y de todo te acabas enterando.

Una mañana, una de tantas en las que me levantaba con resaca y pesadez de cuerpo, me dio por ir a la más nueva de las obras que teníamos entre manos. Si no me fallaban los cálculos, hacía más de dos semanas que no la visitaba y, a pesar de mi malestar, me obligué a acudir. Me sorprendí al llegar, el equipo asignado a esa obra no estaba y lo sustituía otro. Normalmente, lo hubiese dejado pasar, pero como tenía remordimientos por no estar al tanto de muchas de las cosas que sucedían en mi empresa, decidí preguntar el porqué de ese cambio.

Me encontré a Icarus en la oficina. Estaba sudoroso y supuse que vendría de supervisar a alguno de nuestros equipos. Le pregunté por el cambio que había percibido, y me dijo que lo había enviado a una reforma en la zona del Club Oliver. Algo en su voz me sonó extraño, pero no le hice mucho caso. Me conformé con la explicación y me senté a mirar correos, a ver si había llegado algo interesante. Necesitaba nuevos retos que supusieran un aliciente para evadirme de la mierda de realidad que estaba viviendo. Esa en la que me decía a mí mismo que ahora tenía lo que quería —tranquilidad, libertad, soledad—, pero que, en el fondo, me hacía ser consciente de mi fracaso. Bueno, esa no sería la palabra. Yo no era un fracasado, al contrario. Era el arquitecto más exitoso de las islas, eso no lo podían decir muchos, así que lo de fracasado se lo dejábamos para otros.

Sin embargo, cuando en el almuerzo que había organizado con algunos de mis nuevos amigos, uno de ellos me preguntó por la casa que había comprado Victoria, algo feo se removió dentro de mí. Me hice el loco, fingiendo que lo sabía de antemano, pero sacando toda la información que pude de forma disimulada.

—La verdad es que tu ex es una negociadora nata, me contaron que logró una rebaja de precio brutal. Ten cuidado cuando firmes el divorcio, Leo, a ver si te va a dejar en bolas y te vamos a tener que invitar nosotros a comer.

Me reí, confiado, pero con las palabras del hombre escociéndome por dentro.

—Victoria y yo tenemos las cosas claras, no va a haber problema.

—Eso dicen todos antes de que el tema se ponga peludo. Y tu exmujer debe de tener pasta, porque si no, jamás habría podido comprarse esa casa por la zona del Oliver.

Afilé los oídos.

—No la he visto, ¿qué casa es?

—Es la que está al final del todo, un chalet grande que le embargaron a aquel que se dedicaba a…

Dejé de escuchar, no me interesaba la historia, y sobre la marcha decidí que me pasaría a ver la propiedad. Me parecía increíble que Victoria no me hubiese llamado para comentármelo o por lo menos para ir a visitarla juntos. Sí, estábamos separados, pero ¿no era yo el experto en ese tipo de cosas?

Tras el almuerzo, subí por las sinuosas callejuelas hasta llegar a la falda de la montaña. Y allí, brillando bajo el sol inmisericorde del otoño y frente a la casa de Victoria, se hallaba una furgoneta de la empresa de Icarus. Noté como la furia me subía por las venas ante la deliberada mentira de mi socio —¿o lo podría llamar omisión?—, pero me acerqué a los hombres que todavía, a esas horas, seguían trabajando dentro de la casa.

Me saludaron con toda naturalidad y me hicieron pasar para mostrarme el estado de la obra. Llevaban bastante avanzado y lo cierto era que el espacio parecía bien aprovechado. Me pregunté cómo Victoria había sido capaz de dar las instrucciones precisas para llevar todo aquello a cabo, pero, sobre todo, me enfadó el que no hubiese contado conmigo para nada de lo que estaba haciendo allí dentro.

¿No era yo el especialista? ¿El arquitecto? Joder con el orgullo de Vic, ni ahora era capaz de agachar la cabeza y preguntarme.

No obstante, mi mayor decepción era con Icarus. ¿Por qué no me había dicho nada? Me subí en el coche y fui directo a la oficina. Por supuesto, no estaba allí. A esa hora ya se encontraría en su casa. Así que me planté en su vivienda, tocando el timbre hasta quemarlo. Salió todavía con la ropa de trabajo y, al verme la cara, no me hizo entrar. Lo seguí hasta la calle y me encaré con él.

—¿Por qué no me dijiste antes que el cambio de equipo era para hacerle la obra a Victoria? ¿Por qué me mentiste descaradamente?

Ike estaba tranquilo y me miró con cierta lástima.

—Yo no te mentí. Solo te dije que había sustituido un equipo por otro, y ya está. No me preguntaste más.

—Joder, Icarus, deberías haberme contado que era la casa de Victoria. Que me voy enterando por ahí de cosas de mi familia porque en los que confío me lo ocultan. ¿Me tomas por tonto o qué?

Ike se me acercó, esta vez serio. Y a pesar de mi altura, yo no superaba el metro noventa del gigante pelirrojo.

—Relájate, Leo. Tampoco es que estés muy presente como para contarte cosas. Y todo esto es un tema de Victoria, yo no tengo derecho a desvelarte sus asuntos si ella así no me lo autoriza.

—¿Cómo que no? ¡Es mi mujer, coño!

—Ya no, Leo.

Le di un manotazo a un coche que estaba aparcado a mi lado e Ike pegó un respingo. Sus ojos se oscurecieron y se acercó aún más a mí.

—Conmigo no te las des de machito cabreado. Si la gente no te cuenta cosas, será porque has perdido su confianza. Y te advierto que pronto perderás la mía si no te pones las pilas. No estamos generando negocio nuevo por tu parte y esto es un acuerdo comercial entre los dos. Así que, por mucho que andes de copas y mierdas con tus amiguetes, no veo que eso revierta en que nos entren proyectos.

—Ten cuidado con lo que dices, Icarus. Que si yo no trajera proyectos como los míos, tú serías un constructor de medio pelo y un aparejador sin arquitecto de renombre que te respaldase.

Ike se rio y meneó la cabeza.

—Tú mismo. Solo te digo que te centres y que pienses en lo que estás haciendo. Y no solo en los negocios, sino en la familia que te queda. Tienes unos hijos fantásticos a los que no prestas ninguna atención y llegará un momento en el que te habrás perdido toda su infancia y juventud.

—Qué vara me dan todos con mis hijos. Si ellos no tienen problema mientras Victoria esté con ellos.

—Pues mira, en eso sí que tienes razón. Suerte la tuya de que tengan una madre como ella.

Resoplé aburrido. Siempre la misma canción que ya me tenía hastiado. Me fui a dar la vuelta, pero Icarus me frenó con una mano sobre mi hombro.

—Te lo digo en serio, Leo. Debes frenar esta espiral en la que te estás metiendo. Piénsalo y verás que, en el fondo, no eres feliz así.

—Cuando quiera un manual de autoayuda, me lo pillo en Amazon, figura.

Salí rechinando los dientes de Tegueste. Pero ¿quién coño se creía mi socio? Primero, me ocultaba lo de Victoria, y ahora, se dedicaba a ofrecerme consejos baratos de charlatán. Estaba tan cabreado que ni ganas me dieron de irme a un bar; en cambio, me fui a casa. La noche estaba fresca, pero me senté fuera con un whisky de malta bien servido. Solo se oía el canto de las pardelas y el sonido del mar, pero para mí era como si no escuchase nada. La sangre se me arremolinaba en los oídos, como un río enfurecido buscando salida.

«Voy a llegar al fondo de este asunto. Vale que estemos separados, pero creo que Victoria me debe alguna explicación».

Entre whisky y whisky, me propuse investigar un poco más, porque otra cosa, no, pero yo era un arquitecto experto y cuanto más lo pensaba, más me decía que resultaba imposible que Victoria hubiese diseñado esa reforma sin ayuda. Una sospecha comenzó a formarse en mi interior antes de caer inconsciente en la hamaca, pero fue lo suficientemente fuerte como para recordarla por la mañana. Me duché con agua fría, me arreglé un poco más de lo normal y desayuné por primera vez en mucho tiempo. Aquel día tenía trabajo que hacer.

Me dediqué a visitar a varios técnicos de organismos públicos y a políticos a los que tenía acceso directo, husmeando para ver si, en breve, salía alguna obra interesante. Al final, al mediodía, di con un filón, me llegó la información de que se iba a sacar a concurso una de las obras soñadas por cualquier arquitecto que se preciase. Se trataba de una inversión pública en un edificio histórico en el medio de Santa Cruz, con el parque que lo circundaba incluido. Había sido sede del conservatorio de música y también de un colegio femenino a principios de siglo. Sentí que mis entumecidos sentidos se activaban y un conocido hormigueo se expandía por mi cuerpo. Disimulé mi excitación e invité a almorzar al del soplo, que accedió encantado. Leo Fernández de Lugo era sinónimo de buen comer y mejor beber.

Fuimos a uno de los restaurantes de solera del centro, de esos por donde convenía dejarse ver de vez en cuando y donde nos encontramos a bastante gente conocida. Me dediqué a sonsacar información a mi contacto, sofocando las ganas de ponerme a pensar ya en el proyecto, y la tarde hubiera acabado muy satisfactoriamente si no hubiese sido por un comentario sin mala intención por parte del hombre que me acompañaba.

—Supongo que se presentarán bastantes proyectos. Oye, por cierto, ¿el hermano de tu socio tiene previsto quedarse por aquí? Porque entre el hotelazo del sur y ahora una casa en lo alto del Oliver, tiene pinta de que pueda postularse a más cosas.

El combinado de ron que estaba tomando como digestivo amenazó con salirse por la nariz y disimulé como pude. No podía dar crédito a lo que había escuchado, la coincidencia era demasiada para obviarla.

—No he hablado con él sobre el tema. De hecho, no sabía que estaba metido en una obra en Santa Cruz.

—Es algo menor, para un negocio, dicen. Pero para mí, que de esto entiendo, es una declaración de intenciones. Si no, se habría centrado en su gran obra en el sur y ya. ¿Para qué se mete con algo que no va a tener la repercusión de un gran proyecto?

Me encogí de hombros, metido en mi papel de lleno.

—Por aburrimiento, quizá.

El hombre se rio, moviendo espasmódicamente su bigote frondoso.

—Piensa mal y acertarás.

Me quedé rumiando lo que había descubierto, cada vez más furioso, y despaché como pude a mi contacto sin que se notasen demasiado mis ganas de quitármelo de encima. Salí a la calle Villalba Hervás con paso rápido y me refugié en la plaza del Príncipe para hacer la llamada que me sacaría de dudas.

Miguel me cogió al cuarto tono y, por los ruidos que escuché por el teléfono, supe que estaba trabajando.

—Oye, Miguel, ¿ya ha pasado por ahí Icarus? No lo localizo.

—No, el que vino por aquí es su hermano, el arquitecto. Echó un vistazo a la parte de la clínica y nos dio unas directrices. ¿Quieres que lo llame para que hables con él?

Apreté el móvil hasta que tuve miedo de romperlo. La llamada se cortó, seguro que mi cabreo ganó la batalla a las ondas de telefonía y las sometió a su ardor.

«¡Me cago en todo! ¡El jodido Bastian Frey está en todas las putas sopas! Primero, me quita el proyecto del hotel, que si no se hubiese presentado él, habría sido para mí con todas las de la ley. ¿Y ahora se mete a hacerle trabajitos a Victoria? ¿Quién coño se cree que es?».

Entonces me vino a la mente el rostro de la que todavía era mi mujer, pero el de los últimos tiempos: radiante, con luz, sin el cansancio ni la cara de amargada que lucía cuando vivía en casa. ¿A ver si el arquitecto también se la estaba tirando, aprovechando la coyuntura?

Estallé el móvil contra el banco, espantando a unas palomas que se me habían acercado curiosas. El iPhone último modelo murió esa tarde, pero no me importó lo más mínimo. La sensación de haber sido traicionado me asfixió por todos lados, obstruyéndome la garganta y haciéndome lagrimear. Mis neuronas, espoleadas por los rones con los que las había regado, ataron cabos y unieron informaciones hasta crear una conspiración del tamaño del Vaticano.

Y en el centro estaba yo, el pobre hombre engañado, el que había trabajado toda la vida para que su familia lo tuviese todo y el que, en cuanto se salió un poco del tiesto, había sido ninguneado y defenestrado por ellos, como si no valiese nada. Hasta por su mujer, esa que siempre estuvo a su lado, que lo despreció cuando más la necesitaba y que ahora lo cambiaba por otro más joven y exitoso.

La negrura se apoderó de mi ser como una nube tóxica y me hizo encaminarme al aparcamiento de la plaza Weyler, donde había estacionado mi coche. Rompí un retrovisor al salir por la barrera de seguridad, pero me dio igual; necesitaba huir de aquella asfixiante ciudad y oler la libertad de la autopista del norte.

E ir a exigirle a Victoria que me dijese la verdad.

Me planté frente a su puerta sin importarme nada más, sin pensar en si estaban las niñas o si mi estado era el mejor para ir a recriminar nada a nadie. Di unos mamporros a la puerta y fue la misma Victoria la que me abrió.

—Leo, ¿qué haces aquí? —Su voz sonó acerada al darse cuenta de que no estaba sobrio y que tenía ganas de pelea.

—¿No me vas a invitar a entrar, querida esposa? Porque todavía lo eres, por si no te has dado cuenta.

Ella frunció los labios impertérrita.

—Hoy mismo han llegado a tu despacho los papeles del divorcio, por lo que esta situación no se prolongará demasiado.

Me apoyé en el marco de la puerta con una sonrisilla de suficiencia.

—Qué rápida eres, Vic. Parece que lo eres para todo, según me he enterado.

Ahí le di. Su gesto se contrajo un segundo, pero no lo disimuló con la suficiente rapidez.

—¿De qué me estás hablando? ¿Las copitas te están haciendo alucinar otra vez?

Me acerqué a ella, intentando contener mi ira.

—No te hagas la tonta, Victoria, que aquí se sabe todo en menos que canta un gallo. Ya sé que has embaucado a

Icarus para que te haga la obra de ese negocio estúpido que te estás empeñando en montar, pero ¿usar a su hermano el estirado como arquitecto? Coño, Victoria, pensé que con los años que estuvimos juntos, desarrollaste algo de buen gusto, pero por lo que veo, te pueden los yogurines.

Tiré barro para ver si pegaba, pero Victoria era buena jugadora de póquer y no desveló nada con su gesto altivo.

—No es de tu estilo venir aquí exigiéndome respuestas, Leo. Deberías preguntarte por qué recurrí a otras personas antes que a ti, no echarme tu mierda encima como haces siempre.

—¿También te lo estás tirando, Vic? —seguí preguntando, ajeno a lo que ella me respondía. Solo quería hacerle daño, el mismo que sentí yo al darme cuenta de que no había sido su primera opción—. ¿Qué dirían los niños si se enterasen de que su madre ya se está follando a otro cuando ni se ha separado de su padre de forma legal? Porque te conozco, Mrs. Beckham, sé cuándo tienes cara satisfecha porque te están rellenando todos los agujeros. Y…

Sus ojos se achicaron y se acercó a mí, sin miedo, valiente como siempre, y gruñó por lo bajo.

—Ni se te ocurra seguir por ahí. Tú y yo no estamos juntos y puedo hacer lo que me dé la gana mientras mi prioridad sean nuestros hijos. Cosa que no puedo decir de ti, porque no los ves desde hace una semana y has anulado todas tus citas con ellos. Yo estoy avanzando, Leo, dejando atrás nuestra realidad y construyendo una propia. Y si me apetece tirarme a veinte, lo voy a hacer. Tú ya no tienes nada que opinar en este asunto.

Rugí y apreté tanto el marco de la puerta que pensé que dejaba las marcas de mis dedos en él.

—¡Yo no voy a ser el hazmerreír de todo el mundo, tenlo bien claro! ¡Has estado maquinando a mis espaldas, sin contar conmigo y utilizando a otro arquitecto en algo que podría haber resuelto yo! ¡¿Tú sabes cómo me hace quedar eso?! ¡Como el puto bufón, eso es lo que soy! Si mi propia mujer no es capaz de encomendarme su proyecto personal, ¿quién lo va a hacer?

Victoria no se amilanó.

—Eso es lo que te preocupa, ¿verdad? ¡El qué dirán! ¡Te importan tres pitos que tu familia se haya roto y que nuestra historia se haya acabado! ¡Lo importante para ti es tu puta fama y el dinero! Estás enfermo, Leo, ¡y no voy a dejar que infectes a nadie más con tu ambición de mierda! Y por si no te queda claro, ¡ya no soy tu mujer! Así que quítate esa palabra de la boca porque te queda grande, como siempre fue.

—Pero ¿qué coño te has creído tú, inútil? ¡Si lo único que hacías en casa era arreglar floreros y llevar a los niños al cole! ¡Nunca me has servido para nada más, con lo especialita que te creías!

Las ganas de zarandearla se apoderaron de mí y, justo cuando iba a levantar las manos, aparecieron mis hijas. Gala portaba un teléfono y con voz calmada le preguntó a su madre si quería que llamase a la policía. Y Mimi... Se me bajaron los brazos como pesos muertos al ver el odio y la decepción en su mirada, en esos ojos de niña que siempre me habían querido por encima de todo y que, ahora, me enviaban al exilio, quizá para siempre.

—No, mi vida, no te preocupes. Papá ya se va. Ya ha dicho suficiente —repuso Victoria, dueña de la situación, y me cerró la puerta en las narices.

Di unos pasos hacia atrás, aturdido, y me di cuenta de que un grupo de gente se había arremolinado fuera del jardín. Salí chocándome con todos, sin escuchar lo que me increpaban, y conduje directo a casa. Allí me tomé un somnífero que tumbaría a un caballo, de esos que me conseguía mi amigo Coke, porque no quería soñar con nada que tuviese que ver con lo que había descubierto aquella tarde.

No sé a qué hora me desperté, pero sí que lo hice por un ruido lejano. Sentí la cabeza como si estuviese llena de algodón y tardé en darme cuenta de dónde estaba y qué había ocurrido el día anterior. Me senté con una ansiedad que no me cabía en el pecho, porque todo se me juntaba y ya no sabía discernir qué era vergüenza y qué era rabia. Pero resultaba más fácil sucumbir a la ira y a sentirme incomprendido.

«Si encima voy a tener yo la culpa de todo esto. Disfrutábamos de una vida cómoda y perfecta, no sé por qué Victoria tuvo que agitar el avispero».

La sensación de ser un zombi postapocalíptico me acompañó en la odisea de salir de la cama y bajar las escaleras para ir a la cocina. Necesitaba una dosis extrafuerte de café y, a la vez, algo fresco. La garganta me quemaba y las venas me pedían un remedio con lo que despertarse y ponerse a tono.

Deseé no haberme gastado el medio gramo que tenía escondido en mi despacho.

Me lavé la cara en el fregadero lleno de tazas de café, agradeciendo el frío del agua en mi rostro, y casi me dio un infarto cuando, tras la inequívoca sensación de no sentirme solo, me di la vuelta y me encontré con Marcos.

Mierda, mi cuñado.

O no, espera. Era su versión más joven. Qué coño...

Cuando se me acercó, me di cuenta de que era David con una expresión que jamás le había visto. Por eso lo había confundido con el hermano de Victoria, eran demasiado parecidos.

Hasta eso se lo llevó ella, a mi primogénito.

No entendí qué hacía en la cocina de mi casa, debería estar en Madrid, estudiando la carrera que yo le estaba pagando, por eso el tono de mi voz no fue precisamente hospitalario.

—¿Qué haces aquí, David?

No podía evitar la sensación de que era un desconocido, un hombre joven que ya no acusaba semejanzas con el niño que me perseguía por casa, que se sentaba a verme cómo me afeitaba y al que había dejado colgado una y otra vez, sin que él perdiese la esperanza de que, algún día, papá cumpliría su palabra.

Por la decepción de su mirada, supe que ahora había llegado el momento de esa ruptura.

—Gala y Mimi me llamaron ayer.

Joder. Miré hacia otro lado y aprovechó para acercarse más. De pronto, los centímetros que me llevaba me hicieron sentirme amenazado. Y eso fue lo que transmitió la dureza de su voz.

—No quiero volver a enterarme de que le hablas así a mamá. Nunca más, ¿me oyes?

Intenté recobrar algo de mi autoridad como padre, pero no fui demasiado convincente.

—Son cosas entre ella y yo, no tienes por qué meterte.

—Me meto si puede haber peligro físico para ella. Y por lo que me dijeron mis hermanas, estuviste a punto de levantarle la mano.

Me reí, intentando quitar hierro al asunto.

—Tus hermanas son unas exageradas. Fue solo una conversación un poco subida de tono…

—¡Me da igual! —Su rugido me sobresaltó y no pude desviar la mirada de sus ojos claros. Lo que vi ahí era desconocido y a la vez familiar, era ese amor desmedido por lo que habíamos sido y lo que él quería preservar—. Mamá ha sido la columna vertebral de la familia cuando tú estabas ausente, que era lo habitual. Que no se te ocurra meterte con ella porque buscaremos la forma de joderte, ¿me oíste? Me da igual que seas mi padre, porque eso se trabaja y se gana, lo de los genes es una coincidencia que te beneficia solo a ti.

—Ten cuidado con lo que dices, que estás en Madrid porque te lo financio yo. A la primera de cambio, te traigo de vuelta y te pones a trabajar para pagarte tus cosas. No me vayas de niño bonito porque te lo corto rápido.

Sonrió y otra vez me pareció ver a Marcos tras él.

—Eso es lo importante para ti, ¿no? El dinero y lo que se consigue con él. No te preocupes, papá, que no eres el único que puede pagarme lo que cuesta mantenerme en Madrid, incluido yo mismo. Si te interesases lo más mínimo por lo que hacemos mis hermanas y yo, sabrías que me estoy buscando el guiso con un trabajo por horas. Pero, claro, eso no te compete a ti, lo tuyo eran los reportajes de revistas donde aparecíamos como la familia perfecta. La mierda siempre se la comió mamá.

Se alejó de mí unos metros y su gesto de desagrado acabó de rajar la herida que tenía en el pecho.

—Siempre quise que me aceptaras, que te enorgullecieses de mí, pero ¿sabes qué? A partir de ahora, vas a ser tú quien desee eso, tanto por parte de mis hermanas como por la mía.

Se dio la vuelta con elegancia y abandonó la cocina con la cabeza levantada, con esa fiereza del león joven que defendía a la matriarca de la manada.

Me desplomé contra la encimera de la cocina, devastado, y, poco a poco, me fui escurriendo hasta el suelo.

Una sola pregunta restallaba en mi cabeza.

«¿Y si ya no tengo a nadie que me defienda a mí?».

Aquello me sonaba demasiado familiar y deseé morirme al darme cuenta de que, ahora sí, había acabado igual que mi padre. Mucho más rico, pero más pobre de espíritu.

16

Victoria

En cuanto le cerré la puerta en la cara a Leo, supe que debía postergar mi indignación para mitigar lo que aquella escena había supuesto para las niñas. Fui hasta ellas y las abracé, notando la furia calmada de Gala y la rabia temblorosa de Mimi, y los sollozos que sacudieron sus cuerpos al entrar en contacto con el mío. Tuve que tragarme las lágrimas calientes que anhelaba poder verter, pero aquel momento no era para mí, sino para arreglar las costuras rotas de mi familia.

Las conduje hasta la sala, hasta aquel sofá nuevo que habíamos elegido las tres y en el que cada una tenía una manta propia: la de Mimi, amarilla y de punto grueso; la de Gala, blanca y peluda, y la mía, más fina y de un rosa intenso que me alegraba el alma cuando la veía. Nos arrebujamos en uno de los rincones mullidos y les acaricié el pelo hasta que se calmaron.

—Sé que ahora mismo están muy enfadadas con papá, yo también lo estoy. Sobre todo, por las formas, porque nada justifica esa manera de hablar y los gritos, pero puedo entender que se haya sentido ofendido porque no he contado con él para lo de mi negocio.

—Mamá, no lo excuses.

—No lo hago, y menos después de lo que ha pasado. Pero no olviden que es papá, por mucho que la esté fastidiando ahora.

Gala me miró con los ojos aguados.

—Incluso en este instante, cuando casi te levanta la mano, eres capaz de luchar para que no lo odiemos. ¿No te cansas, mamá? ¿No te desgasta el intentar mantenernos unidos cuando él se alejó hace ya mucho?

«Mi pequeña anciana en cuerpo de niña».

—Conozco a papá desde hace veinte años y sé que no tiene mal fondo. Igual que sé que ahora mismo no podemos ayudarlo, tiene que partir de él la intención de…

No sabía qué palabra usar. ¿Curarse?

—Yo no quiero verlo más. Que se pudra solo en la casa de El Sauzal, yo me quedo aquí contigo.

Mimi era todo lo categórica que solían ser los adolescentes, y la abracé.

—No te voy a obligar a ir con él si no quieres. Tampoco me sentiría tranquila, visto lo visto. Vamos a dejarlo que reflexione y que se dé cuenta de lo que está haciendo, y para eso necesita tiempo.

Se quedaron calladas, y luego Minerva me hizo la pregunta que estaba esperando:

—¿Es verdad que Bastian te está ayudando?

Me miraron inquisitivas. Y decidí contar la versión más próxima a la verdad.

—Todo fue por casualidad. Me encontré a Bastian en una inmobiliaria, donde él estaba buscando una casa para vivir y yo, un inmueble para el negocio. Nos tomamos un café después de eso y no sé por qué me vi contándole lo que iba a hacer. Fue él el que me llevó hasta la casa que he comprado, un contacto suyo le dio el soplo. La visitamos juntos y de alguna forma comenzamos a trabajar en equipo. Todo ocurrió de manera natural, hasta cuando me presentó su idea de proyecto sin yo habérsela pedido. Bastian me infunde confianza y tranquilidad y para mí es un gusto colaborar con él.

Me quedé callada un momento y decidí ser más franca aún.

—Con papá como está, no me veía involucrándolo en algo nuevo e ilusionante como lo es mi negocio. Quería vivir esto a tope, feliz, porque llevo planeándolo años, y con él no habría sido así.

—Te entiendo —dijo Gala asintiendo, y Mimi la secundó. Mi hija menor revolvió sus rizos y se recostó contra mí, suspirando, pero disparó con puntería antes de cerrar los ojos.

—A Bastian le gustas. Se le nota a leguas. Pero supongo que es normal, mamá, eres la caña maña. A cualquier hombre le fliparías.

Me reí, intentando sofocar los nervios. No había previsto entrar en ese tema, era demasiado pronto. Fui a decir algo para echar tierra sobre el comentario de Mimi, pero Gala decidió aportar su bala.

—Papá jamás te ha mirado como lo hace Bastian Frey.

Meneé la cabeza sonriendo, aunque por dentro me moría de la ilusión y la vergüenza.

«Y yo jamás he sentido lo que siento por Bastian Frey».

—Eso es porque ustedes me ven con los mejores ojos del mundo y creen que el resto del mundo también lo hace. Pero para cerrar lo anterior, lo que papá ha insinuado es muy feo, pero no por el hecho en sí, sino por cómo lo dijo. Eso es lo que más me ha molestado. El que yo pueda estar con fulanito o menganito no es de su incumbencia y menos usar ese dato para tacharme de algo tan machista y retrógrado como es lo de ser una cualquiera.

Las abracé para dar por finalizada la conversación y les pregunté si querían que pidiésemos algo de cenar. Acabamos con un festín del chino; mi cuerpo me pedía cerdo agridulce y arroz tres delicias en cantidades industriales. Vimos una película y nos dormimos las tres en mi cama, que era de tamaño *king size*, justamente, porque sabía cómo eran mis gatitas.

Lo que no preví fue que, a la mañana siguiente, alguien más se metería en la cama con nosotras. Era sábado y, tras el desgaste de la noche anterior, no nos despertamos hasta después de las doce. Yo seguí con los ojos cerrados, disfrutando de tener a mis niñas tan cerca, como cuando eran bebés, aunque echando de menos a David, mi niño koala, y creí estar soñando cuando escuché unos pasos y noté que alguien que olía a él se echaba a mi lado.

Abrí los ojos, asustada, y ahí estaba mi hijo mayor, tan guapo y tan mío que se me saltaron las lágrimas, esas que llevaba conteniendo desde la noche anterior.

—Pero ¿qué haces aquí? —pregunté emocionada, y lo abracé con ganas a la vez que sus hermanas se arremolinaban a su alrededor. David miró a Gala y sonrieron, culpables. Los estudié, cavilando, y entonces lo entendí—. Gala te contó lo que pasó ayer.

David asintió y se puso bocarriba, sin mirarme.

—Vengo de hablar con papá.

—¿Qué?

Entonces se giró hacia mí y se me contrajo el interior al ver su expresión. Ya no era un niño, sino un hombre. Y había tomado su primera decisión como tal.

—Espero que haya entendido el mensaje.

—David, ¿qué has hecho?

Me asusté, pero me cogió la mano tranquilizándome.

—Nada que no fuese hablar claro con él.

Contrajo el ceño, como si quisiese ahuyentar alguna imagen mental molesta.

—Estaba fatal, mamá, con los ojos inyectados en sangre y como si hubiese envejecido veinte años. O quizá yo lo percibí así porque estoy tan acostumbrado a verlo bien arreglado, con esa aura de poder inherente a él, de que lo controla todo...

Meneó la cabeza y cerré los ojos por un momento. Cuánto habría dado por evitarle aquello: primero, lo del cumpleaños; ahora, el presenciar una vez más el derrumbamiento de su padre.

—No tendrías que haber ido, David, aunque como madre te lo agradezco. Pero estos son asuntos entre tu padre y yo, y no quiero que ustedes se vean metidos en ello más de lo necesario.

—Es cosa nuestra también, mamá, y más si se pone como anoche. Alguien tiene que hacerle entender que no puede seguir así, y espero que, con lo que le dije, reaccione.

Asentí, pero en mi fuero interno no daba un duro por Leo. Aunque sonase fatal, a él lo único que podía hacerle reaccionar era algo que tuviese que ver con el dinero y la reputación.

—Bueno, dime, ¿a qué hora tienes el vuelo de vuelta? Para organizar algo y aprovechar el día.

—Lo tengo mañana por la mañana, es lo que más barato me salía.

—Si quieres, miramos y te lo cambiamos para por la tarde, así pasamos juntos el fin de semana.

David sonrió y sus hermanas lo secundaron. Mis cachorros necesitaban una dosis de familia, de sentir seguridad y de que, a pesar de todo, las cosas estaban bien. Eso significaba almorzar en alguno de nuestros sitios favoritos, ir a ver el partido de baloncesto del Canarias por la tarde y, al día siguiente, organizar una comida en casa de mi madre. Era el plan ganador, patentado por los cuatro desde hacía años y el que necesitábamos en vena después de todo lo ocurrido.

Mi madre preparó un conejo en salmorejo para chuparse los dedos, servido con unas papitas bonitas que no sé de dónde las habría sacado porque no era época, pero que devoramos con apetito. Nosotros habíamos llevado unos dulces laguneros para el café, aunque yo me reservé un rosquete de batata; no era muy amiga del cabello de ángel. Tras semejante banquete, los niños se fueron a ver la tele con mi abuela, que los domingos dejaba de lado los documentales y apostaba por los últimos estrenos de las plataformas.

Mamá y yo continuamos en la cocina, tomando el café que quedaba en la cafetera. Necesitaba contarle lo que había ocurrido, como siempre había hecho, y escuchar sus palabras. Mamá no tenía pelos en la lengua y, aunque al principio escociese, lo acababa agradeciendo.

Se concentró en mi relato y cuando terminé, hizo tintinear su cucharilla en el plato.

—¿Sabes cuál fue la clave para que el matrimonio entre tu padre y yo durase tanto?

Alcé las cejas sorprendida, y la dejé seguir.

—El respeto, Victoria. A pesar de las discusiones o los pareceres diferentes, jamás nos faltamos al respeto ni nos metimos en la forma de hacer las cosas del otro. Y Leo lleva saltándose eso a la torera durante demasiado tiempo. Ahora ya no se trata de saltarse nada, es que se ha pasado de la raya.

Su gesto era furibundo y su frente se contrajo en mil arrugas de sabiduría.

—Pienso que todavía no ha terminado de dar la nota, pero yo te aconsejo que lo mandes al baúl de los recuerdos. Sí, ya sé que tienes que divorciarte, ver el tema de la custodia y todas esas cosas, pero qué quieres que te diga. No hace sino darte disgustos, hija, y estoy harta de verte tirar de todo sin que tú seas prioridad de nadie.

Me cogió la mano y la apretó.

—Disfruta de lo que se presenta por delante, porque es el sueño de tu vida. Y de lo que sea que tengas con el hermano de Icarus también.

Debería haber supuesto que a Maruca Méndez no se le pasaba nada.

—Pero es muy pronto, mamá. ¿Con qué cara comienzo una relación con él si...?

Me interrumpió con un bufido.

—Ni pronto ni nada, niña. Las cosas no pasan nunca cuando uno quiere, sino cuando tienen que ocurrir. Y en cuanto a lo de la cara, siempre te ha sobrado, eso y tablas. Los que te queremos te apoyaremos en todo lo que hagas. Ya es hora de que pases página, Victoria. Sé lo mucho que cuesta, pero la recompensa puede ser grande.

Nos sonreímos y algo dentro de mí se resquebrajó un poco. Pero el peso de lo que había ocurrido seguía en mi interior, porque llevaba sepultándolo bajo energía maternal todo el fin de semana y, tras dejar a David en el aeropuerto e ir a casa, le dije a las niñas que iba a pasear un rato. Asintieron, quizá entendiesen que necesitaba un momento a solas conmigo misma. Me faltó tiempo para meterme en el coche y conducir sin rumbo; escuchar el ronroneo del coche siempre me relajaba y me aclaraba la mente.

Las intensas ganas de llorar no eran demasiado compatibles con conducir de noche, así que tuve que parar. No fue en ningún lugar bonito, frente al mar, de esos de novela con catarsis incluida. Me detuve en el antiguo aparcamiento de un restaurante que hacía años que estaba cerrado, de esos de carretera secundaria, pero donde no había nadie a esas horas de la noche. Y dejé salir mi dolor, el miedo que, a pesar de todo, sentí al ver a Leo tan violento, la irrevocabilidad de la ruptura de lo que era mi vida hasta hacía poco y la pena por mis hijos, por esos niños que no se merecían haber presenciado aquello. Lloré por David, por su valentía y su instinto de protección; por Gala y su voz calmada al hacerse cargo de la situación; por Mimi, porque la inocencia se había esfumado para siempre de su mirada... Me disolví en lágrimas, pero lo necesitaba para poder seguir adelante, drenar toda la decepción para que, a partir de ese momento, ya nada me afectase con respecto a Leo.

Y me sorprendí a mí misma deseando ver a Bastian y contarle lo que había ocurrido. Lo había mantenido deliberadamente al margen, diciéndole que David había venido de sorpresa y que estaría con los niños todo el fin de semana, pero también intuía que no me había creído del todo. Miré el reloj, me daba tiempo de conducir hasta El Pris, buscar cobijo en su abrazo y contarle cómo me sentía. No quería dejar a las niñas solas durante demasiado tiempo, pero necesitaba compartir lo ocurrido con él.

Cuando llegué a su casa, comprobé que no había luces encendidas y su coche no estaba en el garaje. Me desinflé un poco, luego me dije que era normal; yo no lo había avisado de que iba a ir y él no iba a estar allí esperándome. Replegué velas y emprendí el camino a casa, sin decirle nada.

Pero justo al doblar la esquina de su calle, me encontré de frente con su coche. Paré en seco y él se desplazó hasta estar en paralelo con mi ventanilla. No le hizo falta preguntarme nada, supongo que mi cara se lo dijo todo, así que tiró del freno y se bajó. Yo me apeé con rapidez y refugié mi rostro en su pecho, que olía a aire fresco y a sol.

—¿Qué ha pasado? —inquirió preocupado, y pasó los dedos por mis párpados hinchados.

—Ha sido un fin de semana duro. Leo se presentó en mi casa hecho un basilisco tras enterarse de que tú eras el arquitecto de la obra, y me dijo un par de cosas bastante feas. Las niñas lo vieron todo y se asustaron; de hecho, llamaron a David, que apareció ayer para hablar con su padre.

—Pero ¿te hizo daño?

Su voz estaba llena de urgencia. Me miró al fondo de los ojos y no pude disimular.

—No, aunque podría haberlo hecho. Estaba fuera de sí.

—Joder. ¿Por qué no me dijiste nada?

Meneé la cabeza ante su impotencia.

—No sirve de nada que te metas. Ya sospecha que tenemos algo, así que es mejor no añadir más leña al fuego. Esto es un tema que tengo que resolver yo con él, porque a quien más ha herido es a mis hijos.

Suavicé la voz.

—Vine porque necesitaba un abrazo tuyo y poder contarte lo que ha ocurrido, arquitecto. Eso es lo que hacen las parejas, ¿no?

Su sonrisa fue el mejor remedio para quitarme de encima la ominosa sensación que me había dejado el altercado con Leo.

—Solo quiero que me prometas que, si en algún momento necesitas que haga algo, me lo dirás. Te respeto y confío en tus decisiones, *my queen*, pero hay ocasiones en las que debes sacar a la caballería.

Le sonreí conmovida. Y me habría quedado a pasar la noche con él, pero en casa me esperaban mis cachorras, que me necesitaban más que Bastian. Después de unos besos algo desesperados, acordamos vernos al día siguiente en la obra con la excusa de definir los siguientes pasos del proyecto, pero sabiendo que lo que ansiábamos eran horas de piel y de estar juntos, aunque fuese en silencio.

Cuando me levanté a la mañana, me moría de ganas de que llegase la tarde y ver los avances en la casa. Estaban ejecutando el proyecto con una rapidez asombrosa y ya la parte interior estaba casi terminada. Esa semana empezábamos a recibir los muebles y los obreros se centrarían en el jardín.

Había quedado también con Arume para chequear que todo estaba en orden en la parte de la clínica y repasar el listado de tareas que nos habíamos repartido. Apareció un poco pálida, pero con los ojos brillándole como estrellas navideñas.

—Acabo de formalizar los papeles de la excedencia, Vic. ¡Esto es de verdad!

Nos abrazamos emocionadas, y nos pusimos manos a la obra. Arume ya había contactado con todos los proveedores de material, también había tanteado a varias médicas para contratar a una de ellas —eran las únicas que podían pinchar el bótox y necesitábamos una—, y se había movido con todos los permisos y licencias que hacían falta para su parte. Yo ya había firmado los alquileres de las máquinas y juegos de la sala más divertida del negocio, en la que incluso iba a haber una zona de parque de bolas y camas elásticas; había entrevistado a varias instructoras de yoga y baile; los tentempiés del bar también los estaba valorando con un hostelero que conocía desde hacía tiempo y, en general, el concepto estaba cogiendo forma. Tenía diseñada la campaña de intriga en redes sociales, había elaborado el listado de periodistas conocidas a las que informaría del proyecto y ahora tocaba la parte que más me gustaba: la del *networking*. Es decir, tirar de agenda a la vieja usanza y procurar celebrar la fiesta de inauguración más memorable de la historia.

Bastian llegó justo cuando estábamos elaborando diferentes escenarios de números, calculando qué flujo de caja necesitábamos para sobrevivir los primeros meses y viendo cuáles eran los gastos que podíamos recortar si hiciese falta. Nos saludó con cortesía, aunque sus ojos sonrieron como solo lo hacía conmigo, y se fue a revisar la obra con el encargado.

—A ver, querida, ¿cuándo vamos a tener cena de presentación oficial? Porque tu amigo Jorge y yo estamos esperándola como agua de mayo.

Me sonrojé. No había hablado demasiado con ellos sobre Bastian y eso no era habitual entre nosotros. Por alguna razón, lo del arquitecto lo había sentido más íntimo, más mío, algo que no había querido exponer a la luz del sol hasta que fuese real. De todas formas, ellos me conocían y quizá por eso no me habían atosigado.

Los últimos meses habían sido una suerte de tormenta perfecta y mucho me temía que todavía no había amainado. Tenía el presentimiento de que Leo se guardaba algo más en la manga y eso me hacía estar en un estado de perpetua alerta.

—Lo intentamos para la próxima semana si te parece. A partir de ahora, voy a tener a las niñas yo, porque no quieren ir con Leo. Fueron testigos de una escena muy fea entre nosotros y se asustaron.

—¡Qué me dices! ¿Por qué no me llamaste? Por Dios, Victoria, que ya sabes que tanto Jorge como yo estamos para ayudarte.

—Ya lo sé —la apacigüé, dándole unas palmadas en el hombro—. Pero esto fue tan de los niños y yo que no quise meter a nadie más. No sé, Arume, si lo de Leo me olía que apestaba, ahora la podredumbre asfixia. Está fatal y tengo miedo de que se le esté yendo la cabeza.

—A ese lo que se le va es la fuerza por la boca y en las noches, en los bares. Está ofuscado con su versión de la historia y supongo que, si se huele algo de lo de Bastian, peor todavía.

—Se ha enterado de que es el arquitecto de la obra y creo que eso le fastidia más que si, al final, descubre que estamos juntos de verdad. Ya sabes que le puede el qué dirán y la reputación, y el que su exmujer no haya recurrido a él para su negocio, sino a otro... Imagínate el patadón en el ego.

En ese momento, volvió a entrar Bastian, frotándose las manos.

—Señoras, ¿listas para la ronda? Tengo que enseñarles novedades.

Deseé poder parar el tiempo en esos minutos de auténtica ilusión, de vértigo y de adrenalina, porque era cuando realmente alcanzaba a la Victoria que había planeado todo aquello con paciencia y tiempo, y dejaba atrás a la que estaba abrumada por tantos cambios y que, en el fondo, tenía miedo. No era temor por fracasar, porque en mi cabeza existían más planes si el principal no funcionaba, sino desazón por la situación con Leo. Su silencio no auguraba nada bueno.

Llámame paranoica, pero a partir de nuestro encontronazo, tuve la sensación de que alguien me observaba. Llegué a preguntarme si me habría puesto un detective privado para ver mis movimientos, porque no había dicho ni mu de los papeles del divorcio ni mi abogada había recibido noticias de la suya, y eso me pareció demasiado fuerte incluso para Leo. ¿Para qué iba a querer saber lo que hacía? No le influía en nada en los requerimientos del divorcio; yo había sido más que justa y el hecho de estar en separación de bienes lo beneficiaba. Aun así, no podía quitarme de encima la sensación de tener un par de ojos posados en mí, de que siempre había un coche que tardaba más en despegarse del mío. No se lo dije a nadie, pero no pude evitar que la inquietud se instalase en mi pecho y no se fuese ni siquiera cuando estaba con Bastian.

El día que comprobé que alguien me vigilaba fue cuando me reuní con una asociación de mujeres profesionales y empresarias a las que quería invitar a celebrar su encuentro anual en mi negocio. Si lo lograba, conseguiría la publicidad que necesitaba, un tanto en la reputación que estaba comenzando a construir, y, como guinda, la posibilidad de hacer negocios extra.

A la reunión asistían varias de las socias ejecutivas que

formaban parte del comité de dirección y, tras estudiarlas de antemano, decidí ser franca y contarles por qué había nacido mi proyecto y en qué lo quería convertir. Eran cuatro mujeres que habían luchado por sus carreras desde siempre, con curvas y triunfos en el camino que habían hecho evolucionar sus negocios con gran éxito. Vera Briones era una afamada analista de datos, además de creadora de apps de juegos que triunfaban a escala global; Zoe Wagener se había hecho famosa como negociadora internacional de grandes acuerdos económicos; Cora Castro era una popular hostelera del sur de la isla que había diversificado su negocio junto a su marido, y Malena Vergara, la presidenta, regentaba el negocio familiar de aguacates y flores ornamentales que, con sus prácticas modernas, había revolucionado el sector primario en la isla. En ellas tuve una audiencia empática y llena de energía poderosa y supe que creyeron en mi proyecto desde que les expliqué cuál era su propósito. Saqué todas mis tablas de vendedora y, aunque tenían que comentarlo con el resto del comité, me aseguraron que les encantaría apoyarme con algo tan novedoso y tan necesario para las mujeres de la isla.

—Tener un lugar así como opción de ocio y descanso es perfecto para un perfil como el nuestro —señaló Vera Briones, y Zoe Wagener asintió.

—Tiene muchísimas posibilidades, Victoria. Lo crucial será que logres mantener la esencia, porque muchos negocios comienzan bien y luego, al meter más gente y rentabilizar, se desvirtúan.

Asentí. Era algo que tenía grabado a fuego en mi mente, el ser fiel a la idea inicial. Cora Castro me guiñó el ojo y me preguntó si ya tenía a quien me organizara el *catering*.

Y, de paso, la cerveza. Me reí, su marido era el dueño de una conocida cerveza artesanal y su hija se había hecho cargo de la rama del *catering* con su propio restaurante.

—Puedo hablar con Eugenia y, si quieres, probamos para nuestra reunión sin coste para ti. Luego, ya hablan entre ustedes por si ven posibilidad de colaborar para tus eventos.

Malena Vergara sonrió ante los movimientos de sus compañeras, pero no dijo nada. La miré, reconociendo a una mujer que quizá fuese la que más se pareciese a mí. Ya hablaría con ella, las proteas que cultivaba en su finca del norte me hacían salivar y me las imaginaba en un exuberante y original arreglo en el gran jarrón de recepción.

Salí de la sede de la asociación con la cabeza en las nubes, emocionada por la acogida que había tenido mi idea, pero, incluso así, me llamó la atención el coche oscuro que se hallaba en doble fila a mi derecha. No era de nadie conocido, pero juraría que lo había visto rondar los lugares que había frecuentado los últimos días. No veía bien quién era el que estaba al volante y eso me hizo ponerme nerviosa. ¿Qué coño era aquello?

Levanté la cabeza y decidí coger el toro por los cuernos. Iba a ir a hablar con quien fuese que me estaba siguiendo y ponerle los puntos sobre las íes. El enfado hizo que me ardiesen las venas y caminé a paso ligero hasta el coche. Lo escuché arrancar y bajé de la acera a la calle, dispuesta a no dejarlo escapar, pero aceleró con violencia y pasó a escasos centímetros de mis pies.

—¡Gilipollas! —le grité, y la gente que estaba en la calle se quedó mirando al todoterreno que se alejaba como alma que llevaba el diablo. No había llegado a ver bien al conductor, pero algo me decía que era Leo.

«¡Qué pedazo de idiota! ¿No debería estar trabajando y amasando dinero, que es lo que le importa? ¿Qué narices hace fiscalizando lo que hago y lo que no?».

Y por mucho que me enfadase, debía reconocer que también estaba un poco asustada. ¿Se le estaba yendo la cabeza? ¿Qué pretendía con seguirme?

Me subí a mi coche, dispuesta a intentar encontrarlo, pero tras una hora de vueltas por las zonas céntricas, me di por vencida. Entonces fue cuando me acordé de algo que hizo que se me iluminase la bombilla: todavía tenía instalada la aplicación de las cámaras de la casa de El Sauzal y, con suerte, Leo no habría cambiado la contraseña. Con manos temblorosas, abrí la aplicación y ¡bingo!, pude entrar sin ningún problema. Seleccioné la cámara del garaje y la garganta se me apretó al darme cuenta de que allí había aparcado un coche igual que el que me había estado esperando en la calle. Tuve que pararme en una zona de carga y descarga porque el corazón se me aceleró de forma súbita, como si estuviese esperando una bomba que volaba sobre mi cabeza. No me lo podía creer, era impensable que después de tantos años juntos a Leo se le estuviese yendo la pinza tanto.

Arranqué con rabia y puse rumbo a El Sauzal, dispuesta a enfrentarme a él y aclararlo todo, porque lo único que yo deseaba era seguir por mi lado sin sentirme como si estuviese haciendo algo malo, que era lo que Leo, con su conducta, me estaba haciendo creer. Llegué a mi antigua casa sobrepasando todos los límites de velocidad y me puse a tocar el portero sin tregua.

Nada, sin respuesta. Como el que oía llover. Como si el soniquete del portero perteneciese a otra realidad, no a la de aquella mañana soleada y otoñal.

Saqué el móvil de nuevo para ver lo que estaba haciendo y casi me dio un infarto al descubrir que estaba al otro lado de la puerta, a solo unos centímetros de mí, apoyado en la pared y tomándose algo que supuse que sería whisky con hielo. Ni se inmutaba, permanecía en la misma posición como una estatua, y verlo en blanco y negro me llenó de un miedo cerval. Aquello parecía sacado de una escena de película de terror y lo acusé en todo el cuerpo, como si un helor despiadado me escarchase por dentro y por fuera.

Leo parecía un psicópata y no el hombre con el que estuve casada veinte años.

Me fui de allí asustada, y dejé de llamarlo para preguntarle si iba a quedar alguna vez con sus hijas. No supe de él en muchos días, ni siquiera lo descubrí siguiéndome. Y ese silencio me dio más miedo que el tenerlo pegado a mis talones.

Sabía por Icarus que no le había ocurrido nada, que se estaba preparando para un concurso y que apenas le veía el pelo, pero eso no me tranquilizaba.

Cualquier cosa podía pasar.

Y era terrible vivir con esa incertidumbre.

17

Bastian

A medida que se acercaba la inauguración de Los Secretos, Victoria se iba encerrando en sí misma, como si necesitase todas sus fuerzas y concentración para sacar adelante lo que conllevaba el negocio tan complejo que había decidido montar.

O, por lo menos, eso era lo que me decía, pero en mi fuero interno intuía que aquel hermetismo no era solo por la empresa. La situación con Leo se había vuelto extraña: de pronto, había desaparecido del mapa y ni siquiera atendía las llamadas y los mensajes de Victoria. Y después de la escena digna de una novela de terror en la que, un día, fue a su casa, entendí que no quisiera desplazarse más hasta allí para hablar con él. Tampoco le hacía falta, le decía yo. Leo era adulto y tenía que aprender a vivir su nueva vida, tal y como lo estaba haciendo ella. Pero yo sabía que a Victoria quienes le dolían eran sus hijos, que, a pesar de que no querían tener demasiado que ver con su padre, acusaban aquel silencio con una sensación de abandono definitivo.

Aun así, vivíamos nuestra historia con hambre y disfrute. No veíamos la hora de que se fuesen los obreros de la casa para devorarnos a besos largos y jugosos en cada una de las estancias, mancharnos el cuerpo de pintura en los asaltos incendiarios contra las paredes y las puertas, y reírnos con nuestros récords de velocidad en ponernos la ropa en las ocasiones en las que Arume y Jorge aparecían, no sin antes montar un jaleo que se notaba que era impostado. Victoria y yo nos seguimos enamorando en medio de todo aquel ruido y de las distracciones, preservando el burbujeo de emociones que nos invadía cuando estábamos a solas y aprovechando cada instante que podíamos para saborear eso que, por lo menos para mí, era el amor más inesperado y brutal de mi vida.

Me costaba inhibir el sentimiento de protección que aquella mujer poderosa y desbordante me inspiraba y moría de ganas de ir a lo cavernícola a hacerle una visita a Leo y escupirle en la cara por todo el daño que le estaba causando. Pero sabía que no debía meterme, que mi rol era el de acompañar y ofrecer consuelo, pero la sangre me hervía cada vez que pensaba en aquella sanguijuela a la que Victoria solo había facilitado la vida en todo momento.

Soltaba mi desesperación en los entrenamientos de *rugby* y en sesiones de natación en un mar que se enfriaba por días. Aun así, no podía dejar de estar pendiente de cualquier movimiento de Leo y para ello tenía al mejor informador: mi hermano. Por él, sabía que se había tomado como algo personal el ganar el concurso de un edificio público en pleno Santa Cruz y se me pasó por la cabeza presentarle batalla, pero desistí. Yo ya tenía bastante con el hotel y con dejar deslumbrante Los Secretos, no sentía ninguna necesidad de buscar más enfrentamiento con Leo. Era un proyecto que se adjudicaría con rapidez, así que tampoco disponía de tiempo para dedicarle y hacer algo de lo que estar orgulloso.

Pero la idea de quedarme en la isla, ahora que había encontrado a Victoria, comenzaba a aferrarse con garras decididas en mi mente. Eso significaba renunciar a mi modo de vida nómada, en el que me desplazaba con cada proyecto a cualquier lugar del mundo, y convertir mi negocio en algo más estable. No deseaba competir con los arquitectos insulares en los cuatro proyectos interesantes que podían salir, pero España era grande y el resto de los países europeos no estaban tan lejos.

Icarus se lo olía y por eso me estaba tendiendo pequeños cebos en los que yo intentaba no caer, porque sabía que lo iba a dejar en mala situación con Leo. Aunque daba la sensación de que mi hermano se había hartado de la informalidad de su socio y ya no lo valoraba como un arquitecto con el que trabajar proyectos conjuntos. No me había dicho nada, pero me veía venir la conversación en un horizonte bastante cercano.

A finales de noviembre, pocos días antes de la inauguración de Los Secretos, Ike me llamó por teléfono. Se lo cogí al instante; mi hermano era más de audios interminables que de llamar, por lo que supe que sería importante.

—No le han dado el proyecto a Leo y está destrozando su despacho. Te lo digo para que estés sobre aviso.

Suspiré, preso de la preocupación.

—Intenta tenerlo controlado.

—No soy su niñera, *brother*, y sabes que a Leo nadie lo controla. Voy a dejar que se cargue lo que quiera, así gasta energías, y luego intentaré llevarlo a casa. Está fuera de sí, es como si ese proyecto fuese su última oportunidad y la hubiese perdido.

Me pasé la mano por la cara, pensando en qué debía hacer. Pero entendí que no me correspondía a mí esa decisión, sino a Victoria. La llamé y con cuidado le conté lo que había ocurrido. Para mi sorpresa, me encontré con una Victoria fría y desapasionada.

—Pues que se aguante, Bastian. Ni yo ni sus hijos tenemos la culpa de su mala suerte o lo que sea por lo que no haya ganado ese concurso. Yo voy a seguir haciendo mi vida como siempre, estoy harta de sentir su sombra sobre nosotros todos los días.

Luego su voz se tornó un poco más alegre.

—De hecho, quería llamarte para decirte que mañana por la noche cenamos con Jorge y Arume en La Laguna. Ike me ha dicho que mañana terminan la obra, así que hay que celebrarlo.

Sonreí al escuchar su profunda emoción y le prometí que allí estaría. Tendría que emplearme a fondo en la obra del sur para poder tomarme el día siguiente para ir a la cena con menor intensidad, pero la recompensa lo valía.

Quedamos en una de las tascas míticas laguneras, donde los tres amigos habían pasado miles de noches divertidas, y que era la perfecta para celebrar el comienzo de una nueva vida para Victoria y Arume. Allí no existían menús degustación ni espumas de olivas: un jamón excelente, una tortilla jugosa y unos cuantos fritos crujientes se me antojaron los mejores manjares de mi vida.

—Arume, deja chopitos para el resto, que te estoy viendo —se rio Jorge, y la aludida le hizo un mohín desdeñoso mientras pescaba unos cuantos bichos más del plato.

—Tú, cállate, que no sabes la ansiedad que tengo. Me falta comerme las patas de las sillas. Joder, Vic, ¿cómo puedes estar tan tranquila? Pareces una estatua griega de esas que ni en las películas de Disney se pone a bailar y a cantar.

Victoria se atragantó de la risa y bebió un largo sorbo de vino.

—Arume Padrón, qué poca fe muestras en lo que se viene. ¿No crees que lo tenemos todo muy bien pensado y trabajado?

Luego se dirigió a Jorge, alzando las cejas.

—Por cierto, tú no me has confirmado a todos esos de la farándula que me ibas a traer a la inauguración.

Jorge le dio unas palmadas tranquilizadoras en la mano.

—Calma, está controlado. Tengo confirmado a casi todo el mundo, incluso a los que vienen de la península. Y la prensa de confianza está avisada.

Victoria y Arume se apretaron las manos emocionadas. Llevarían a cabo un ensayo general con la reunión de la asociación de mujeres profesionales, dos días antes del evento principal, con lo que contarían con visibilidad extra a través de ellas antes de que todo el mundo pudiese acceder a la oferta de Los Secretos.

—Deja de preocuparte ya, Aru. —Jorge era el único que la llamaba así y a ella le repateaba cuando lo hacía.

—Y tú para de buscarme las cosquillas, que tienes que tener los dedos desgastados de tanto que los usas.

Jorge le lanzó una sonrisa divertida y que, quizá, contenía algo más.

—Solo lo hago contigo, ya lo sabes.

—Creo que aquí hace falta más vino —pronunció Victoria con fingida desesperación, y se inclinó para darme un beso en los labios. Aquel gesto espontáneo me hizo sonreír como un idiota. Era la primera vez que lo hacía en público y ella pareció darse cuenta, porque profundizó el beso para dejarme sin aliento.

—¿Esto se puede llamar hacerlo oficial, arquitecto? —me preguntó con voz ronca, y la excitación rebotó entre nosotros como una pelota de pimpón. Sus labios sensuales sonrieron, provocándome, y de fondo escuché un silbido proveniente de Arume.

—No vale comer pan delante de los pobres, Vic...

—Pobre estarás tú, que yo ando bien servido —le lanzó Jorge a su amiga, y de nuevo me pregunté si entre aquellos dos había solo amistad.

—Eres un fanfarrón y un ligón trasnochado, George. Tu época pasó y te crees que todavía tienes veinte años y sales en el *Marca*.

—Camarero, por favor, otra botella urgente —pidió Victoria, y sus amigos se echaron a reír.

Me recliné hacia atrás en la silla y disfruté de la sensación de estar en casa, como si aquel hubiese sido mi lugar desde hacía mucho. Victoria buscó mi mano por debajo de la mesa y entrelazó sus dedos con los míos; parecía estar pensando lo mismo que yo.

En ese instante, me sentí más feliz de lo que había sido nunca en mi vida.

La burbuja se rompió en cuanto salimos del restaurante. Estábamos en plena zona de ocio lagunera, con algunos bares de copas a nuestro alrededor, y a pesar de ser un día entre semana, había ambiente. Pisamos la calle entre risas; yo, con un brazo por encima de Victoria, y Arume y Jorge, desternillándose de algo que solo entendían ellos dos.

Noté el momento exacto en que Victoria vio a Leo porque su cuerpo se tensó como la cuerda de un violín. Su gesto no denotó nada, pero pude sentir como la hiel recorría sus venas. No dio un paso atrás ni se despegó de mi lado, al contrario. Permaneció hierática, como una reina tallada en piedra, viendo cómo el gusano de su exmarido se arrastraba frente a ella.

Leo estaba borracho y supuse que algo más se habría metido. La sonrisilla que lucía en su rostro mostraba un desdén profundo por nosotros y algo parecido a la furia brilló en sus ojos. Se nos acercó, con el andar vacilante, y nos hizo una reverencia, como si fuera un bufón medieval.

—Mira a quiénes tenemos por aquí, a la parejita de moda. Me encanta comprobar por mí mismo lo que ya se habla por ahí...

Entonces su gesto mutó a un resentimiento que rayaba en el odio, como un mimo que pasa de una expresión a otra sin despeinarse, pero lo que más me extrañó fue que me estaba mirando a mí, no a su exmujer.

—Ya te podrías haber quedado en tu puta casa, Bastian Frey. Has venido y me has jodido de principio a fin. Primero, me quitas el proyecto de mi vida, y ahora, te quedas con las sobras de mi matrimonio.

Hizo una pausa teatral, como si estuviese sobre el escenario.

—Ah, no, es peor que eso. Ahora también quieres robarme a mi socio y acaparar todos los proyectos buenos, ¿no? ¿A que te ha salido bien lo del concurso del edificio de Santa Cruz, figura?, que eres un figura...

Su voz falsamente cordial cambió a una gravedad que hizo que Victoria se tensase aún más a mi lado.

—¿Quién coño te crees, puto inglés de mierda? ¡Me has jodido la vida desde que llegaste!

Sentí el peligro antes de que Leo comenzase a avanzar hacia mí. Victoria me tiró del brazo hacia la derecha, pero yo me enroqué con todo el cuerpo. Si Leo Fernández de Lugo necesitaba un escarmiento, se lo daría encantado. Payaso descerebrado...

—¿Tú eres tonto o qué?

El grito enfadado de Jorge y su empujón a Leo hizo que se descentrase y diese unos pasos en falso. Eso le hizo perder el equilibrio, como en las películas, y tras unos cuantos aspavientos, aterrizó justo encima de una maceta de metal que, a juzgar por los gritos que profirió y la sangre que salpicó los alrededores, le rompió la nariz.

Ante tanta sangre y con el alcohol que llevaba en el cuerpo, se le pusieron los ojos en blanco y perdió el conocimiento. Arume resopló y fue a comprobar sus constantes vitales; soltó su mano como si le diese un asco infinito.

—No le pasa nada, que duerma la mona y ya está. Supongo que estará con alguien que se ocupe de él. Eso sí, la nariz la tiene hecha un Cristo.

Victoria se dejó caer contra la pared de piedra y cerró los ojos, hablando consigo misma en voz baja. Entonces se encaminó hacia un hombre que estaba parado a nuestro lado y cogió su copa.

—Vaya mierda de amigo que eres, Moi, al dejar que haga así el ridículo.

Y le tiró la copa entera en la cara a Leo, que se despertó con el alcohol escociéndole en la enorme herida que tenía. Empezó a aullar y a lanzar insultos por doquier, ininteligibles por la hinchazón del rostro. Victoria se puso de cuclillas a su lado con una agilidad felina que —a pesar de la situación— me pareció de lo más sexy, y su voz me llegó muy baja:

—Esto está yendo demasiado lejos, Leo. Te estás hundiendo porque quieres y no puedes echar la culpa de tu propia irresponsabilidad al resto del mundo. Dentro de tu enorme egocentrismo busca lo bueno que tienes y sé honesto contigo mismo. Y cuando decidas que no quieres seguir metido en esta espiral de autodestrucción, te darás cuenta de que tienes a tu alrededor gente que te quiere y que te echará una mano cuando lo pidas.

Cómo la admiré en ese momento, su generosidad, su empatía y su fuerza al no caer en lo fácil, en lo que estuve a punto de hacer yo como un machito primitivo ahogado en testosterona. Victoria se irguió, se quedó mirándolo unos segundos y se dio la vuelta hacia nosotros.

—Vámonos. No dejemos que esto empañe una noche de celebración.

Pero lo hizo. Por mucho que intentamos dejar atrás el incidente, ya no logramos sintonizar el ambiente feliz del inicio de la noche. Y me dolió en el alma, porque Victoria no se lo merecía. Había luchado con uñas y dientes por todo lo que ahora se le presentaba, había puesto la valentía por bandera al romper con su vida anterior y decidir un nuevo rumbo, y ni siquiera tenía una noche entera para disfrutarlo. El jodido Leo lo infectaba todo con su soberbia y egoísmo.

Esa noche me quedé por primera vez a dormir en su casa. Las niñas estaban con Icarus y Marie, que se las habían llevado al cine y luego las acomodarían con ellos hasta el día siguiente. Y esa velada fue más de dormir y de hablar que de otra cosa. A Victoria la había afectado el incidente con Leo y necesitaba verbalizar aquello que le brotaba desde lo más profundo de su alma.

—No sé cómo hacer para desentenderme de Leo. Sería tan fácil si pudiese pensar que ya no es mi problema, pero compartí demasiado con él para que no me importe su situación. Y más me duele el que no se dé cuenta de que, con todo esto, va muriendo poco a poco.

Se apoyó en mi pecho y la acaricié con una cadencia lenta, esperando que eso la calmase. La entendía, Leo era como una espada de Damocles que pendía sobre su cabeza y eso suponía un sinvivir.

—Y ahora, encima, la coge contigo. ¡Como si tú tuvieses culpa de algo! ¿Y qué era aquello del concurso? ¿A qué se refería?

Le expliqué lo de la obra de Santa Cruz y suspiró con pesar.

—En su mente todo tiene que ver contigo cuando en realidad el único que está fallando es él. Pero a ver cómo se da cuenta de eso, porque está tan centrado en su propio ombligo que no va a ser capaz.

Le puse un dedo en los labios.

—Victoria, *my queen*… Sé que esta situación es dura, pero no vas a poder vivir y disfrutar de todo lo que tienes por delante si te dejas anclar en la tristeza y en la costumbre de preocuparte por Leo. Es adulto, Victoria, y tú no eres su madre. Debes dejar que busque sus propias soluciones y mirar hacia delante, a lo tuyo, porque bastante has tirado ya de él.

Cogí aire.

—Y disculpa si me meto o si soy duro contigo, pero no voy a permitir que Leo te arrebate esa ilusión tan grande que te ilumina los ojos, o la tranquilidad que has conquistado tras irte a vivir con tus hijas. Tú no te das cuenta, pero los que te vemos desde fuera sí, y es como si esa tensión que arrastrabas cuando te conocí se hubiese diluido.

Ella ronroneó contra mí como una minina dócil.

—Eso ya sabes por lo que es.

—Pues no, la verdad...

Me hice el tonto y ella sonrió, toda brazos y piernas sedosas enrollándose a mi alrededor como lianas salvajes.

—Mentiroso.

—Contigo, nunca.

—Entonces es que eres muy listo y sabes lo que tienes que decir en cada instante.

Me reí desde lo más profundo de mi pecho.

—Cosas peores me han dicho.

Y quizá esa noche fuese la más crucial en todo lo que Victoria y yo llevábamos juntos, o gustándonos, o lo que fuera. La noche en la que vimos de frente lo que significaba nuestra relación, lo que influía en otras personas y lo que nosotros deseábamos de ella.

Supimos que nos queríamos.

Y es que, a veces, hacen falta situaciones extremas y nada bonitas para darnos cuenta de lo que realmente importa.

Aunque debo reconocer que, a la mañana siguiente, cuando Ike me contó que le había comunicado a Leo que dejaba de trabajar con él, me dije que las cosas sí que podían estar un poco peor y que, en el fondo, me alegraba de que así fuese.

Cuanto antes llegase al fondo del abismo o del agujero en el que estaba cayendo, antes comenzaría su resurrección. Y dejaría de tocar las narices a todo el mundo y, sobre todo, a la mujer de la que estaba enamorado.

18

Victoria

Intenté eliminar a Leo de mis pensamientos en las semanas que me separaban de la gran inauguración de Los Secretos. Invoqué las palabras de Bastian para no preocuparme y casi lo conseguí. Digo casi, porque siempre, por algún resquicio de la mente, se me colaban esos dedos fríos en el pecho que me decían que él no estaba bien y que, quizá, lo que no sabía era cómo pedir ayuda.

Pero con el paso de los días y con todo lo que me exigía la puesta en marcha del negocio, me fui olvidando. La vida en casa también se adecuó a la ausencia de Leo, o más bien, continuó su andar, acostumbradas como estábamos a ello desde hacía ya mucho tiempo. Yo llevaba a las niñas al cole y luego me iba a Los Secretos a montar muebles y a colocar mil cosas que llegaban en cajas bien embaladas y perfumadas. A veces me daba un baño en la piscina para refrescarme y después seguía, ya con Arume, que durante la mañana se dedicaba a poner a punto la clínica y a terminar de contratar a la médico y a otra auxiliar que necesitaba. Comíamos algo rápido en los bares del barrio de Salamanca o lo pedíamos a Glovo, y luego dábamos el último empujón hasta las seis, hora a la que me iba a casa para recibir a Mimi y a Gala, que volvían de sus respectivas extraescolares. Había noches en las que me las llevaba a Santa Cruz a ayudarme y las veía disfrutar y pelearse brocha en mano una, y pistola de silicona, la otra; luego, cenábamos cualquier cosa sentadas en el suelo y, muchas veces, hacíamos videollamada con David.

Fue una de esas noches cuando Bastian apareció por primera vez en medio de una situación familiar que no esperaba. Se había pasado a dejar unas lámparas que, por fin, habían llegado a la tienda donde las había encargado y decidió llevarlas a la casa para darme una sorpresa. Lo que no se esperaba era que yo estuviera allí con Mimi y con Gala, muertas de risa porque ellas estaban probando la sala de juegos y me habían embaucado para jugar una partida al *Street Fighter.* Bastian entró con paso decidido y se quedó clavado al vernos. Su piel se enrojeció un pelín y a mí me entró la risa.

—Pasa, Bas, que ya las conoces.

—Eso, tú no te cortes —fue la estupenda aportación de Mimi, que lo miró con desafío. Gala le dio un codazo y sonrió.

—¿Te apetece jugar? Mamá es un paquete en esto de los videojuegos, y mira que está con uno de los antiguos.

—No, si yo solo venía a dejar las lámparas del bar...

Mis ojos se agrandaron de satisfacción. Eran preciosas, tal y como las había imaginado, y valían cada euro que había invertido en ellas.

—Qué maravilla, muchas gracias. Siempre soñé con tenerlas.

Pero, claro, en la casa ultramoderna que diseñó Leo,

jamás me habría dejado ponerlas. Otro pequeño sueño que se hacía realidad y que me sabía a gloria.

Las acaricié con un dedo mientras Bas se acercaba a las *arcades* con los ojos brillantes. Me reí, era la reacción habitual de todos los que entraban en aquella sala.

—Las instalaron esta mañana.

Sus dedos volaban, buscando los diferentes juegos, y sonreí.

—Creo que lo hemos perdido, chicas. ¿Terminamos de colocar los jarrones con las ramas secas en recepción? Y luego deberíamos irnos, que mañana hay clase.

—¿No cenamos hoy aquí? —preguntó Mimi, deseosa de prolongar el rato en la casa.

—¿Otra vez? Creo que hoy toca una cena más sana, que nos estamos pasando con tanta hamburguesa y mexicano.

—Pues pedimos poke o algo así. Anda, mamá, que esto es como si estuviésemos de excursión.

Al final claudiqué, tampoco tenía muchas ganas de cocinar en casa. Y lo que ayudase a que nuestra pequeña familia compartiese momentos bonitos, bienvenido era. Esta vez, incluyendo a Bas, que se quedó a cenar con nosotras tras alguna reticencia.

Los observé mientras cenábamos. No estaba en mi mente meterlo en mi vida familiar, no tan pronto. Mi separación era demasiado reciente y no quería confundir a las niñas. Mi gran miedo era que pensasen que ahora me despendolaría y traería a un noviete a casa cada tres meses. No, ellas se merecían un orden y una estabilidad, y eso era lo más importante. Pero tampoco podía negar lo obvio y no les iba a mentir: Bastian estaba en mi vida, por ahora, de forma paralela a la de la familia, y solo el tiempo diría si acabaría confluyendo con mis hijos en el mismo lugar. Y si había ocasiones en las que lo natural era involucrarlo, lo haría. Como esa noche.

En mi fuero interno, asumía que lo de Bas acabaría siendo lo que ya era entre nosotros. Pero no quería descentrar a mis cachorras, bastante tenían con lidiar con las hazañas de su padre.

Sin embargo, al verlas hablar con Bas con una armonía sorprendente, entendí que era un reflejo de la personalidad del arquitecto. Su lado más canalla y picante solo se encendía conmigo; con el resto, y sobre todo con ellas, era agradable y lleno de un humor elegante que hacía que cayese bien sin esforzarse. Hasta Mimi tuvo que rendirse y la vi sonreír con ganas varias veces.

A la semana siguiente, justo dos días antes de la gran fiesta de inauguración, tenía mi primera prueba de fuego: la reunión del comité de dirección y ejecutivo de la asociación de mujeres profesionales. Eran doce mujeres que, primero, iban a celebrar una junta sobre resultados y objetivos anuales y, luego, disfrutar de una tarde de esparcimiento. Les monté la reunión fuera, en el bar techado, que disponía de todo lo necesario para este tipo de encuentros, incluidas unas estufas que calentaron el fresco día de finales de noviembre. Eugenia Castro les preparó un tentempié y ya, cuando terminaron, un almuerzo lleno de creativos bocados y un arroz de carabineros que estaba para chuparse los dedos. Se relajaron con unas copas y con las masajistas que las atendieron en las hamacas, y después pasaron a la parte lúdica del día: una yincana por equipos, al estilo *Grand Prix*, en la sala de juegos y actividades.

Cuando salieron de allí para ir a la sauna y a una rápida incursión en la piscina, las vi con los ojos brillantes, felices, y comentando entre ellas que habían conectado con su niña interior. Alguna decidió quedarse un poco más, otras se interesaron por la parte de la clínica de Arume, que les explicó todo lo que podía hacer por ellas, y cerramos la tarde con reservas y regalos de Navidad que nos llenaron el cuerpo de ilusión. La sensación era que el producto gustaba, que podía ser recurrente, y no solo para ocasiones especiales, y que si lo dábamos a conocer bien, podía convertirse en un pequeño oasis para esos adultos que corrían como pollos sin cabeza intentando llegar a todo.

Recogimos y limpiamos las diferentes estancias con el cuerpo reventado, pero en ese extremo de aguantar lo que fuese por la adrenalina que todavía nos circulaba por las venas. Al final nos sentamos extenuadas, y nos obligamos a escribir todo aquello que habíamos visto que se podía mejorar, para así, al día siguiente, ir a tiro hecho. No quedaba nada para la inauguración y, aunque dudábamos que alguien fuese a montarse en un toro mecánico, nunca se sabía. Suponíamos que los maquillajes fiesteros y los *tattoos* con purpurina serían más demandados que la parte de la piscina de bolas, pero, por si acaso, todo tenía que estar perfecto.

Arume se fue al cabo de un rato y yo me quedé a cerrar la casa. Paseé por sus estancias, tan exquisitas y acogedoras, llenas de pequeños detalles pensados para que el que se internase en ellas se sintiese bien atendido desde el principio y no pude dejar de sonreír. Quería que aquel espacio se convirtiese en el sitio deseado de la ciudad, que organizar allí un cumpleaños o una reunión de amigas fuese sinónimo de buen gusto y diversión, o que fuera el lugar para escaparse en la hora del almuerzo para tomar algo ligero y leer un libro al borde del estanque de nenúfares. Sutil, discreto, hermoso. Y si lográbamos convertir en clientas a las que venían por la oferta de la otra, Arume y yo teníamos el negocio de nuestras vidas delante de las narices.

Ahora solo quedaba mucho trabajo duro, mucha exposición y visibilidad, y asegurar un servicio impecable.

Cerré la puerta con un suspiro, pensando en las niñas y en cuánto tiempo me robaría el negocio para estar con ellas, pero me dije que buscaría la forma. Esto también era para mis hijos, la herencia material que yo podía darles.

Fuera hacía un poco de frío, porque, al contrario de lo que se piensa respecto a su clima, en Canarias sí que hace rasca en invierno, o por lo menos para los estándares isleños. Así que me anudé el abrigo ligero y me puse un pañuelo al cuello; lo menos que me apetecía era caer enferma para la inauguración. Cerré la cancela tras mis pasos y salí a la calle, donde la oscuridad imperaba y solo se veía rota por la tenue luz de las farolas.

«Tengo que hablar con el Ayuntamiento para que cambie las luminarias, esto parece sacado de un callejón del West End con Jack el Destripador acechando por las esquinas».

Y aunque intenté bromear conmigo misma, no pude evitar sobresaltarme con violencia cuando la puerta de un coche oscuro se abrió y vi que un hombre salía de él. El miedo reptó por mi espina dorsal como una mano fría y me quedé quieta, pensando en posibles armas a mi alcance por si la cosa se ponía fea. Pero luego vi el pelo rubio brillar bajo la luz de la farola y unos ojos que, por primera vez en mucho tiempo, me miraban de forma directa.

—No te asustes, Victoria, soy yo.

Su voz me resultó extraña, como ahogada.

—¿Qué quieres, Leo?

—Solo quiero contarte algo.

Nos miramos y cualquier temor que hubiese podido tener se diluyó al ver lo que había en sus ojos. Eran lágrimas. Jamás, en veinte años, las había visto asomarse así, sin disimulo.

Era Leo, por fin.

—Si quieres entramos, estaremos más cómodos dentro.

Me siguió sin decir nada y observé de reojo cómo miraba todo de una forma que no supe cómo interpretar.

—Ha quedado muy bien, Vic. Felicidades.

—Gracias.

Me senté en uno de los sofás de la terraza y le indiqué que hiciera lo mismo. Se inclinó ligeramente hacia delante, apoyando los antebrazos en los muslos, y volví a notar aquello que hacía tiempo que no veía.

Era como si algo, una oscuridad fea, se hubiese esfumado. O quizá eso era lo que yo deseaba, nada más.

—Quería verte para decirte que voy a desaparecer un tiempo. Necesito alejarme y pensar, o lo que sea que me haga falta.

La sorpresa atenazó mi garganta. Aquello no era propio de Leo o, por lo menos, de la versión de Leo a la que estaba acostumbrada en los últimos tiempos. Continuó hablando con la mirada fija en sus manos.

—Hace unos días, coincidí con mi padre en un bar. Con sus casi ochenta años seguía allí, con los pocos amigotes que le quedan, reinando en la barra con sus risotadas tristes y con unas pintas que apenas reconocí.

Se apretó las manos, una contra la otra, y noté que sus nudillos se ponían blancos.

—Joder, Vic, fue como verme dentro de treinta años. Y recordé todo lo que odiaba de él, su comportamiento, sus ínfulas, el no estar nunca con nosotros... Todo lo que yo mismo estoy replicando sin darme cuenta.

Algo me arañó por dentro, pero no lo interrumpí. Leo se estaba desnudando ante mí como nunca lo había hecho, dejando de lado su máscara de control absoluto y éxito, esa que al final tampoco se quitaba conmigo.

—Y como colofón, por si fuera poco, vi entrar a Gala en el bar. Tan dulce y tan bonita como siempre, Vic. Venía a comprar una botella de agua, supongo que iría a casa de alguna amiga, y menos mal que estaba sola, porque cuando me vio, su cara fue...

Su voz tembló e hizo esfuerzos sobrehumanos para que no se rompiese.

—Ya sé que ninguna de estas dos cosas es nueva, pero, de alguna forma, ese día lo fueron para mí. Esas dos bofetadas fueron duras y me han hecho darme cuenta de muchas cosas.

Levantó la cabeza y me encontré con aquel chico de veinticuatro años que se comía el mundo con una ilusión que se perdió por el camino.

—Lo siento, Victoria. De verdad que lo siento. Ojalá algún día llegues a perdonarme por todo lo que te he hecho pasar en estos años, y todos los numeritos de los últimos días. No... —me pidió al ver que me levantaba para sentarme junto a él—. Te conozco y no quiero que me abraces ni me consueles. Hazlo cuando me lo merezca, no ahora.

Se levantó sobrepasado, pero fue capaz de esbozar una sonrisa torcida.

—Te deseo toda la suerte del mundo con tu negocio, reina. Si alguien puede hacerlo, eres tú.

—Pero ¿no me vas a contar dónde...?

—No. Quiero ver cómo encarrilo mi vida y eso puede llevar tiempo, no sé cuánto. Quizá vaya a ver a Nora a ese retiro que tiene en Bali, yo qué sé —me dejó caer, sonriendo, pero luego volvió a ponerse serio—. Diles a los niños que...

—No te escudes otra vez en mí, Leo. Si quieres explicarles algo a nuestros hijos, lo haces tú. Tienes que empezar a dar esos pasos por ti mismo. Y no te lo digo porque esté resentida, sino porque hacerlo así es bueno para ti.

Asintió, suspirando. Entonces me levanté y me puse frente a él. Sabía lo que le había costado decirme todo aquello, el infierno que tenía por dentro. Posé una mano sobre su hombro y lo obligué a mirarme.

—Tu familia te esperará hasta que estés bien. Tengo fe en ti, Leo.

Entonces las lágrimas se le desbordaron y un sollozo profundo sacudió su cuerpo poderoso. Aquello fue demasiado para él y se levantó con rapidez, dejándome allí con el corazón en un puño y con un alivio inmenso recorriéndome el cuerpo. Me dejé caer sobre el sofá y lloré. Lloré mucho, desde el fondo del pecho, aterrada y esperanzada, porque el que Leo hubiera dejado entrar un poco de luz en su oscuridad era una señal maravillosa. Sabía que esto no influiría nada en mis sentimientos, pero reconstruía las ruinas de esa familia que habíamos sido y que Leo se había ocupado de desmantelar con todas sus acciones. Ojalá, cuando volviese, pudiésemos compartir de una forma diferente y que mis hijos tuviesen, por fin, el padre que yo sabía que Leo podía ser si se despojaba de sus sueños grandilocuentes y su tendencia a ser siempre el protagonista.

Les conté con cuidado mi encuentro con Leo a los niños, que lo acogieron de diferente forma: David, con una tímida esperanza de que ese padre que siempre constituyó un referente para él lo fuese de verdad y se encontrase por el camino; Gala, con una indiferencia impostada en la que sabía que tenía que indagar, ya que no era propia de su dulzura y amabilidad habituales, y Mimi, con lágrimas en los ojos y manifestando su deseo de que se curase, porque, a pesar de todo, echaba de menos a su papi.

Esa noche terminé exhausta y con muchos sentimientos arremolinados en mi interior, como si tuviese un terremoto por dentro, y sin la tranquilidad necesaria para enfrentarme al esprint final del negocio. Estaba tensa, inquieta, y ni siquiera las tisanas que solía tomar para encontrar el sueño me funcionaban. Lo de Leo seguía coleando en mi mente, esa enorme tristeza y el dolor en un hombre que jamás había hecho gala de tales sentimientos junto con la esperanza que había prendido en mí, de que, en algún momento, pudiese formar parte de la familia aportando todo lo bueno que yo sabía que había en él. Pero no podía dejarme caer, había que finiquitar todavía muchos pequeños detalles, ya no tanto de la inauguración, sino de toda la parte publicitaria; la agencia no me había pasado los formatos para las redes, los periodistas que me interesaban no me habían confirmado aún...

El mismo día de la inauguración, Bastian apareció por la mañana en Los Secretos. Yo estaba que me llevaban los demonios, nada parecía ir bien, y eso que Arume intentaba aplacarme diciéndome que todo iba sobre ruedas, que no inventara lo que no había porque estaba todo perfecto para la noche.

Creo que fue cosa de Arume que el arquitecto se presentase en la casa. Cuando lo vio, solo le faltó dar gracias a los cielos y se escabulló al jardín, donde se habían montado unas carpas engalanadas por si acaso hacía frío. Bas vino hacia mí con una sonrisilla de esas que no auguraban nada bueno y me cogió de la mano con determinación.

—Vengo a ayudar con la inauguración, quizá con la parte más importante.

—¿Y esa cuál es? —atiné a preguntar mientras me metía con él en la cabina más grande, la que estaba preparada para acoger parejas.

—La de bendecir el local con agua bendita.

Me entró la risa a la vez que se acercaba a mí con mirada peligrosa.

—Pero si eso lo hacen los curas, ¿de qué agua bendita me estás hablando?

Me dio un bocado jugoso en los labios que me encendió como una cerilla.

—La que te voy a echar en el culo mientras te corres en mi boca.

Gemí al notar que todo mi cuerpo se volvía líquido y que mi mente dejaba a un lado cualquier cosa que no fuese la expectación de tenerlo delante de mí.

—¿Has venido a follarme, arquitecto? ¿A distraerme un poquito?

—A rescatarte de lo que haga falta, *my queen*. Soy como la Patrulla Canina, pero del sexo salvaje.

Me tragué las risas porque me había desabrochado la camisa y estaba liberando mis pechos. Di unos pasos atrás y me subí a la camilla, acabando de quitarme la parte de arriba y arqueando la espalda. Sus ojos brillaron, lobunos, ante mi exuberancia, y pasó los pulgares con fuerza sobre mis pezones.

—Eres la mujer más sexy que he visto en mi vida, Victoria Olivares. Y cómo sabes, eres el puto Gran Bazar en olores y aromas. —Se relamió y aquello me dio más morbo aún.

Ser consciente de que la casa estaba llena de gente poniendo a punto la inauguración, y que yo estaba en una habitación en medio de todo el meollo a punto de ser devorada por el hombre más sensual que había visto en mi vida, elevó mi excitación como nunca. Tiré de su camiseta y se la quitó con ese gesto tan masculino de sacársela primero por la parte trasera, y la boca se me secó al ver ese torso definido y levemente hinchado por toda la natación que estaba volviendo a practicar. Su sonrisilla se acentuó al verme babear sin apartar mi mirada de su pecho y se acercó con un brillo peligroso en los ojos. Amasó mis pechos, torturándome los pezones, pero luego me echó hacia atrás, en esa camilla virgen extragrande que íbamos a estrenar sin remordimientos.

—Déjame comerte, Victoria, quiero hacerlo hasta que se te borre cualquier preocupación y que salgas de aquí con las piernas hechas gelatina.

Se me atragantó la respiración por esa promesa de morir de puro placer y un estremecimiento me recorrió de arriba abajo. Bastian deslizó las manos por mis caderas, subiéndome la falda, y se inclinó para rozar con la nariz mis bragas húmedas. Sus músculos elegantes se contrajeron al pasar los dedos por debajo de las finas tiras negras y no pude sino admirar el espectáculo de aquel hombre tan guapo entre mis piernas, acariciándolas con reverencia.

Pero cuando las bragas cayeron al suelo, supe que se habían acabado los paños calientes. Gruñó desde lo más profundo de su pecho y me enganchó los muslos con sus brazos, mordiéndome la entrepierna con labios jugosos y una maestría que me hizo aspirar sonoramente e intentar no gemir.

—Por favor, Bastian…

—Me encanta cuando suplicas, *my queen*. Pero hoy no te va a servir de nada. Necesitamos a una anfitriona muy relajada y satisfecha esta noche, y yo voy a ayudar a Los Secretos de la mejor manera que sé.

Y vaya si lo hizo. Me lamió, mordió y acarició durante lo que parecieron horas, usando los labios, la lengua y los dedos de una forma que me hizo viajar a la estratosfera varias veces, con unos orgasmos tan intensos y tan seguidos que pensé que me hallaba en un sueño muy erótico y muy sucio. Pero allí estaba él, con la boca brillante de mis jugos, con la mirada de un hombre complacido de haberme sacado todo aquel registro de gemidos que debía de haber escuchado todo el que por allí pululase. Y con una erección descomunal que se marcaba en sus vaqueros, tan apetecible que, aunque estuviese más allá de lo estimulada, no pude evitar atrapar con mis dedos y apretar.

—Dime que tienes un condón, porque de aquí no te vas a ir así.

El sobre brillante tardó solo unos segundos en aparecer sobre la camilla mientras nos deshacíamos de sus pantalones y yo me daba la vuelta para agarrarme al borde de la camilla.

—Estoy al límite de todo, Bastian. Hazme lo que quieras —jadeé, sintiendo que mi cuerpo volvía a retorcerse de oleadas de placer, de esas mucho más duraderas, las de un orgasmo que cabalga sobre las olas de todos los anteriores con una fuerza que hace que se convierta en tsunami.

Me folló sin miramientos, a lo bestia, duro como el hormigón y con la brutalidad de unas ganas a las que yo respondí con fiereza, notando como clavaba sus dedos en mis nalgas y la dureza acogedora de su cuerpo sobre el mío, una vez nos corrimos como animales salvajes, sudados y agotados.

Me di la vuelta para besarle, para no dejar su boca sin un milímetro de caricias, porque el corazón me estallaba de todo lo que sentía por aquel hombre que tan bien sabía leerme.

—La cabina de parejas queda oficialmente inaugurada —musité contra sus labios a la vez que él me abrazaba y nos mecíamos en una danza primitiva postcoital.

—Espero que la camilla haya sido cómoda, porque yo me he dejado los riñones por el camino.

Nos reímos como adolescentes pillados en una falta, todavía en la nube iridiscente de sentimientos bonitos que creábamos cuando estábamos juntos. No sabía cuánto tiempo llevábamos allí, pero en ese instante me dio igual. Tenía todo lo necesario en la casa, me vestiría allí antes de la inauguración, así que podía permitirme retozar un poco más con Bastian. Y después de todos los nervios de los días anteriores, era lo que me apetecía. Coger un poco de aire y disfrutar de esas horas anteriores a que empezase toda la locura, de que comenzase mi nueva vida.

Nos dimos una ducha rápida en la cabina y salimos al jardín en albornoz, ante la mirada incrédula y divertida de Arume.

—No sé si flipo más con el concierto de la Callas que he tenido la mala suerte de escuchar o con tu cara de relajada en albornoz. Es que la Vicky es más de batas de seda, Bas —añadió dirigiéndose a él con una sonrisilla y propinándole un codazo.

Le saqué la lengua y me mofé de ella.

—Como si no supiera que fuiste tú la que llamó a la caballería, mona. Y te lo agradezco en el alma, no sabes lo desestresada que estoy ahora.

—Menos mal —resopló mi amiga con cara de sufrida—. Me tenías hasta el moño con tus nervios y mala leche. En breve llegan la peluquera y la maquilladora, así que no te va a dar tiempo de enervarte de nuevo.

Se plantó frente a mí y sus ojos salvajes refulgían como ónices.

—Es nuestro momento, amiga mía. Hoy se trata de disfrutar, porque todo saldrá a la perfección, ya lo verás.

La abracé con todo el amor que sentía desde hacía más de veinte años por aquella guerrera, a la que deseaba la misma felicidad que me envolvía como una manta cálida y esponjosa. Nos cogimos de las manos y nos dijimos sin palabras que aquella iba a ser nuestra noche.

Recibimos a nuestros invitados en la puerta; Arume, vestida de lentejuelas verdes y yo, de lamé dorado, elegantes y extravagantes a la vez, a juego con nuestra casa, Los Secretos. Acudió toda la flor y nata metropolitana, también los que querían aparentar, los que manejaban el poder en la sombra y, sobre todo, aquellos que nos asegurarían una buena cobertura de medios, tanto tradicionales como digitales. Jorge había tirado de agenda y logró convocar a varios famosetes del panorama nacional, aparte de a futbolistas de su época que todavía protagonizaban portadas e influencers actuales.

Los que entraban emitían de forma generalizada un sonidito de admiración ante la iluminación estratégica y el mobiliario exquisito, pero yo necesitaba saber más. Por eso, les había encomendado a mis tres hijos —David no había querido perderse la inauguración por nada del mundo— que se mezclasen con los invitados y fueran coleccionando percepciones para luego contármelas. Mi madre y mi abuela eran las encargadas de los cotilleos y Bas, Icarus y Marie los que irían sembrando para ver si al final de la noche podíamos recoger alguna venta o reserva.

En algún momento, pude terminar de recibir gente y, entonces, solo entonces, me permití el lujo de separarme un poco de la muchedumbre y observar, desde la terraza, la fiesta. La noche era templada para ser diciembre, la música sonaba con suave cadencia, el *catering* arrancaba gemidos orgásmicos y las salas estaban llenas de gente curiosa por descubrir cada una de las prestaciones que ofrecía aquel lugar tan diferente de todo lo que había, porque no era un club social, pero tampoco un sitio de libre acceso. Me asomé a la sala de juegos y no pude sino reírme de dicha al ver que la gente estaba pasándoselo en grande, al igual que en las salitas donde haría sesiones de estética para grupos de amigas, y que ahora servían de stands de *bodypainting* y tatuajes de purpurina. Y cuál no sería mi sorpresa cuando me dirigí a la entrada y vi a Diana, nuestra flamante recepcionista, con el ordenador encendido y rellenando citas en nuestra agenda virtual. Me hizo un discreto signo de victoria y me eché a un lado con el corazón latiéndome a mil.

«Respira, Victoria, que luego lo complicado es mantenerse. Qué coño. Hoy es el día para morir de alegría. ¡Es el primer día del resto de mi vida!».

Me sentí llena de una energía tan poderosa, limpia y feliz que creí poder flotar. La sonrisa se encendió en mis labios y salí al jardín, donde apenas pude avanzar de tantas felicitaciones y buenos deseos.

«Qué maravilla, Victoria, nos encanta el sitio, no puede ser más cálido y elegante».

«Ya he pedido cita a Arume y luego una sesión de masaje en la piscina, no veo la hora de que llegue el día».

«Si esta va a ser la comida que vas a tener aquí habitualmente, ya sé dónde escaparme a almorzar entre semana».

«Victoria, te quiero en el programa de la mañana la semana que viene. La gente tiene que enterarse de esto».

«Ya reservé para celebrar aquí mi cumple en enero, ¿es cierto que podemos hacerlo temático?».

Apenas tuve tiempo de posar en el *photocall* o de hablar con mi familia. Bastian aparecía cada cierto tiempo a mi lado, me rozaba la mano con sus dedos y me echaba una de sus sonrisas canallas, como ese faro que me vigilaba desde la distancia para que no me pasase nada malo. Arume desplegaba su encanto a veces conmigo, otras sin mí, pero siempre con Jorge haciendo el papel de Bastian. Lo que fuera que significase eso.

Los niños se divertían con la panda de Icarus, pero estaban al acecho sin bajar la guardia, transmitiéndome sus impresiones con las señales que llevábamos usando toda la vida. Mi madre y mi señora abuela hablaban en voz alta de lo fantástico que estaba todo y hacían ojitos con todos los hombres mayores de sesenta a cien metros a la redonda, y había que verlas en la pista en cuanto el DJ comenzó con su sesión más bailable.

Mis hermanos no pudieron estar, pero enviaron a sus amigos de siempre que, a su vez, trajeron a gente que aumentó nuestra visibilidad; y las mujeres de la asociación aparecieron todas, esta vez acompañados de sus maridos. Vi a Bastian muy integrado con Marcus Norén, el marido de Vera Briones, y con Aren Borg y Adrián Almazán, casados con Cora y Eugenia Castro, respectivamente. Zoe Wagener y su espectacular marido, Jackson Grant, no dejaron de bailar en toda la noche con un estilo que fue la envidia de la fiesta, y yo tuve una conversación la mar de interesante con Jon Marichal, la pareja de Malena Vergara, acerca de flores y vinos atlánticos.

La fiesta se alargó más de lo previsto y más de lo que permitían las ordenanzas municipales, pero, teniendo en cuenta que allí estaba la alcaldesa y algún alto mando de la policía local, nadie vino a decirnos nada. Y cuando despedimos a los últimos rezagados y por fin pudimos cerrar las puertas, con la agenda casi sin huecos hasta después de Navidad, nos desplomamos en los sofás de la terraza, muertos pero inmensamente felices.

Los niños me rodearon como los cachorros que seguían siendo, Bastian arrimó una silla para acariciarme el pelo, y Arume y Jorge estaban desparramados uno encima del otro, como dos hermanos siameses. Yo me hallaba en una especie de limbo de adrenalina menguante y felicidad que se resistían a abandonarme, y con esas últimas fuerzas fui capaz de pronunciar unas palabras:

—Ha sido mágico y, a la vez, irreal. Es como si no creyese que ha ocurrido.

Arume hizo un ruido que fue una mezcla entre una risa y un gruñido.

—Mis pies te aseguran que ha sido verdad y también que ha sido un éxito.

Me levanté con cierta dificultad, porque los niños habían caído fritos y conformaban un amasijo de carne joven y llena de sueños que pesaba un riñón. Desplegué los brazos y me apoyé en las dos columnas de la terraza, abriendo el pecho y viendo cómo la noche estrellada poco a poco iba atenuando su oscuridad.

Noté la presencia de Bastian antes de que me abrazase por detrás; de Arume y Jorge solo escuchaba susurros ininteligibles. El olor y la presencia del arquitecto bastaba para hacerme sentir en casa, y me dejé cobijar por su cuerpo alto y acogedor. Paseó su nariz por mi cuello y me apretó contra sí con una intensidad que me sobrecogió.

—Te quiero, Victoria Olivares, y no me cabe el orgullo en el cuerpo por lo que has hecho para que llegue esta noche.

Todo mi ser se contrajo y se expandió ante sus palabras y me di la vuelta para besarlo como llevaba deseando la noche entera.

—Yo también te quiero, Bastian Frey, con toda mi alma y mi corazón, y tengo miedo de que se rompa de lo fuerte que lo haces palpitar.

Y mientras le tendía la mano para asomarnos al amanecer que ya lanzaba sus primeros rayos en el horizonte, supe que no habría más secretos. Que los que había se quedaban en el nombre de eso que había construido con mi tesón y mis ganas, y que, a partir de ahora, no me hacía falta ocultar nada.

Había logrado romper mis costuras y ser de nuevo yo, la real, la auténtica. Una Victoria con el corazón encendido para vivir de verdad, sin roles ni corazas; un corazón lleno de amor y ganas de sentirlo todo sin límites.

Un corazón libre de secretos.

Epílogo

Gala

Seis meses después

A mi familia le encantaba organizar fiestas. Eran así, les tocaban las palmas y se ponían a bailar. Y ahora que mamá tenía el mejor lugar para ello, no había excusa alguna para no hacerlo. Sobre todo, si se trataba del cumpleaños de la matriarca primigenia de la familia, mi bisabuela Carmen Delia.

La homenajeada estuvo dando órdenes y directrices desde el momento en el que se decidió que sus noventa años eran la excusa perfecta para reunir a toda la familia. Que quería un *stripper* —por eso de que nunca había visto uno de verdad y no quería morirse sin esa experiencia—, que la temática fuera hawaiana —siempre estuvo enamorada de Elvis en la película *Blue Hawaii*— y que ese día no quería restricción alguna en temas de salud.

—Si la espicho ahí, entre todos ustedes y con un mojito en la mano, será la mejor despedida que pueda tener —la escuché decirle a mi madre, que oía sus diatribas con los brazos en cruz y con los labios fruncidos.

Mi abuela le dio un codazo para relajarla y le pidió que, por una vez, la complaciésemos. Que era su cumpleaños y que no era ninguna niña para estar controlándola también ese día.

—Claro, eso lo dices porque te ves cerquita de esta misma situación y estás sentando precedentes. Como si no te conociese, mamá —resopló mi madre, pero supe que estaba conteniendo la risa.

Así que se reservó Los Secretos para el segundo fin de semana de junio con el compromiso de que todos buscarían la forma de acudir, incluso los que estaban perdidos por el mundo, como mis tíos Elisa, Nora y Marcos.

De papá no se acordó nadie; era como si se evitase nombrarlo, como si mentarlo trajese mala suerte o algo parecido.

Y yo, que era la hija más crítica con él, la que mejor veía a través de sus debilidades, quizá fuese la que más lo echaba de menos. En el fondo, tenía más afinidades con papá que diferencias, si él se hubiese preocupado de descubrirlas en mí.

Si mi padre creaba espacios y lugares de fantasía para habitarlos, yo lo hacía con mi pluma, esa que me había regalado hacía ya años y que me resistía a jubilar. No hasta que volviese. Entonces hablaríamos, porque sabía que necesitábamos desentrañar el nudo que se formó entre nosotros el día en el que entré en aquel bar y lo descubrí allí, como el borrachito de turno que todavía tiene buena pinta pero que está cayendo en picado en las garras del olor a tabaco negro, a alcohol que ya ni siquiera era del caro y a las promesas coloridas de las máquinas tragaperras.

Para el resto del mundo, yo aparentaba ser la más fría cuando hablábamos de él. Nadie veía que, en el fondo, no era así, pero, claro, la experiencia de ocultar mis sentimientos me había dotado de una pátina de imperturbabilidad difícil de detectar.

Unos sentimientos que solo volcaba en lo que escribía y eso no lo había leído nadie, salvo Airam.

Sí, ya sé que siempre nos habíamos llevado mal. Él me sacaba de quicio con sus bromitas y sus dobles sentidos, y yo sé que lo enervaban mi tranquilidad y aparente docilidad frente al mundo.

Fue después de la escenita de papá en casa cuando me rompí ante él y, para mi sorpresa, supo encontrar las palabras que necesitaba en ese momento. Pero eso es otra historia, una que ocurrió en el minicine del cole, donde a esa hora no había nadie porque ya todos se habían ido a casa.

Airam me pidió que le contase cómo me sentía y yo le tendí la libreta que llenaba entonces. Aquello se convirtió en nuestra forma de comunicarnos, y ese chico al que había llegado a odiar por lo mucho que me hostigaba se convirtió en mi gran apoyo, con su cabeza llena de rizos imposibles y la sonrisa que lograba iluminar un día de tormenta.

Fue él quien me puso sobre aviso acerca de la vuelta de papá unos días antes del cumpleaños de mi bisabuela.

—Está aquí, en el despacho, en el que era suyo. Ni siquiera mi padre lo ha visto, se ha metido allí y está quieto, mirándolo todo con cara rara.

Mi corazón se saltó varios latidos. Airam siguió hablando en susurros.

—Si quieres hablar con él, es el momento. No sé cuánto tiempo permanecerá aquí.

—Haz que no se vaya. Enciérralo si es necesario, pero que no salga.

Confiaba en la inventiva de Airam mientras yo buscaba la forma de ir hasta Tegueste. No era fácil, no tenía edad para tener el carnet y a cualquiera que le pidiese el favor se me adelantaría para hablar con mi padre, y eso no era lo que quería.

Opté por la solución más fácil: cogí un taxi con el dinero para emergencias que siempre llevaba encima y me planté en casa de Airam en quince minutos. Él me estaba esperando fuera con cara de circunstancias y me metió en la zona de las oficinas cogida de la mano.

—Todavía está ahí dentro —murmuró en mi oído.

Y, por primera vez en mi vida, sentí escalofríos ante la proximidad de una persona, de su respiración cerca de mí, de la calidez de su piel.

Airam se quedó quieto, como si tuviese miedo de moverse, pero sus ojos buscaron los míos. Sonreían, y percibí un destello de algo diferente.

Y ese fue el momento en el que mi padre abrió la puerta y no tuve tiempo para nada más. Su rostro reflejó una sorpresa enorme, pero una sorpresa feliz, bonita, ilusionada, como si no creyese que me tenía delante. Alzó los brazos y me apretó contra sí como no recordaba que hubiese hecho nunca. O quizá sí, de pequeña, pero lo cierto era que ni siquiera guardaba un recuerdo claro de cuándo fue la última vez.

Esperé a que hablase, a que dijese algo, pero solo me apretaba, y cuando se separó de mí, vi que tenía los ojos humedecidos.

«Mátame, camión».

Tenía pinta de haber estado en el Tíbet y haberse iluminado, porque en él no quedaba rastro de ese rictus de superioridad y hastío que había sido inherente a su persona durante los últimos años.

—Pero ¿qué haces aquí, Gala? ¿Te trajo mamá?

Airam había desaparecido convenientemente y estábamos los dos solos.

Ojalá algún día supiera lo mucho que me alegraba de verlo a pesar de todo lo ocurrido.

—No, me dijeron que estabas aquí y vine.

—Gracias —dijo en voz baja, y me rodeó los hombros con el brazo—. Acabo de llegar y quería...

—¿Por qué no viniste a casa y sí aquí? —lo corté. Asintió, como si no lo sorprendiese la pregunta.

—Quería comprobar una cosa antes de llamar a mamá.

—¿Qué cosa?

Titubeó unos instantes, pero supongo que decidió que me merecía honestidad por su parte.

—Que lo que significa este despacho, o lo que significó, ya no es la prioridad en mi vida.

Algo se estremeció en mi interior, como un inicio de sollozo interno, pero lo reprimí.

Era una maestra en ello, así que no me supuso ningún esfuerzo.

Salimos de los despachos hacia la calle, donde el sol calentaba con ganas. Papá entrecerró los ojos y me di cuenta de que no llevaba gafas de sol cuando siempre habían sido parte de su atuendo. Ahora sus ojos ambarinos, tan parecidos a los míos, no se ocultaban tras ningún obstáculo.

—¿Dónde están Mimi y mamá?

—En casa, supongo. O allí las dejé antes de salir.

—¿Crees que es buena idea que vayamos?

No lo pensé demasiado.

—¿Adónde si no? Si has vuelto, lo normal es que vayas a casa a saludarnos, no quedar en un bar.

Asintió, pensativo, y abrió el coche. Era el suyo, por

lo que entendí que había ido a El Sauzal antes de bajar a Tegueste.

¿Cómo habría sido su vuelta? ¿Dónde habría estado aquellos meses? Y, sobre todo, ¿estaría libre de aquello que lo hizo volverse loco?

Condujo hasta La Laguna con tranquilidad, preguntándome cosas sobre el colegio, mis amigos, Airam. Era curioso, no recordaba un momento así jamás con él. Pero lo más extraño era que no parecía impostado. Yo, la más contraria a él, su mayor crítica, la que defendía a su madre por encima de todas las cosas, departiendo con él sin morros ni recriminaciones... Pero había algo en papá que me había llegado al alma, una especie de sensibilidad, o podría llamarlo fragilidad, que se mezclaba con su natural aplomo y lo dotaba de un aura muy diferente al que solía tener.

Llegamos a casa y supe que estaba nervioso porque no lograba aparcar a la primera, como solía hacer siempre. Lo que él no sabía era que yo ya había puesto sobre aviso a mi madre, porque no quería que abriese la puerta y se encontrase de sopetón a papá, sin poder prepararse mental y emocionalmente para ese reencuentro.

La actuación de mamá fue digna de un Oscar, fingiendo sorpresa pero invitándolo a pasar con una sonrisa. Él entró, dándole las gracias y buscando con la mirada a mi hermana, con la que siempre había tenido una afinidad especial. Y no lo defraudó; cuando bajó las escaleras y vio que papi estaba esperándola, voló, literalmente, a abrazarlo, llorando como una Magdalena y dándole besos por doquier.

Mamá y yo nos miramos y la tranquilicé con una sonrisa.

«Todo está bien, mami. No te preocupes».

Mi padre se convirtió por unas horas en el sol alrededor del cual orbitamos mi hermana y yo, escuchando sus historias y disfrutando de esa versión de padre que solo habíamos visto en contadas ocasiones, cuando se relajaba y se soltaba. Ahora era esa la versión que nos ofrecía con una sonrisa en los labios y dejando patente que lo que fuera que había sucedido con él en aquellos meses había supuesto un paso en la dirección correcta.

Luego, mamá nos envió a hacer de comer y desapareció con papá en la terraza, donde no sé de lo que hablarían, pero que derivó en una expresión de alivio en los ojos de papá y una determinación suave en los de mamá. Y antes de que se fuese, la escuché decirle en voz baja que esperaba que todo lo que le había contado fuese verdad y que, si era así, se iría ganando la confianza que había perdido.

—Dame tiempo, Victoria. Quiero hacerlo bien y con calma.

Mamá asintió y quedaron en que al día siguiente nos vendría a buscar para ir a comer juntos. Mamá tenía un cumpleaños en Los Secretos y tampoco creí que quisiera unirse. A quien debía volver a conquistar papá era a nosotras, no a ella. Y a David, que llegaba al día siguiente porque había terminado ya los exámenes.

Papá no vino al cumpleaños de mi bisabuela, como era de esperar. Tampoco nadie hizo por invitarle. Lo que había ocurrido estaba demasiado reciente, y era mejor ir poco a poco, reconstruyendo lo que se había roto con mesura y sin acelerar las cosas. Además, aquel día la protagonista era doña Carmen Delia, nadie más, llena de collares hawaianos y flores en el pelo como la jovencita que nunca dejó de ser en su fuero interno.

Toda la familia la rodeaba, como a ella le gustaba: Elisa y Mario, que vigilaban a Mía para que no se tirase al charco de los nenúfares a cazar ranas; Nora, con sus pulseras tintineantes y con cara de que no nos estaba contando todo lo que estaba ocurriendo en su vida; Marcos, algo más delgado, pero, como siempre, el terror de sus sobrinos, porque le encantaba molestarnos y hacer la croqueta en la hierba con Eli para demostrarnos que éramos unos aburridos; mi madre y Bastian, ese hombre estupendo que la hacía más feliz de lo que la había visto jamás con papá; mi abuela Maruca, por primera vez acompañada por un señor bigotudo que la estaba haciendo vivir una segunda juventud; Arume y Jorge, extrañamente distantes entre ellos; Alberto y Dácil, con la pequeña Julieta correteando y con Santi en camino; la familia de Icarus, con Marie y esa pandilla que eran como los primos que no teníamos y que estaban metidos en nuestra vida de forma irrevocable; y nosotros tres, con David feliz de estar en casa, en su isla, después de un año de intenso estudio en Madrid; Mimi, tan efervescente y bailarina como siempre, con esa actitud de que la vida era una caja de bombones y que a ella siempre le iban a tocar los de almendra, sus preferidos, y yo...

Feliz de muchas formas y por muchas cosas, siempre un poco en las nubes, con miles de historias en mi cabeza que luego aterrizaban en mis cuadernos, con Airam a mi lado haciéndome sentir cosas diferentes y con una sensación extraña y maravillosa de que, por fin, la vida iba a empezar a encajar.

Ni siquiera ver a mi tío Mario, a Marcos y a Bastian, untados en aceite y con un taparrabos minúsculo, haciéndole el baile de *The Full Monty* a mi bisabuela, logró descentrarme, ni el futuro que se abría ante mí en unos meses, ese en el que debería tomar decisiones y, quizá, salir de ese nido cálido y acogedor que mamá había construido con tesón durante toda nuestra infancia.

Esa madre que ahora brillaba como cualquiera de las grandes estrellas del firmamento, feliz y pletórica por todo lo que había luchado y lo que estaba cosechando. Una mujer que era un ejemplo y un referente para mí, porque me había enseñado que los sueños se consiguen si se cree lo suficiente en ellos y se trabaja para hacerlos realidad.

Pero cómo perseguí y cumplí mis sueños, amiga, esa es otra historia que, quizá, algún día te cuente.

Notas y agradecimientos

Terminé esta novela emocionalmente exhausta, ya que la escribí en un momento en el que demasiadas cosas confluyeron en muy poco tiempo: un terrible incendio asoló Tenerife y nos tocó vivirlo de cerca, un cúmulo de circunstancias familiares que no fueron las más propicias nos tuvieron fuera de casa unos meses... Por eso, debo dar gracias a la gente que tengo a mi alrededor, esa que me sostuvo en el tiempo que escribí la novela, y que respetó que los únicos momentos en los que podía evadirme de aquella realidad no deseada eran aquellos en los que me parapetaba tras el ordenador. El dar vida a una mujer como Victoria fue la salvación de esos meses, y por eso siempre esta novela tendrá un algo especial entre todos mis hijos literarios.

Quiero empezar agradeciendo a mi familia, a mis pequeños rubios peligrosos y al hombre con el que hemos creado nuestro precioso proyecto de vida, porque ellos son el ancla y la cordura cuando la vida se tambalea y muestra sus colmillos.

Mis amigas y amigos, tan importantes siempre. Nos cuesta vernos, pero cuando lo hacemos, es maravilloso, porque se dan las palabras perfectas para coger oxígeno y reconectar con los orígenes. Gracias por los almuerzos, las cenas, los momentos de relax en la oficina, los mensajitos sin sentido, las putiparties y el estrés compartido en los eventos.

Lo bonito de todo esto, de este mundo de escritoras que se me abrió hace menos de cuatro años, es que también sumas amigas nuevas, de las que se quedan. En estos últimos dos años cuento en mi vida con las tres jefas de La Tribu de la Romántica, una columna vertebral esencial en mi día a día. Chicas, gracias por compartir, consolar, festejar y aprender juntas.

Como siempre, mis gracias eternas a las lectoras cero. Las pobres corren con los tiempos cortos que les dejo y aun así me ofrecen sus opiniones sinceras y comentarios para enmarcar. Yure, Alba, Sofi, Bea Gant, las chicas de La Tribu... Gracias por estar siempre.

A Nisa Arce, por prestarme a Dani y a Mateo de su trilogía Las reglas del juego y por su cariño desde la isla de enfrente.

Por supuesto, mi gran agradecimiento a Marta Araquistain y Toni Hill, mis editores de Grijalbo. Sin su confianza y su buen hacer, esta novela no estaría en tus manos.

Y, por supuesto, a mis lectoras. No hay cosa más maravillosa para una escritora que una lectora le escriba para decirle lo mucho que le ha gustado su novela y lo que ha sentido con ella. Eso ilumina un día gris, saca lágrimas de felicidad y refuerza la motivación para seguir y no rendirte.

Gracias, de corazón, por darle una oportunidad a mis historias y continuar conociendo a todas mis chicas; por seguir haciendo que mi sueño se convierta en realidad.